KB124069

환
한

숨

조해진 소설집

환한 숨

초판 1쇄 발행 2021년 3월 9일
초판 6쇄 발행 2024년 5월 9일

지은이   조해진
펴낸이   이광호
주간   이근혜
편집   조은혜 최지인 이민희 박선우 방원경
펴낸곳   ㈜**문학과지성사**
등록번호   제1993-000098호
주소   04034 서울 마포구 잔다리로7길 18(서교동 377-20)
전화   02) 338-7224
팩스   02) 323-4180(편집) / 02) 338-7221(영업)
전자우편   moonji@moonji.com
홈페이지   www.moonji.com

ISBN 978-89-320-3823-0 03810

환한 숨

조해진 소설집

문학과지성사

차례

환한 나무 꼭대기   7

흩어지는 구름   39

하나의 숨   71

경계선 사이로   105

파종하는 밤   135

눈 속의 사람   167

높고 느린 용서   201

숨결보다 뜨거운   231

문래   263

해설 | 연루와 비밀 · 김미정   292

작가의 말   312

환한 나무 꼭대기

———

혜원이 죽었다.

월요일 이른 아침, 병실에 도착하여 창문을 한 뼘 정도 열어놓은 뒤 침대 쪽으로 돌아선 순간 그녀는 바로 알 수 있었다. 한 사람이 죽었고, 그것은 되돌릴 수 없다는 것을…… 간호사를 부르러 가다 말고 그녀는 도로 혜원에게로 걸어가 혜원의 손을 잡아보았다. 맥은 잡히지 않았지만 희미하게 온기가 남은 걸 보니 그녀가 병실에 도착하기 직전에 혜원은 혼자 임종을 맞은 듯했다. 죽은 혜원은 혜원일까. 그녀는 판단할 수 없었다. 눈앞의 시체는 강직, 시반(屍斑), 부패와 냄새, 흙과 먼지와 바람 같은 단어들과는 무관한, 그저 한바탕 무례하고 시끄럽게 기거하던 손님이 빠져나간 적요한 빈

집처럼 보일 뿐이었다.

그 손님의 이름은, 통증이었다.

그녀는 지난 반년 동안, 한 인간이 평생에 걸쳐 몸의 내부에 돌탑처럼 쌓아온 습관과 질서가 통증으로 차근차근 무너지는 과정을 지켜보았다. 투병 생활을 시작하면서 혜원은 출근 전 구립 체육관에 들러 30분 동안 해왔던 수영과 식후마다 마셨던 커피, 잠들기 직전 침대에 비스듬히 누워 딱 한 대씩 피우던 담배를 포기해야 했다. 화요일과 목요일의 요가 클래스, 수요일마다 참석했던 독서 모임, 일요일 성당에서의 봉사 활동도 지속할 수 없었다. 투병으로 그 모든 것을 잃게 된 혜원은 대신 하루의 반 이상을 약에 취해 잠만 잤고 깨어 있을 때도 급격히 떨어진 체력 때문에 침대에서 좀처럼 일어나지 못했다. 호스피스 병동으로 옮긴 뒤로 통증은 이상한 방식으로, 마치 가학적이고 변덕스러운 애인처럼 혜원을 괴롭히기 시작했다. 혜원은 온몸을 뒤틀며 고통스러워하다가도 이내 지독한 가려움증을 호소했고, 뼈대가 드러날 만큼 바짝 마르는 와중에도 부종으로 퉁퉁 부어오르는 두 다리를 난감하게 내려다보곤 했다. 잇몸에 염증이 생겨 아무것도 씹지 못하는 상황인데도 구토감이 시작되면 위액이라도 토해내야 진정이 찾아왔던 날도 많았다. 간병 일을 시작한 이래로 그녀는 다섯 명의 암 환자를 돌봤었는데 혜원만큼 통증이 극심한 경우는 없었다. 혜원을 견디게 해준 건 혜원이 살아온 날들을 가엽게 여길 신의 동정과 전남편을 따라 미국으로 이민 간 아들이 보내올 답장이었다. 결국 혜원이 숨을 거둘 때까지 도달하지 않은 혜원의 가짜 진통제…… 혜원의 신은 아직 구유에서 태어나지도 않은 듯 구원의 작은 계시 하나 보여주지 않았고, 혜원의 아들은 한 번도 답장을 보내오지 않았다.

그녀는 혜원이 학교에 사직서를 내고 항암 치료를 시작하면서부터 혜원의 간병인으로 일했다. 조금이라도 친분이 있는 사람에게 간병을 받고 싶어 하는 혜원의 속내를 알게 된 대학 동창 중 누군가가 동미에게 연락했고, 동미가 다시 그녀와 혜원을 연결해준 것이었다. 그녀가 혜원의 전화를 받은 건 작년 연말 무렵이었다. 혜원과는 25년 만의 통화였다. 아니, 생애 첫번째 통화였는지도 모르겠다. 서울의 여자대학교 독문과에서 그들이 동기로 만났던 1990년대 초반에는 휴대전화가 일부 기업인이나 쓸 수 있는 귀중품이던 시절이었고, 혜원과 그녀는 둘 다 지방에서 올라와 하숙 생활을 했으므로 개인 명의의 전화를 소유할 필요가 없었다. 4년 동안 강의실과 도서관, 교내 식당에서 마주치면 웃으며 인사하고 안부도 주고받았지만 서로에 대해 아는 것이 전무하다시피 했으므로 사적으로 통화할 이유가 없기도 했다. 졸업 후에는 한 번도 만나지 않았다. 그녀는 혜원이 어떻게 사는지 몰랐지만 혜원 쪽에서는 그녀가 선택한 삶의 방식을 잘 알고 있었다. 혜원뿐 아니라 독문과의 다른 동기들 모두 그것을 알고 있었다. 대학을 갓 졸업한 새파랗게 젊은 여자가 절에 들어가는 건 그때나 지금이나 호기심을 자극할 만한 이야기일 테니까. 이스트를 넣은 밀가루처럼 부풀려진 그녀의 삶은 입술과 전화선과 커피와 맥주가 놓인 테이블을 통해 여기저기로 퍼져나갔을 것이고, 그중 누군가는 필연적으로 자신에게 기울 수밖에 없는 고뇌의 시소 한쪽에 그녀를 올려놓고는 전에 없이 겸허한 마음을 품었을지도 모르겠다. 그러나 그들은 그녀가 출가했다는 것만 알 뿐, 정식 승려가 되기도 전에 환속했다는 것이나 그녀 역시 그들처럼 직장과 연애라는 트랙을 돌며 한 시절을 살아왔다는 건 알지 못했고 알려 하지도 않았다. 동미의 말에 따르면, 대학 동창 중 일부는 그녀가 지금도 승려이거나 승려와 다를 것 없이 산다고 여기고 있었다. 그녀는 그들을 이해했다. 재산이나 가족, 심지어 욕망도 없이 산속 은둔자로 사는 지인이란 속세의 경쟁에서 밀려나거나 패배했을 때 그 쓰라린 마음을 되비춰볼 만한 거울로 퍽 쓸모가 있을 테니까. 상대적인 박탈감을 위로받을 수 있는 영원한 타자……

그녀는 손을 뻗어 혜원의 눈을 감겨주었다. 눈이 감긴 혜원은 이제야 긴 여행을 떠날 준비를 마친 듯 보였다. 생의 뒤편에서 시작되는 길, 그 길은 황토색 먼지만 나부끼는 외길이 아닐까, 그녀는 생각했다. 심정지 상태에서도 청각 기능은 얼마간 활동한다고 했으니 아무것도 없는 그 외길에도 이곳의 목소리를 실어다 주는 수신기 같은 건 있을지도 몰랐다. 아마도 시간이 흐를수록 조금씩 지워져가는 커다란 귀, 혹은 이국적인 풍차 모양의 수신기가. 그 상상 탓일까. 걷다가 멈칫한 혜원의 가느다란 실루엣이 보이는 듯했다. 그녀는 점자를 읽듯 혜원의 얼굴을 어루만지며 잘 가, 속삭였다. 그것밖에, 해줄 것이 없었다.

그날 혜원은 공식적으로 사망했다. 담당 의사가 간호사를 대동하고 와서 청진과 동공반사 같은 절차를 밟는 동안 그녀는 혜원이 쓰던 서랍장 위의 두꺼운 성경책과 원석으로 된 묵주, 십자가와 마리아 성상을 물끄러미 내려다보고 있었다. 혜원이 태어나기 이전부터, 아니 태곳적부터 있어왔던 자연의 일부가 혜원의 몸 안에서 일시적으로 머물렀다가 덧없이 빠져나온 뒤 이제는 성물을 비추는 저 햇빛에 녹아 있는 것만 같았다.

오후엔 호스피스 병동에서 1.5킬로미터 떨어진 종합병원 장례식장에 혜원의 빈소가 마련됐다. 장례 첫날 저녁부터 조문객이 찾아오기 시작했고, 밤 9시 즈음엔 검은색 제의를 입은 신부가 와서 미사를 집전했다. 장례식 첫날에 그녀는 혜원의 여동생을 도와 육개장이니 고기산적을 날랐고, 둘째 날에는 조문객으로 빈소를 찾아갔다. 빈소 앞에서는 조의금 봉투에 5만 원짜리 네 장을 넣었다가 다시 두 장을 빼는 행동을 여러 번 반복했으며 빈소로 들어간 이후엔 영정 사진 속 건강하게 웃는 혜원의 얼굴을 하염없이 올려다봤다.

*

발인 날, 상복을 입은 혜원의 여동생이 그녀에게 다가오더니 연거푸 고맙다고 말하면서 울먹였다. 울먹이며, 이내 그녀의 어깨에 얼굴을 묻었으므로 성물이 담긴 종이가방을 들고 있던 그녀는 엉거주춤한 자세로 혜원의 여동생을 안아줄 수밖에 없었다. 검은색 블라우스의 어깨선 안쪽으로 따뜻한 눈물이 엷게 배어들어왔다. 혜원의 여동생은 그녀의 배웅을 받으며 영구차에 오를 때까지도 홍천에 있는 아파트나 각서에 대해서는 한마디도 하지 않았다. 종이가방 속 성물을 그녀가 혜원에게서 받은 유산의 전부로 알고 있는 게 분명했다.

그날 오후 그녀는 이삿짐 트럭을 불러 왕십리에서 홍천으로 짐을 옮겼다. 1톤짜리 소형 트럭에 그녀의 짐은 헐겁게 찼다. 세탁기와 냉장고 같은 가전제품은 이미 중고 사이트를 통해 팔아버린 뒤였고, 문이 안 닫히던 옷장과 나뭇결이 상한 책장은 재활용 쓰레기장에 미련 없이 버렸다. 트럭 조수석에 오른 뒤 그녀는 휴대전화로 통장 잔액을 확인했다. 5년 넘게 혼자 살던 왕십리 오피스텔의 보증금이 입금되어 있었다. 이제 월세를 낼 일이 없으니 생계비를 최소한으로 줄인다면 간병 일을 하지 않고도 꽤 긴 시간 버틸 수 있으리란 계산이 섰다. 어쩌면 그 기간은 평생이 될지도 몰랐다. 그녀는 조수석 창문을 연 뒤 손을 내밀어 시작도 끝도 없이 흘러가는 바람의 결을 느꼈다.

지어진 지 30년이 넘었다는 홍천의 20평대 아파트는 혜원이 그녀에게 준 것이었다. 아니, 엄밀히 말하면 그 아파트의 관리를 맡겼다. 혜원은 아파트의 명의를 그녀 앞으로 돌려놓으며 두 가지 조건을 내걸었는데, 하나는 자신의 사후에도 하루에 한 번씩 미국에 있는 아들에게 이메일을 보내는 것이었고 다른 하나는 언젠가 아들이 돌아오면 아파트 소유권을 물려주겠다는 각서를 쓰는 것이었다. 그녀는 그 조건들 뒤편에 빈 들판처럼 펼쳐진 혜원의 소망을 배반할 마음이 없었지만, 이제 혜원은 죽었고 혜원의 아들은 영영 이메일에 접속하지 않을지도 모르며 혜원의 여동생조차 홍천의 아파트에 대해 모른다는 것이 어떤 의미인지 알고 있었다. 무섭도록 정확하게, 그것을 알고 있었다.

홍천은 혜원이 처음 교사로 일했던 도시라고 했다. 홍천에 있는 사립 고등학교에서 독어 선생으로 일하다가 전남편을 중매로 만났고 아들을 낳았다고도 했다. 아들이 네 살이 되던 해, 혜원은 서울에 있는 학교로 이직했고 남편과는 이혼했다. 혜원의 전남편은 서울에서 함께 살던 아파트를 위자료로 넘겨주긴 했지만 아들과의 면접교섭권은 제대로 이행하지 않았다. 그러고는 어느 날, 혜원에게 말 한마디 없이 그해 일곱 살이 된 아들을 데리고 미국으로 이민을 가버렸다. 전남편의 부모와 형제는 혜원을 만나주지 않았고 나중에는 전화조차 받지 않았다. 혜원이 갖고 있는 아들과의 접점은 아들의 이름과 주민등록번호로 만들어놓은 이메일 계정뿐이었다. 15년 가까이 혜원은 그 계정으로 일기를 쓰듯 날마다 이메일을 보냈지만 수신이 확인된 이메일은 한 통도 없었다. 혜원의 아들은 엄마가 만들어준 이메일 계정이 있다는 걸 몰랐거나 잊었을 것이다. 어쩌면 잊은 척하는지도 몰랐다. 혜원은 마지막 가능성에 히스테리에 가까운 공포를 갖고 있어서 가끔씩 발작하듯 온몸을 떨며 눈물을 쏟곤 했다. 그때마다 그럴 리 없다고, 너무 어려서 이메일이 뭔지도 몰랐을 거라고 말해주며 혜원의 머리나 어깨를 보듬어주는 건 그녀의 간병 활동 중 하나였다. 어쩌면 가장 중요한 간병이었는지도 모르겠다.

아파트에는 해 질 무렵 도착했다.

한 동짜리 아파트였다. 분양 광고 플래카드가 걸려 있는 오피스텔 건물과 붉은 벽돌로 된 교회를 제외한다면, 시야에 들어오는 건 농가와 비닐하우스와 밭이 전부였다. 그래서인지 아파트는 수몰 지역의 사원처럼 고요했고, 페인트가 벗겨지고 배관이 비어져 나온 외벽은 비밀의 단서를 품은 유적처럼 보이기도 했다. 퇴근 후 학생이나 동료 교사를 만나고 싶지 않아 일부러 시내에서 멀리 떨어진 한적한 곳에 아파트를 구했노라던 혜원의 말이 떠올랐다. 이곳에서라면 찰랑거리는 물속에서 하늘을 올려다보듯 남은 생을 소모할 수 있겠다는 뜻밖의 기대감이 차올랐다. 그 하늘이 찬란하게 빛나든 먹구름에 잠식되든, 일정한 거리를 둔 채 그녀는 살아갈 터였다. 욕망도 후회도 없이, 아무도 원망하지 않으면서, 전체 생애에서 없어도 무관한 여분을 살듯, 긴 휴가처럼.

트럭을 몰고 온 이삿짐센터 직원은 그녀를 도와 식탁과 콘솔, 식기들, 옷과 책들, 매트리스와 이불과 베개를 아파트 안에 들여놓고 떠났다. 직원이 돌아간 뒤 혼자 남은 그녀는 짐 정리는 미룬 채 거실에 담요를 깔고는 베란다 쪽을 향해 모로 누웠다. 홍천에는 밤이 일찍 찾아왔다. 창밖으로 넘실거리는 여름밤에서 그녀는 시선을 뗄 수 없었다. 바람이 한 번 불어올 때마다 밤의 페이지 한 장이 넘겨지기라도 한 듯 새와 벌레 들이 새롭게 울었고 나뭇잎은 조금 전과는 다른 음으로 사각거렸다. 페이지 너머 또 다른 페이지들이 이어지는 여러 겹의 밤에 둘러싸여 있다고 상상하자 보호받는 느낌이 들었다. 나쁘지 않은 안정감이었다. 아니, 평생을 찾아 헤맨 안정감이었다.

어느 순간 발바닥이 간지러워 발치를 보니, 소매가 넓은 흰옷 차림의 남자가 향유로 그녀의 발을 씻기고 있었다. 그의 손바닥 감촉이 너무도 부드러웠으므로 발에서 시작된 간지러움이 금세 온몸으로 나른하게 퍼져갔다. 그는 아무것도 모른다는 듯 그저 신중하게 그녀의 발을 마저 씻긴 뒤 발에 남은 향유를 얇은 아마포로 닦았다. 그녀가 상체를 일으키자 그가 고개를 들었다. 눈과 코와 입, 게다가 귀도 없는 얼굴이었다. 당신의 종은 죽었습니다. 그녀는 낮게 뇌까렸고, 곧바로 이어서 물었다. 당신의 종이 무슨 죄를 지었기에 쉽게 죽지도 못한 것입니까? 그는 대답하지 않았다. 어쩌면 입이 없어서 대답을 못 하는 것인지도 몰랐다. 저는요? 그녀는 인내심을 잃은 채 따지듯이 다시 물었고, 물으면서 자기 생애에 할당된 슬픔을 전부 느꼈다. 저의 무엇이 당신을 진노케 했기에 나는…… 나는, 나! 는! 그녀는 목에 핏대가 돋도록 외치다가 어느 순간 두 손으로 바닥을 짚은 채 흐느꼈다.

꿈에서 깨자 차갑고 짙은 어둠이 머리 위까지 차올라 있었다. 자리에서 일어나 형광등을 켠 순간, 언젠가 혜원이 했던 말이 금속처럼 떠올랐다. 나는 불교가 싫어. 환생도 싫고. 강희야.

강희야.

응?

난 정확하게 죽고 싶어.

그래?

가장 무서운 게 뭔지 알아? 죽었는데, 죽었다는 걸 알고 느낄 수 있는 거야. 죽었다는 걸 아는 상태는 영원할 거잖아, 죽음처럼, 안 그래?

죽었다는 걸 모르려면 천국도 없어야겠네? 말해봐, 그럼 뭐 하러 기도는 매일 하는 거니?

……아무도 없으니까.

뭐?

기댈 데가 없다고, 아무도……

혜원아.

혜원아, 불렀지만 그녀는 뒷말을 잇지 못했다. 혜원은 말을 삼킨 채 입술을 닫아버린 그녀를 텅 빈 눈으로 바라보다가 병실 창밖으로 시선을 돌렸고, 그녀는 병실에서 잠시 벗어나기 위해 소변 통을 집어 들고 복도로 나갔다. 복도엔 수리하지 않은 형광등이 꺼졌다가 켜진 뒤 다시 꺼지길 반복하고 있었다. 배설물과 약품 냄새가 깜박이는 불빛으로 부유하는 호스피스 병동의 복도는 한 시절의 나쁜 꿈 같기도 했고 꿈에서 깬 뒤에 마주 본 진짜 세계 같기도 했다.

혜원이 죽기 일주일 전의 일이었다.

*

다음 날 그녀는 정오 즈음 아파트를 나섰다. 근처에 있는 상점과 식당 들의 위치를 파악해야 했고 생수와 먹을거리도 사고 싶었다. 포장된 길을 따라 하염없이 걸었지만 상점이나 식당은커녕 작은 잡화점 하나 나오지 않았다. 지나가는 노인에게 물으니 무언가를 먹거나 사려면 시내 쪽으로 가는 버스를 타야 한다고 일러주었다. 한 시간에 한 번씩 정시에 온다는 버스가 이 지역과 시내를 이어주는 유일한 교통수단인 듯했다.

버스 정류장은 혜원의 아파트에서 그리 멀지는 않았지만 정류장이라는 단어에서 환기되는 이미지는 갖고 있지 않았다. 버스가 그려진 알림판과 나무로 된 벤치가 하나 놓여 있을 뿐 버스 노선도조차 없어서 주의 깊게 보지 않았다면 그냥 지나쳤을 게 뻔했다. 불친절한 정류장이긴 했지만, 대신 잎이 무성한 느티나무가 정류장 전체에 그늘을 드리우고 있어서 그 주위로 농도 짙은 여름의 공기가 유동했고 벌레들의 울음 소리는 증폭되어 들렸다. 벤치 옆에는 고물처럼 보이는 커피 자판기도 하나 놓여 있었는데, 아직은 멀쩡하게 커피가 나오 는지 바닥에는 빈 종이컵 몇 개가 버려져 있었고 어떤 종이컵 에는 담배꽁초가 들어 있기도 했다. 느티나무 뒤편은 잡목으 로 우거진 낮은 산과 바로 이어졌다. 산 입구에는 화살표 모 양의 팻말도 세워져 있었는데 그중 '쉼터 기도원'이라고 적 힌 팻말이 그녀의 시선을 오래 붙들었다. 스물세 살부터 2년 가까이 머물렀던, 산속으로 920미터나 들어가야 나오던 작 은 절이 떠올랐다. 그녀는 그곳에서 덕해라고 불렸고 깨어 있 는 시간의 대부분을 경전을 외우거나 허드렛일을 하며 보냈 다. 까마득했다. 아직도 경전의 일부를 읊을 수 있고 단단한 땅을 호미로 내리칠 때나 빨랫감을 찬물에 담글 때 손끝에 전 해지던 노동의 감각을 기억하는데도, 그녀에게 그 2년은 시 곗바늘의 회전으로 차곡차곡 증량된 실재가 아니라 질감도 형태도 없이 허공에서 흩어지는 희끄무레한 연기 같기만 했 다. 절에서 나온 뒤부터는 매 순간이 생존과 연결되어 있었기 에 돈을 벌지 않아도 되었던 그 시절이 더 까마득하게 느껴지 는 것인지도 몰랐다. 그곳에서 나올 무렵 국가는 부도 상태로 시끄러웠고, 특정한 분야에서 경력을 쌓지 못한 그녀는 소규 모 회사의 계약직을 전전할 수밖에 없었다. 간병은 2, 3년 단위로 반복되던 자연스러운 해고와 피로한 면접을 더 이상 감당할 수 없어 선택한 직업이었다. 적어도 간병은 마음만 먹으면 언제라도 일을 구할 수 있었다.

그녀는 느티나무 아래 벤치에 앉아 고개를 뒤로 젖혀보았다. 촘촘하게 엮인 나뭇잎 사이로 물빛에 가까운 하늘과 헐겁게 뭉친 구름이 보였다. 거대한 질항아리 안에 들어와 있는 기분이 들었고, 그녀 자신뿐 아니라 벤치와 커피 자판기, 느티나무 모두 항아리 바깥 하늘에서 사슬 모양으로 내려오는 빛의 입자로 빚어진 침전물 같기만 했다. 그렇다면 그녀의 발치를 지나가는 개미도 그녀와 그 성분이 똑같은 침전물일 터였다. 하긴, 그녀나 개미나 죽음이 위성처럼 그 주위를 빙빙 돌고 있는 존재라는 점에서 정해진 운명은 똑같았다.

버스가 왔다.

그러나 그녀가 버스에 오르려 하자 운전석에서 걸어 나온 기사는 잠시 쉬었다가 가겠다고 건조한 목소리로 알렸다. 느티나무가 있는 버스 정류장은 일종의 기점이었던 모양이다. 기사는 곧 커피 자판기에서 커피 한 잔을 뽑고는 담배를 꺼내 피웠다. 바닥에 버려진 쓰레기의 출처가 분명해진 셈이다. 잠시 뒤 정시에 출발한 버스에는 그녀 혼자만 탔고 버스는 그 상태로 다섯 정거장을 지나갔다. 차창 밖 풍경이 조금씩 번잡해지고 승객들이 하나둘 늘어갈 무렵, 그녀는 시내

어딘가에서 하차했다.

그녀는 시내를 조금 걸었고 가장 먼저 눈에 띈 식당으로 들어가 백반 정식을 주문했다. 밥과 반찬이 나온 뒤 콩나물국을 떠먹고 있을 때 이십대 초반으로 보이는 청년 두 명이 식당으로 들어왔다. 그러지 않으려 해도 그들에게 향하는 시선을 그녀는 제어하기 힘들었다. 혜원의 아들은 올해 한국 나이로 스물한 살이었다. 스물한 살의 청년이라면 한 번쯤 고향으로 돌아와 엄마의 흔적을 찾지 않을까, 생각하며 반찬을 뒤적이는데 메뉴판을 보고 다른 식당으로 가기로 했는지 청년들은 이미 식당을 빠져나가고 있었다. 그녀는 멀어져가는 그들을 넌지시 바라보다가 아직 혜원과의 약속을 지키지 않았다는 사실을 상기했다.

그날 아파트로 돌아간 그녀는 처음으로 혜원의 아들에게 이메일을 썼다. 혜원의 죽음과 납골당의 위치를 알리면서도 아파트를 관리하고 있다는 소식은 이메일에 담지 않았다. 그런 현실적인 이야기는 답장이 온 뒤에 전해도 늦지 않다고 그녀는 생각했다. 아니, 믿었다. 완성된 이메일은 건조하고 사무적이긴 했지만 다른 감정적인 표현이 떠오르지 않았다. 그녀는 두 팔로 무릎을 보듬고 앉은 채 자신이 쓴 문장들을 띄엄띄엄 읽다가 이내 발송 버튼을 누르고는 노트북을 닫았다.

그런 생활이 보름 동안 이어졌다. 그러니까 늦은 아침에 일어나 간단하게 끼니를 때운 뒤 책을 읽거나 음악을 듣다가, 오후에는 느티나무 정류장에서 버스를 타고 시내 어딘가에 내려 아무 식당에나 들어가 또 다른 끼니를 해결하는 단조로운 생활…… 아파트로 돌아오면 거실에 방치된 상자들 중 딱 하나만 골라 그 안에 든 짐을 정리했고, 그 뒤엔 거실에 모로 누워 베란다 너머에서 넘실거리는 여름밤을 건너다봤다. 움직이는 바람과 겹겹의 밤을 볼 수 있는 거실에서 잠드는 게 그녀는 좋았다. 잠들기 전에는 혜원의 아들에게 늘 비슷한 내용의 이메일을 보냈다. 열 통 넘게 이메일을 보내면서도 여전히 아파트에 대해서는 쓰지 않았는데, 그 사실은 때때로 그녀의 마음을 헝클었고 그런 무질서는 이내 그늘처럼 번져가기도 했다.

비가 왔다.

그녀가 홍천으로 거처를 옮긴 뒤 처음으로 내리는 비였다. 그녀는 우산을 쓰고 평소처럼 오후쯤 버스 정류장으로 갔지만 정시가 지나도 버스는 오지 않았다. 비가 와서 도로 상황이 좋지 않거나 승객이 많아져서거나, 둘 중 하나일 거라고 그녀는 짐작했다. 버스를 더 기다려야 할지, 아니면 아파트로 돌아가야 할지 결정하지 못한 채 주위를 둘러보는데 느티나무 뒤편, '쉼터 기도원'을 알리는 화살표 모양의 팻말이 새삼스럽게 눈에 띄었다. 궁금했다. 실은 저 팻말을 처음 봤을 때부터 산속의 기도원은 어떤 모습일지 내내 궁금하긴 했다. 그녀는 팻말 쪽으로 걸어갔다. 어차피 이곳에선 당장 처리해야 할 일이 없고 시내에 가도 만날 사람이 없었다. 무엇보다도 한 번쯤은 혜원을 위해 혜원의 신에게 기도하고 싶기도 했다.

그녀는 곧 팻말을 따라 산속으로 들어갔다. 등산로가 마련되어 있긴 했지만 걸어 다니는 사람은 거의 없는지 웃자란 나뭇가지와 젖은 풀잎들이 자주 길을 가로막았다. 20여 분 쉬지 않고 걸으니 낡고 투박한 3층짜리 베이지색 건물이 눈에 들어왔다. '쉼터 기도원'이라는 현판이 내걸려 있긴 했지만 이미 폐업한 듯 인기척은 없었고 출입문이며 창문은 다 부서지거나 깨져 있었다. 우산을 탈탈 털어 접은 뒤 출입문 안으로 들어가자 정체된 공기의 눅눅한 냄새가 훅 끼쳐왔다. 맞은편 벽에는 커다란 못이 박혀 있었는데, 아마도 십자가가 걸린 자리였을 것이다.

그녀는 못이 박힌 곳까지 뚜벅뚜벅 걸어갔다. 그러나 기도의 언어는 떠오르지 않고, 그저 누구에게든 묻고 싶다는 단순한 마음뿐이었다. 수많은 사람들이 이곳에서 두 손을 모아, 때로는 동그랗게 엎드려 기도했을 텐데, 저마다 비슷한 무게로 절박했을 그들의 염원을 고유한 것으로 구분하는 것이, 그 염원의 안쪽에 펼쳐진 개개인의 고통을 절대적으로 동정하는 것이 과연 가능한지에 대해. 그녀는 그렇지 않다고 생각했다. 아무리 생각해도 그럴 수는 없었다. 전체와 영원의 시선으로 본다면 한 사람의 염원이란 퀼트의 한 조각처럼 평균적인 일부이자 보편적인 욕망에 지나지 않는 것이다. 그러고 보니 절에서 나올 때도 지금과 비슷한 생각을 했다. 어느 날처럼 점심 공양을 마친 뒤 텃밭에서 작물을 캐는데, 작물은 계속 자라고 그녀가 아닌 누구라도 감자를 캐고 풋고추를 딸 수 있다는 그 당연한 사실이 대단한 깨달음인 듯 다가왔다. 흙 한 줌을 보면서도 구도를 생각하라고 은사 스님은 말하곤 했지만, 끊임없이 순환하는 자연 앞에서 인간의 구도는 무의미하다는 생각에 이르렀고 그 생각은 그때껏 그녀가 절에서 찾아낸 유일한 진실처럼 여겨지기도 했다. 더 이상 그곳에 있을 수 없었다. 그녀는 바로 자리에서 일어나 호미와 바구니를 텃밭에 내버려둔 채 터덜터덜 산길을 내려왔다. 아무에게도 인사하지 않았고 옷도 갈아입지 않았으며 소지품을 챙기지도 않았다. 산을 다 내려온 뒤엔 버스 터미널로 가는 버스를 탔고 거기서 공중전화로 동미에게 전화를 걸었다. 서울로 가는 버스표를 살 돈이 없었던 것이다. 동미가 그녀를 데리러 오기 전까지 그녀는 터미널 대합실에 앉아 오가는 사람들의 시선을 견뎌야 했다. 네댓 살의 남자아이는 민머리에 승복 차림을 한 그녀를 보더니 제 엄마에게 안기며 울음을 터뜨리기도 했다. 그때도 한여름이었다.

그곳은 이제 어떤 풍경일까. 20여 년 전에 그렇게 훌쩍 떠나온 뒤로 다시 가본 적이 없었다. 그럴 리 없다는 걸 알면서도 그곳은 그녀가 떠나올 때와 똑같은 풍경으로, 마치 누군가 스톱 버튼을 누른 화면처럼 그대로 남아 있을 것만 같았다. 텃밭에는 그녀의 손때가 묻은 호미와 바구니가 덩그러니 버려져 있고, 선방 섬돌에는 그녀가 신었던 고무신이 발 모양대로 늘어진 채 바깥을 향해 놓여 있는 것이다. 앉은뱅이 책상 위에 펼쳐진 경전, 그녀가 앉는 방식에 맞게 구김이 진 방석, 방석 옆에 두었던 살구나무 재질의 목탁과 발우, 그리고 우려낸 찻잎이 밑바닥에 남아 있는 찻잔⋯⋯

강희야.

혜원이 바로 옆에서 그녀를 부르는 것만 같았다.

그때 왜 그랬던 거야?

뭘 말이야?

그러니까, 왜 스님이 되려고 했어?

⋯⋯그게 언제 적 일인데, 나도 벌써 다 잊었지⋯⋯

너 그때 너무 어렸잖아. 대체 얼마나 큰 상처가 있어서 다

버리고 거길 들어간 거야?

......

강희야, 내 말 듣고 있는 거야?

혜원이 또다시 물었지만 그녀는 쉽게 대답하지 못했다. 그때는 혜원의 간병인이 된 지 얼마 안 됐으므로 혜원과 심정적으로 가깝지 않아서이기도 했지만, 그보다 자신의 삶에는 타인의 호기심과 애틋한 관심을 받을 만한 사연이 없다고 생각했기 때문이다. 그저 허무했다. 그렇게밖에는 설명할 수가 없었다. 어머니의 우울증과 습관적인 자해 소동을 지켜봐야 했던 유년의 기억은 그 허무에 비한다면 아무것도 아니었다. 노트에 꾹꾹 눌러썼던 시들이 어느 날부터인가 언어의 쓰레기로 보였던 것도 시간이 지나니 얄팍한 재능에 따른 당연한 결과로 여겨졌다. 날마다 그녀의 일부가 하수구로, 하수구의 구정물 속으로 흘러들어가고 있으며 언젠가는 그녀의 모든 것이 그리될 거라는 비관적인 허무에서 도무지 벗어날 길이 없던 시절이었다. 절에 들어간 이유라면, 오직 그뿐이었다.

그때였다. 등 뒤에서 철컥거리는 쇳소리와 함께 무거운 신발을 끄는 듯한 소리가 엇박자로 들려오기 시작했다. 경직된 채 천천히 돌아서자 군복을 입은 남자가 보였다. 저기⋯⋯ 어깨에 메고 있는 총과 상관없이 무해한 사람이라는 것을 알리려는 듯 빈손을 공손히 맞잡은 채 그가 말했다.

"저기, 혹시 먹을 것 좀 있을까요?"

*

시내에 있는 식당에서 탈영병에 대한 뉴스를 본 적이 있었다. 강원도 고성에 있는 군부대에서 육군 차 모(某) 이병이 선임병에게 실탄을 쏘고는 총기를 소지한 채 탈영했으며 총을 맞은 군인은 병원으로 이송되어 치료 중이라는 내용의 뉴스였다. 탈영병은 공교롭게도 혜원의 아들과 나이와 성이 같았다. 뉴스를 보면서는 그 나이의 차씨 청년은 수두룩하고 미국 이민자인 혜원의 아들이 귀국하여 입대했을 가능성은 제로에 가깝다고 생각하고 말았지만, 지금은 아니었다. 그녀는 기도원에서 나와 정신없이 산길을 내려가며 스물한 살의 남자에게는 고향으로 돌아와 다시 한국인으로 사는 것에 대한 선택권이 있다는 것을 상기했다.

아파트에 도착한 뒤엔 찬밥을 한입 크기로 동그랗게 말아 그 안에 멸치조림이나 장아찌를 조금씩 넣은 다음, 마지막으로 잘게 부순 김을 묻혔다. 계란을 삶았고 먹다가 남겨놓은 스낵과 빵과 음료수도 천 가방에 담았다. 더 영양가 있고 맛있는 요리를 해주고 싶었지만 그럴 만한 재료가 없었고 재료

를 사러 갈 시간도 없었다. 식당에서 탈영병 뉴스를 본 것이
벌써 일주일 전이니, 아무리 비상식량이 있었다 해도 적어도
사나흘은 고통스럽게 굶은 게 분명했다. 움푹 들어간 눈, 파
리했던 입술, 잔뜩 쉰 목소리, 군인에게 발견된 배고픔의 증
거는 차고 넘쳤다. 땀을 많이 흘리는 여름에 그렇게 굶다가
는 생명마저 위독해질 수 있었다. 한시가 급했다.

주먹밥과 다른 먹을 것을 가방에 넣어 다시 기도원으로
올라갔을 때 군인은 보이지 않았다. 아마도 어딘가에 숨어
서 그녀가 혼자 온 것이 맞는지 주시하고 있을 터였다. 주먹
밥을 담은 플라스틱 통을 열어놓자 잠시 뒤에야 그가 나타
났다.

군인이 편하게 먹는 것에 집중할 수 있도록 그녀는 기도
원에서 나가 그 주위를 서성였다. 비는 그쳤지만 흙과 자갈
과 그녀의 바짓단은 아직 젖어 있었다. 한차례 내린 비로 여
름의 농도는 한층 짙어진 듯했고 그새 배의 껍질이 단단해진
벌레들은 이전보다 더 우렁차게 울었다. 그녀가 다시 기도원
으로 들어갔을 때 그는 이미 빈 그릇을 정리하고 있었는데,
크고 무거운 총을 어깨에서 내려놓지 않은 채였다. 총의 외
피는 매끄러웠고 그 안에 실탄이 들어 있는 건 분명해 보였
지만, 그녀는 여전히 그가 무섭지 않았다. 그녀가 조심해야
한다고 생각하는 쪽은 오히려 그녀 자신이었다. 이름이 어떻

게 돼요? 혹시 홍천에서 태어나진 않았나요? 미국으로 이민 갔다가 돌아온 건 아니고요? 무턱대고 그런 질문을 쏟아낸 다면 그가 혜원의 아들일지 모른다는 비합리적인 의심에 스 스로 얽매이게 될 것이고, 급기야 네 엄마가 그토록 오랫동 안 이메일을 보냈는데 어째서 답장은커녕 수신 한번 하지 않 았느냐고 원망스러운 목소리로 하소연할 수도 있었다. 어쩌 면 그에게 손바닥을 내보이며 이 손으로 죽은 네 엄마를 어 루만졌으니 한번 잡아보라는 이상한 부탁을 할지도 몰랐다. 그가 혜원의 아들이 아니라면 하나같이 미친 짓으로 해석될 수밖에 없었다.

"먹고 싶은 거 있어요?"

그에게서 가방을 건네받으며 그렇게 묻자 그가 물끄러미 그녀를 바라봤다.

"말해주면 내일이라도 준비해 올게요."

"다시는…… 여기 오지 마세요."

대답하는 목소리가 뜻밖에도 단호했다.

"저도 떠날 거예요. 돌아갈 거니까요."

"귀대한다는 말인가요?"

묻자마자, 그녀는 바로 후회했다. 그의 눈동자에 경계의 빛이 어렸다가 흩어지는 것을 그녀는 알 수 있었다. 그때 기 도원 밖에서 풀 밟는 소리가 들려왔고 그는 몹시 당황한 얼굴로 자리에서 벌떡 일어났다. 비뚤어진 모자를 바로 쓰고 흘러내린 총을 추스르며 멀어져가는 어린 군인의 허둥대는 뒷모습은 너무 작고 연약해 보였다. 그녀가 가방을 챙겨 기도원을 나올 때까지 그는 다시 나타나지 않았다. 풀을 밟은 건 바람이거나 짐승이었는지 기도원 밖에는 아무도 없었다.

산에서 내려오자 정차해 있는 버스가 보였다. 이제 눈인사까지 나누게 된 기사는 오다가 바퀴에 문제가 생겨 늦어졌다는 걸 알려줬고 그녀는 괜찮다는 의미로 애써 입가를 올려 웃어 보였다. 그녀는 곧 커피 자판기 쪽으로 걸어갔고 처음으로 동전을 넣은 뒤 버튼을 눌러보았다. 잠잠하던 자판기는 기사가 다가와 발로 툭 차자 그제야 윙 소리를 내면서 종이컵 하나를 배출구로 떨어뜨렸다. 그녀는 두 손으로 종이컵을 보듬은 채 연갈색의 커피를 한 모금씩 마셨다. 커피는 생각했던 것보다 텁텁했고 필요 이상으로 달았지만 그 텁텁한 단맛이 일깨워주는 것은 명료했다. 군인에게 이름을 묻지 않은 것이 잘한 일이었음을, 종이컵을 다 비워갈 때쯤 그녀는 의심 없이 확신할 수 있었다.

*

전날 시내에 나갔다가 사 온 햄과 맛살, 단무지와 시금치와 우엉으로 김밥을 말아 다시 기도원에 갔을 때 군인은 없었다. 플라스틱 통의 뚜껑을 열어놓고 기다렸지만 30분이 지나도 그는 나타나지 않았다. 외로워졌다. 외로움은 해변으로 밀려와 퇴적되는 세상의 물건들처럼 그녀의 마음 가장자리에 쌓여갔다. 그녀는 김밥을 그곳에 그대로 둔 채 기도원을 나와 터덜거리는 걸음으로 산길을 내려갔다.

여느 때처럼 느티나무 버스 정류장에서 버스를 탔고 시내에서 내린 뒤엔 발길이 닿는 식당으로 들어갔다. 주문한 물냉면을 먹는 내내 텔레비전 화면에서 시선을 떼지 않았지만 그녀가 기다리는 뉴스는 나오지 않았다. 식사를 끝낸 뒤 카운터 앞에 선 그녀는 자기 또래로 보이는 종업원에게 탈영병에 관한 뉴스를 본 적 있는지 조심스럽게 물었다. 식당 종업원이라면 하루 종일 반강제로 텔레비전에서 흘러나오는 소식을 접했을 것이고, 그가 잡혔거나 자발적으로 귀대했다면 분명 지역 뉴스에는 나왔을 터였다. 그러나 그녀의 기대와 달리 종업원은 글쎄요, 심드렁한 말투로 대꾸하고는 거스름돈을 건넬 뿐, 아무런 관심을 내보이지 않았다. 불안했다. 그녀는 돌연 강렬한 불안감에 휩싸였다. 외로움이 해변의 퇴적물이라면 불안감은 부둣가에 버려진, 내용을 알 수 없는 상자들 같았다. 세상은 벌써 그를 잊은 것일까. 산속 기도원에 숨어 있는 군인을 아무도 발견하지 못한다면 그는 언제까지 생존할 수 있을 것인가. 그녀는 돌아서는 종업원의 팔을 붙잡으며 다급한 목소리로 다시 물을 수밖에 없었다.

"탈영병이 있다는 건 아시죠? 고성에서 선임 병사를 총으로 쏘고 달아난……"

그녀를 되바라보는 종업원의 시선이 싸늘했다. 종업원은 그녀에게 잡힌 팔을 단박에 빼내고는 주방 쪽으로 저벅저벅 걸어갔다. 정상인의 범주 밖에 있는 사람을 대하는 종업원의 매뉴얼인 모양이었다. 손바닥에는 양념이 묻은 천 원짜리 한 장과 동전 몇 개가 놓여 있었다. 그녀는 그 거스름돈을 쥔 채 한동안 계산대 앞에 우두커니 서 있었다.

어둠이 내린 뒤에야 그녀는 아파트로 돌아왔다.

현관문을 열자 아직 정리하지 않은 이삿짐 상자들이 가장 먼저 보였다. 그러고 보니 화장품, 헤어드라이어, 세제와 수세미 같은 생필품이 아직 생활이 되어보지 못한 채 상자 안에 갇혀 있었다. 그녀의 시선은 상자들 사이에 방치된 종이가방으로 옮겨갔다. 종이가방 안의 성물은 단순한 이삿짐이 아니라 언젠가 이 아파트와 함께 상속자에게 물려줘야 하는 혜원의 유산이었다. 알면서도, 그녀는 성물을 꺼내지도 않았고 더 안전한 곳으로 옮겨놓으려는 수고도 들이지 않았다. 그 순간 혜원의 슬픈 얼굴이 떠오를 것만 같아 그녀는 서둘러 욕실로 들어가 세수를 하고 이를 닦았다.

욕실에서 나온 뒤엔 평소대로 거실에 담요를 깔고 모로 누워 베란다 너머 여름밤을 건너다봤고, 의식하지 못한 사이 설핏 잠이 들었다. 그녀가 순식간에 잠에서 깨어 급하게 상체를 일으킨 건 탈영병이라는 단어가 껄끄럽게 귓속을 파고들어왔기 때문이다. 그녀는 머리맡에 두었던, 뉴스 채널에 맞춰놓은 휴대전화의 볼륨을 최대한으로 높였다. 차 모 이병의 총을 맞고 병원에서 치료 중이던 선임 병사가 중태에 빠졌으며 차 모 이병의 행방은 여전히 알 수 없다는 뉴스가 흘러나오고 있었다. 그건, 그녀가 가장 바라지 않은 시나리오였다.

그녀는 어느새 아파트에서 나와 어둠 속을 걷기 시작했다. 어둠 한 조각을 안고 맹목적으로 걷고 또 걸었다. 그러나 막상 느티나무 버스 정류장에 도착했을 땐 어디로 가야 하는 건지 판단할 수 없었고, 애초에 목적지가 있었는지조차 확신하지 못했다. 목적지가 공백인 이유는 느리게 깨달았다. 차 모 이병의 이름을 확인하려면, 그래서 그가 혜원의 아들이라는 어리석은 의심에서 벗어나려면 경찰서부터 가야 했고, 경찰에게 산속 기도원에서 그를 본 적 있다는 걸 증언해야 하는 것이다. 그녀는 차 모 이병을 보호할 수 없고 보호해서도 안 되는 목격자의 역할을 떠맡고 싶지 않았지만, 중태에 빠진 또 다른 군인에게는 자신의 증언이 필요하다는 것도 잘 알았다. 다리에 힘이 빠졌다. 그녀는 벤치에 털썩 주저앉으며 혜원아, 낮은 목소리로 불렀다.

혜원아.

어느 날이었던가. 그녀는 혜원의 부은 다리를 주무르며 지금처럼 조금은 절박하게 혜원을 부른 적이 있었다.

왜?

……무섭지 않아?

뭐가?

……

죽는 거 말이야?

그래.

강희야, 덕해 스님……

……

너는 암 같은 거에 걸리지 말고, 병원 아닌 데서, 그러니까 아주 멋진 데서 편하게 떠나면 좋겠다, 정확하게.

……멋진 데 어디?

물으며, 그녀는 혜원의 대답과 상관없이 낯선 도시의 버스 정류장을 혼자 상상했다. 눈이 펑펑 내리는 외진 버스 정류장에서 완전히 눈에 파묻힌 채 잠이 들듯 임종을 맞는 장면으로 상상은 확장됐다. 그런 상상을 하는 동안 그녀는 한 시절의 허무가 헛것 같았고 사는 것도 더 이상 무섭지 않았다.

그제야 그녀는 느티나무 아래 버스 정류장이 그토록 친숙했던 이유를 알 것 같았다. 긴 시간이 흐른 뒤 누군가 그해 여름에 홍천에는 왜 갔느냐고 묻는다면, 그저 귀향한 것뿐이라고 대답하며 웃고 싶었다. 그곳에서 사슴 모양으로 내려오는 빛의 입자로 빚어졌으므로 때가 되면 다시 그곳으로 흘러가 부서지고 허물어질 거라고도 말할 수 있다면 좋을 것이다. 그녀는 진심으로 그런 날을 꿈꾸었다.

밤은 점점 깊어갔다.

휴대전화로 시간을 확인하니 자정이 이미 지나 있었다. 졸음이 몰려왔다. 그녀는 벤치에 누웠고 느티나무 사이로 수면인 양 찰랑거리는 여름밤을 올려다봤다. 나뭇가지 무늬로 조각났지만 전체이면서 영원으로 가닿는 밤이었다. 시간이 좀 더 흐르자 구름 속에 숨어 있던 꽉 찬 달이 드러나기 시작했다. 동그란 달은 이곳과 다른 세계를 이어주는 통로처럼 보였고, 덕분에 그녀는 이 세계가 끝이 아니라고 생각할 수 있었다. 그것이 진실이든 아니든, 상관없었다.

달빛은 나무 꼭대기부터 환하게 물들었다.

버스는 오지 않았다.

흩어지는 구름

갑자기 로프웨이가 철컥, 하는 소리와 함께 멈추면서 상체
가 앞뒤로 흔들렸던 순간을 기억한다. 곧 로프웨이 문이 열
렸고 구름의 일부에 잠식된 산 정상의 평원이 나타났다. 그
산은 홋카이도에 위치한, 휴지기 상태에 있던 우스(有珠)라
는 이름의 화산이었다. 로프웨이에서처럼 산 정상에는 아무
도 없었다. 한파경보가 내려진 한겨울 오후에 그곳을 찾은
관광객은 나뿐이었다. 하산하는 마지막 로프웨이를 타기 전
까지 15분 동안, 나는 그 누구의 발자국도 찍히지 않은 눈 쌓
인 평원을 하염없이 걸었다. 아무리 걸어도 사람의 흔적은
없었고 내가 내뱉는 입김만이 구름 속으로 느슨히 스며들 뿐
이었다.

그날 이후부터 내 머릿속에는 허공의 신전처럼 구름에 반쯤 가려진 또 하나의 우스가 생성됐고, 두말할 것도 없이 그 풍경은 내게 죽음의 이미지가 됐다. 철컥, 하는 소리와 함께 로프웨이에서 떠밀리듯 내린 뒤 설원을 걸으며 조금씩 흐릿해지고 엷어지다가 마침내 구름 속에서 기화되는 것, 죽음이란 그런 것이라고 여기게 된 것이다. 가장 최근에 내 머릿속 우스로 로프웨이를 타고 올라간 사람은 공교롭게도 우재현 감독이었다.

한 달 전, 우재현 감독은 중국 칭다오의 어느 여관에서 심장마비로 죽었다. 인터넷 포털사이트에 올라온 짧은 기사로 그 소식을 접한 호재가 내게 문자로 알려줬다. 나는 생전의 우 감독을 만난 적이 없고 호재가 그에게 내 이야기를 했는지조차 알지 못했지만, 오래전 그의 영화를 떠올리며 우스의 정상에서 내려온 경험이 있던 내게 그 소식은 적지 않은 충격을 주었다. 기사는 한 시간 정도 메인 화면에 떠 있다가 별다른 반응 없이 사라졌다. 피곤하고 흔한 사연이었다.

우재현 감독은 꽤 인상적인 입봉작으로 영화판에 출사표를 낸 뒤 문제적인 작품을 다수 발표했지만, 상업성이 떨어지는 그의 영화에 투자를 하는 기관이나 기업은 점점 사라져갔고 영화판에서 그의 존재는 잊혀갔다. 그 세월 동안 그는 건강을 관리하지 않았을 테고, 그의 심장은 타이머가 장착된 기계처럼 아주 느린 카운트다운에 돌입했을 것이다. 그는 올해 초에 중국의 프로덕션으로부터 드라마 감독 제안을 받고 중국으로 건너갔던 모양이다. 드라마의 규모나 장르조차 알지 못한 채 단 한 통의 이메일만 믿고 전셋집까지 정리하여 떠났다고 했다. 나도 중국 가서 드라마 연출 자리나 좀 알아볼까. 호재가 생뚱맞게 그런 말을 했던 것도 그 무렵의 일이었을 것이다. 호재는 우 감독의 세번째 영화──내가 우스에서 떠올렸던 바로 그 영화로, 간암 말기 판정을 받은 감독의 아버지가 생을 정리해가는 지상에서의 마지막 한 계절을 담은 다큐멘터리였다──에서 조감독을 맡았고 사실상 그 경력을 계기로 감독의 길로 접어들었다. 그러나 그는 우 감독과 사적인 연락을 하며 지내지는 않았던 모양이다. 그가 아는 거라곤 우 감독이 중국에서 찍은 드라마가 없다는 것과 호텔도 아닌 여관에서 죽었다는 것, 이 두 가지뿐이었는데 그 정도의 정보는 기사만으로도 파악할 수 있었다.

"참, 근데 그때 우재현 감독님 장례식엔 갔었어? 유해는 한국에서 매장하거나 화장했겠지?"

나는 생각난 김에 호재의 어깨를 툭, 치며 물었다. 버스 등받이에 등허리를 기대고 있던 호재가 의아해하는 눈길로 내 얼굴을 쓰윽 훑어봤다.

"갑자기 웬 감독님 얘기야?"

"그러게, 갑자기 생각이 나네."

"감독님이랑 속초에 간 적은 있어."

내 질문과는 상관없는 엉뚱한 대답이었다.

"당신도 내가 조감독했던 그 영화 봤다고 했지? 혹시 그 장면 기억나? 감독님이 자기 아버지한테 여행 가고 싶은 곳 딱 한 곳만 알려달라니까 그분이 속초를 언급하시잖아. 선장으로 처음 배를 탄 곳이 속초라면서."

속초로 가는 고속버스에서 털어놓기에 맞춤한 일화라고 여겼는지 호재의 말이 길게 이어졌다. 20년 전에 본 영화였지만, 나는 그 영화의 거의 모든 장면을 선명하게 기억하고 있었고 속초 장면도 마찬가지였다. 여행길인데도 양복 차림에 넥타이를 매고 잘 닦은 구두까지 챙겨 신은 감독의 아버지는 속초 해변을 한참 동안 배회하다가 돌연 방파제 옆에 쭈그리고 앉더니 비닐봉지에 흙을 퍼 담기 시작했다. 그리고 일주일 뒤, 그는 속초행이 자신에게 주어진 마지막 숙제였다는 듯이 집에서 임종을 맞았다. 아들과 아들이 데려온 스태프들이 곁에 있어서 다행히 고독하지 않은 임종이긴 했다. 그가 아들에게 남긴 유언은 자기 몫의 유골함에 속초에서 가져온 흙을 함께 담아달라는 것이었다. 아버지가 그 흙을 죽은 선원의 골분으로 여겼을 거라는 감독의 내레이션이 아니더라도 그 이유를 짐작할 수 있긴 했다. 30년 전, 동해 먼바다로 나갔던 그의 배가 뒤집히면서 가장 나이 어린 선원이 바다에 빠져 실종되었는데 그는 평생 그 죽음에 죄책감을 느꼈다고 했다. 아내의 이른 죽음으로 혼자 두 아들을 키우면서도 죽은 선원의 홀어머니를 챙겼고, 그녀가 병을 앓을 때는 거의 매일 병원에 들러 살뜰히 간호를 했다. 최선을 다했다는 말을 들을 자격이 있는 사람이었다.

차창 밖으로 스쳐가는 이정표에서 원주와 춘천이 사라지고 강릉과 양양, 속초가 빈번히 등장할 즈음 호재는 잠이 들었다. 아니, 잠을 선택했다는 표현이 더 어울렸다. 과도하게 힘이 들어간 듯 보이는 굳은 얼굴은 일부러 잠 속으로 피신했다는 표식 같기만 했다. 그가 언제부터 기면을 앓듯 순식간에 잠들어버리는 습관을 갖게 됐는지는 기억나지 않지만, 작년 겨울부터 호르몬제를 복용하면서 두통과 그로 인한 수면장애가 심해진 나로서는 기면과도 같은 잠의 밀도가 상상도 되지 않았다. 계약직 교직원들 사이에 구조 조정 소문이 돌고 내 계약 종료일이 1년 앞으로 다가왔던 그때, 혼자 찾아간 산부인과에서 처방받은 호르몬제였다. 재계약의 전망은 밝지 않았다. 최근에 신규로 채용되는 교수들은 하나같이 나보다 어렸고, 교수들이란 나이 많은 계약직 교직원을 껄끄러워하기 마련이었다. 재계약을 거듭해오며 7년 차 직원이 되었으니 계약직으로서는 버틸 만큼 버틴 셈이기도 했다. 내

년엔 이력서를 쓰고 면접을 보고 전화를 기다리는 실직자의 생활이 다시 시작될 것이다. 실직 상태의 물질적인 결핍보다 긴장한 채 면접장으로 들어가는 마흔여섯 살의 내 모습을 상상하는 게 나는 더 괴로웠다. 사무직 면접은 아닐 것이다. 마트 계산원이나 공공 기관의 청소 용역 같은 일자리를 나는 얻게 될 것이다. 20년 넘게 학원 강사를 해오다가 쉰 살이 되면서부터 식당의 주방 보조로 취업한 효선 선배의 말을 빌리자면, 지금껏 내 것인 줄 알았던 트랙에서 벗어나 새로운 트랙에 익숙해져가는 지난한 순례가 시작되는 것이다.

버스는 이제 끊임없이 터널들을 지나가게 되었고, 하나의 터널을 통과한 뒤 새 터널로 진입할 때마다 나는 내 인생의 면접들을 떠올렸다. 면접의 횟수라면 스물네 살에 보았던 첫 면접 이래로 적어도 쉰 번은 될 터였다. 어느 시기엔 거의 매주 면접을 보기도 했다. 마지막 면접은 서른여덟 살 때였다. 지금 일하는 곳, 내가 졸업한 예술대학의 학력개발센터에서 나보다 열 살 이상 어리고 조건도 월등한 두 명의 지원자와 함께 면접을 봤다. 사실 그때 나는 채용이 내정되어 있었다. 나를 내정한 당시의 센터장 석 교수는 작년에 내 세번째 재계약 서류에 도장을 찍은 뒤 정년 퇴임을 했다. 그는 내가 졸업 작품으로 제출한 단편영화를 보고 유학을 권유했던 지도교수이기도 했다. 그가 연구실로 나를 불러 기대가 크다고, 한국의 빔 벤더스가 되라고 했던 날엔 수분이 많이 함유된 함박눈이 내렸는데, 학교를 나와 집으로 돌아가는 내내 그 물컹한 눈을 무방비로 맞으면서도 나는 전혀 추위를 느끼지 않았다. 내가 그의 직원이 된 이후로는 그와 영화 이야기를 한 적이 없었다. 대신 비용과 영수증, 항목과 처리 같은 단어가 들어간 대화를 나눴다. 나는 그가 법인카드로 결제한 사적인 영수증을 업무 비용 항목에 넣는 일도 했는데, 센터의 직원들뿐 아니라 호재조차 내가 그 일을 한다는 걸 알지 못했다. 돌이켜보면 내정된 채 면접을 봤다는 것 역시 나는 그 누구에게도 발설한 적이 없었다. 석 교수 밑에서 일했던 6년여 동안, 뉴스를 보다가 부역자나 공모자 같은 단어가 들려올 때면 조용히 화장실로 들어가 잇몸에 상처가 날 때까지 오래오래 이를 닦곤 했다. 환부나 증상 없이 나는 투병했다, 아무도 모르게……

*

　연이어지던 터널이 어느 순간 끝났다. 마지막 터널 바깥엔 이름을 알 수 없는 산이 펼쳐졌고 봉우리 위의 송신탑 주위로는 구름이 성긴 연기처럼 형태 없이 흘러가고 있었다. 마지막 터널을 통과하기 전까지만 해도 구름의 실루엣이 단정하여 분명한 실체처럼 보였다는 걸 나는 느리게 떠올렸다. 깨어난 호재가 내 어깨 위로 얼굴을 올려놓더니 길게 하품을 했다. 안개가 꼈나 보네. 잠시 뒤 그가 말했다. 여긴 산 정상이니까 구름으로 분류해야 하지 않을까, 대답하며 나는 그의 얼굴이 내 어깨에서 자연스럽게 미끄러지도록 몸을 살짝 틀었다. 마흔다섯 살 남자는 이제 잠에서 깰 때마다 쿰쿰한 입냄새를 풍기게 됐다. 나도 별반 다르지 않다는 건 잘 안다. 나이가 든다는 건 몸에서 배어 나오는 냄새에 속수무책이 되어간다는 의미이고, 가족은 일종의 냄새 공동체이기도 하니까. 혼인을 증명하는 서류가 없고 함께 낳아 양육한 아이는 없지만, 나는 호재를 내 유일한 가족이라고 여기고 있었다. 12년 동안 같은 공간에서 같은 음식을 먹으며 유사한 성분의 배설물을 만들어왔다는 건 가족이라는 가장 확실한 증거라고 나는 믿었다. 호재는 태평하게 기지개를 켜더니 가방에서 휴대전화를 꺼내 인터넷 화면을 클릭했다. 차창 밖에선 '속초 6킬로미터'라는 이정표가 방금 지나갔다.

속초에는 다섯 살 터울의 남동생이 게스트하우스를 운영하며 살고 있었다. 돌아오는 토요일은 그가 결혼 6년 만에 어렵게 얻은 딸의 첫번째 생일이었다. 조카의 이름은 지은이라고 들었는데, 나도 아직 실제로 본 적이 없었다. 지난주에 전화를 걸어온 그는 조심스러운 목소리로 속초로 여행을 오지 않겠느냐고 묻더니, 자신의 게스트하우스에서 숙박하며 여행하다가 토요일에 지은의 돌을 기념하는 저녁 식사를 같이 하면 좋겠다고, 마치 준비한 원고라도 읽듯 빠른 속도로 말했다. 그는 딸의 돌잔치에 나를 유일한 손님으로 초대한 것이었다. 동생으로선 크나큰 용기를 내어 제안한 것임을 모르지 않았으므로 나는 바로 수락했고, 그는 나의 즉각적인 반응에 얼떨떨해했다.

동생과 내가 서로에게 서먹한 건 유년을 함께 보내지 않은 탓이 컸다. 우리는 평소 연락을 주고받으며 지내지 않았고 단둘이 영화를 보거나 외식을 한 적은 한 번도 없었다. 엄마는 내내 그것이 염려되었던 모양이다. 심각한 관절염으로 재작년부터 요양원 생활을 시작한 엄마는 올해 초에 불쑥 동생과 나를 호출하더니 적어도 한 계절에 한 번은 만나며 살라는 유언을 남겼다. 아니, 미래의 유언을 미리 끌어와 남매가 겪은 외로움에 지불하려 했다. 한 시절의 외로움이 회수되거나 소비될 리 없으니 미래에서 온 엄마의 유언에는 아무런 지불 능력이 없었다. 게다가 동생과 내가 끈끈하게 엮이지 못한 건 다름 아닌 엄마 때문이었으므로 엄마는 차라리 우리에게 부채감을 느껴야 한다는 게 내 생각이었다. 아버지가 돌아가시면서 갑작스럽게 가장이 된 엄마는 당시 일곱 살이었던 동생을 시댁에 맡긴 뒤 서울에서 식당을 개업했다. 식당에는 고기를 떼 오고 숯불을 갈아주던 남자 직원이 있었는데, 어느 날부터인가 그 남자는 엄마의 방에서 엄마와 함께 잠을 자기 시작했다. 엄마는 시댁에 애인이 생겼다는 걸 숨기고 싶어 했으므로 나는 조부모의 집에 전화 한 통 거는 게 어려웠고, 특히나 동생에게는 거리를 둘 수밖에 없었다. 동생에게 실수로라도 그 이야기를 털어놓을까 봐 겁이 나기도 했고 그 애가 가능한 늦게 엄마의 비밀을 알게 되길 바라서이기도 했다. 돌이켜보면 흡사 팽이 같던 시절이었다. 나는 서울의 새 집에서, 동생은 노인들뿐인 친가에서 각자의 외로움을 안고 끊임없이 빙글빙글 돌아야 했던 시절…… 게다가 동생의 외로움에는 엄마에게서 버림받았다는 상처까지 얹어져 있는 듯했다. 새 남자와 살게 되면서 동생을 서울로 데려오겠다는 엄마의 계획은 끝내 실현되지 못했던 것이다. 엄마는 대신 동생의 용돈과 학비를 댔고 그의 입학과 졸업, 입대와 제대와 결혼식을 모두 챙겼지만 엄마 앞에서 웃는 동생을 나는 본 적이 없었다. 나는 동생을 이해할 수 있었다.

버스는 곧 속초 시외버스 터미널에 정차했다. 모텔 건물들에 둘러싸여 있는 작고 허름한 터미널이었다. 버스에서 내리는 나를 봤는지 어디선가 동생이 불쑥 나타나 내 캐리어를 가져갔다. 호재와 동생은 초면이었는데, 서로에게 처남이니 매형 같은 호칭은 쓰지 않은 채 가벼운 악수로 인사를 대신

했다.

게스트하우스는 터미널에서 10분 정도 거리에 있다고 했다. 오래전부터 바다 근처에 살고 싶어서 속초나 강릉 같은 곳으로 틈틈이 거주지를 알아보러 다니곤 했는데 재작년에야 여건이 되어서 이곳에 정착할 수 있게 되었다고, 내가 묻기도 전에 동생은 설명했다. 쓰러져가는 2층짜리 건물을 사서 대대적인 리모델링을 한 뒤 1층은 가족이 쓰고 2층에는 게스트하우스를 마련했다는 말도 이어졌다. 지방의 낡은 건물이라지만 동생의 나이를 생각하면 평균 이상의 성공으로 여겨졌다. 호재도 같은 생각을 했던 모양이다.

"다 빚이에요. 아마 지은이 결혼할 때까지 갚아야 할 거예요."

호재가 대단하다고 한껏 추켜세우자 동생은 심드렁하게 대꾸했다.

게스트하우스 외벽은 노란색으로 페인트칠이 되어 있어서 동화 속 집처럼 충분히 신비로워 보였다. 동생은 일단 짐을 내려놓으라며 2층으로 호재와 나를 데려갔다. 2층에는 싱글룸과 더블룸, 그리고 여성 전용 6인실이 있었는데 그중에 더블룸이 우리에게 배당된 방이었다. 방에 짐을 내려놓고 1층으로 내려가자마자, 순한 분유 냄새가 동심원처럼 번져왔다. 결혼식 이후로 처음 보는 올케가 지은을 안은 채 소파

옆에 서 있었다. 지은이 잠들었는지 올케는 목소리를 낮춰 인사했고, 나는 걸음에 소리가 묻어나지 않도록 조심히 그들에게 다가갔다. 담요 안에서 잠이 든 지은을 보자 저절로 입이 벌어지면서 가슴 한쪽이 설명할 길 없이 뜨거워졌다. 그 순간 건조하고 탁한 목소리가 체인에 감싸인 바퀴처럼 껄끄럽게 귓가를 맴돌았는데, 그건 내 차트를 유심히 내려다보며 자연적인 임신은 이제 힘들 거라고 일러준 산부인과 의사의 목소리였다. 잊어버리기 위해 몹시도 애썼지만 망각은 내 뜻대로 되지 않았다. 하긴, 그렇게 쉬운 건 없었다. 호재도 어서 지은에게 인사를 해야 할 텐데 아무리 기다려도 그는 1층으로 내려오지 않았다. 눈치도 없이 방에 누워 있는 건가, 이 여행의 주인공은 지은이란 걸 모르나, 중얼거리며 그를 데리러 2층으로 올라가자 뜻밖에도 호재는 동생과 함께 창가에 나란히 서 있었다. 창문 구조를 살피는 호재에게 동생은 여름 한철 장사라 비수기엔 적자가 나기도 한다고 일러주고 있었는데, 호재가 수입에 대해 직접적으로 물어본 탓에 어쩔 수 없이 답변하는 모양새였다. 내 기척을 느꼈는지 언뜻 뒤를 돌아보는 동생의 얼굴은 이미 지쳐 보였다.

"그래도 참 부럽네. 얼마나 좋아, 내 꿈이 바닷가에 작업실 하나 갖는 거였거든."

호재는 동생을 향해 이를 드러내어 웃으며 그렇게 말했다.

그 순간 동생과 나의 시선은 허공에서 한 번 얽혔다가 어색하게 엇갈렸다. 시선을 먼저 피한 쪽은, 아마도 나였을 것이다.

★

남동생의 전화를 받은 날 저녁, 호재에게 속초행에 대해 물은 건 단지 예의 차원이었을 뿐, 나는 처음부터 그의 거절을 전제하고 있었다. 그가 사람과의 접촉 자체를 최소화한 지는 꽤 오래되었다. 영화를 보러 갈 때는 조조나 심야 시간을 택했고 먼발치로 아는 사람을 발견하면 길을 에돌아서라도 마주침을 피했다. 그 은둔의 습관은 그가 새 영화를 찍어야 사라질 터였지만 전망은 밝지 않았다. 실패한 두번째 영화 이후 7년 만에 준비하던 세번째 영화는 기획 단계에서 무산됐고, 간혹 영화 제작사에 보내는 시나리오는 번번이 반려되는 눈치였다.

영상은 자신이 찍겠다고, 동행 의사를 밝힌 호재가 갑자기 톤이 높아진 목소리로 쾌활하게 덧붙여 말했다. 옷장 속에 처박아두었던 캠코더를 꺼내와 먼지를 털어내고 렌즈를 닦기도 했다. 그 캠코더는 호재의 두번째 영화가 크랭크인을 앞두고 있을 때 내가 선물한 거였다.

"그래도 그때가 내 전성기였지."

두번째 영화가 화제에 오르자 호재의 얼굴은 흡족함에 젖어들었다. 동생 부부가 내일 돌잔치로 분주해 보였으므로 호재를 데리고 게스트하우스를 나와 저녁을 해결하기 위해 속초 거리를 걷던 중이었다. 기억하고 있었다. 그때 그 영화의 시나리오로 기금을 받게 되었는데, 호재는 통장으로 기금이 들어오자마자 배우와 스태프의 인건비부터 정산한 뒤 남은 돈으로 촬영을 시작했다. 크랭크인 전에 인건비를 지급하는 건 흔한 경우가 아니었다. 아니, 어떤 감독도 그렇게 하지 않았다. 내가 이유를 묻자, 촬영 중간에 분명 기금이 바닥날 텐데 그때 가서 나쁜 궁리를 할까 봐 두려웠다고, 삼십대 중반의 호재는 고백했었다. 그 말을 듣고 며칠 뒤, 나는 용산 전자상가에 가서 그 캠코더를 구매했던 것이다. 영화를 찍기엔 기능이 부족한 캠코더였고, 나는 그저 촬영 사이사이 방심한 상태의 배우나 스태프를 기념으로 찍어두라는 의미에서 그 모델을 선택했다. 호재가 남해로 촬영을 갔을 때도 뒤이어 떠올랐다. 호재는 비교적 깨끗한 모텔의 두 층을 한꺼번에 빌려 배우와 스태프가 쾌적하게 지낼 수 있도록 해놓은 뒤 자신은 하룻밤에 만 원짜리인 여인숙에 묵었다. 근처에 사는 친척 집에 신세를 진다는 호재의 거짓말을 사람들은 믿었다. 그가 남해로 내려가고 사흘째, 그 여인숙을 나는 찾아갔다. 자정이 지나자 난방이 끊겼으므로 우리는 동이 틀

때까지 이불 속에서 알몸으로 서로를 껴안고 있어야 했다. 하룻밤만 그 여인숙에 머물 계획이었지만, 결국 나는 직장에 닷새간 휴가 신청을 내고는 남해 촬영이 끝날 때까지 그의 곁에 머물렀다. 순도 높은 열정의 시절이었다. 악의 없이 깨끗했으나 빚으로, 악평으로, 기회의 박탈로 되돌아왔던 이상한 열정…… 가까스로 촬영은 마무리됐지만, 촬영 이후 후반 작업을 할 때는 여기저기서 빌린 돈마저 다 써버렸으므로 편집에 공을 들이지 못했고 그 탓에 완성된 영화의 사운드는 처참한 수준이 되고 말았다. 영화는 평단과 관객으로부터 공평하게 외면받았다. 우리는 빚더미에 앉았고, 짧은 커튼콜이 끝난 뒤 우리의 손에 남은 건 캠코더 한 대뿐이었다. 그 빚을 갚아나가던 5년 동안, 나는 퇴근 뒤에도 거의 매일 과외 아르바이트를 했고 호재는 시나리오 한 줄 쓰지 못한 채 물류 센터와 공사장 같은 곳을 전전했다. 날마다 만성피로에 시달렸으며, 밤에는 우리 둘 다 짐승의 앓는 소리를 내며 잠들곤 했다. 전성기라고 하기엔, 실패로부터 회복하기 위한 긴 시간의 노동이 내게는 너무도 구체적이었다.

비수기의 관광지 거리는 조용했다.

행인은 거의 보이지 않았고 문 닫은 상점과 창문이 뜯긴 빈집, 임차인을 구하는 건물은 한 블록을 지날 때마다 번갈아가며 나타났다. 버스 정류장 주변을 서성이던 뚱뚱하거나 비쩍 마른 소년들과 소녀들이 암호처럼 웃으며 우리를 흘끗거렸다. 맞은편에서는 허리가 굽은 노파가 막걸리 병이 삐죽 나와 있는 비닐봉지를 든 채 위태롭게 걸어오고 있었다. 호재와 내가 길을 터주자, 노파는 우리를 지나쳐 골목 안쪽으로 들어가더니 방과 바로 이어지는 허술한 쪽문 안으로 들어갔다. 노파에게서 시선을 떼고는 내 쪽을 돌아보는 호재의 얼굴이 차가웠다.

"유령이 따로 없네. 대체 인생을 어떻게 살면 대낮부터 술이나 퍼마시고 저런 꼴의 집에서 사는 거냐?"

호재의 말투는 얼굴보다 더 차가웠다. 갑자기 밤의 영역으로 이주한 듯 대기에는 묽은 어둠이 스미고 있었으므로 호재가 멀어 보였다. 예전의 호재라면 대낮에 술을 받아오는 독거 노인에게서 가능한 숏을 구상했을 것이고, 그 숏에서 증식되는 이야기를 내게 가장 먼저 들려주었을 것이다. 내가 비평이나 조언을 할 때 귀를 기울이고 때로는 인상을 쓰며 반박도 하던 그를 지켜보는 것이 나는 좋았다. 한때는 호재가 아니라 그 순간들과 사귀고 있다는 생각도 했었다.

"차라리 바다 쪽으로 가서 회나 먹을까?"

걷다가 멈춘 호재가 물었고, 나는 아무래도 상관없다고 대꾸했다. 이미 충분히 피곤했다.

바다로 이어지는 대로를 따라 호재와 나는 간격을 두고 걸었다. 10분 정도 앞만 보며 걸으니 여객선 터미널과 부둣가가 나타났다. 호재는 그곳을 지나쳐 가려 했지만 나는 정박해 있는 여객선 앞으로 천천히 다가갔다. 여객선의 문과 창문은 모두 닫힌 채였지만 누군가는 저 안에서 음악을 들으며 커피를 마시고 있을 것만 같았고, 그 상상은 오랜만에 나를 웃게 했다. 내 졸업 작품의 주인공은 여객선을 본뜬 한강 선착장 매점에서 일하는 이십대 여성 경이었다. 하루에 한 번씩 구조대원이 커피를 마시러 그 매점에 오는데 경은 그가 도시의 천사라고 생각한다. 정작 구조대원은 죽음을 작정하고 강으로 뛰어든 사람을 구하는 것에 깊은 회의감을 품고 있지만, 경은 그의 속내까지는 알지 못한 채 그가 커피를 마시는 동안 늘 같은 음악을 틀어준다. 빔 벤더스 감독의 대표작인 「베를린 천사의 시」의 사운드트랙이었다.

"뭐 봐?"

호재가 다가와 물었다.

"여객선 보니까 경이 생각나서."

"경? 경이 누군데? 아……"

아, 하고 입이 벌어진 채로 호재는 어딘가를 향해 턱짓을 했다. 아까 버스 정류장에서 보았던 뚱뚱하거나 비쩍 마른 소년들과 소녀들이 방파제에 아무렇게나 걸터앉아 캔 맥주를 홀짝이고 있었다.

"쟤네들도 갈 데가 진짜 없나 보다."

호재가 나를 보지 않은 채 말했다. 호재는 곧 그들을 향해 목소리 없이 입만 뻥긋거려 무슨 말인가를 전했는데, 곁에 있는 나도 그 입 모양을 읽을 수 없었다. 어른의 말이 아니란 것쯤은 알 수 있었다. 새겨들을 필요가 없는 하찮은 말일 터였고, 어쩌면 저열한 농담일지도 몰랐다. 부둣가 주변의 조명이 투사된 바닷물이 그의 얼굴에서 노랗게 일렁거리는 것을 나는 물끄러미 바라봤다.

갈까, 말한 뒤 나는 그의 대답을 듣기도 전에 횟집 식당의 간판들이 빛을 뿜어내는 쪽으로 터덜터덜 걸어갔다. 경은 잘 있겠지? 우리가 막 연인이 되었을 무렵, 한동안 호재는 습관처럼 묻곤 했다. 밥을 먹다가, 낮잠에서 깨어나, 환절기의 어느 새벽에, 문득 고개를 들어 확인하듯 물었고 그렇겠지, 그때마다 나는 담담하게 대꾸했다. 경이 마치 연락은 뜸하지만 떠올릴 때마다 이유 없이 걱정이 되는 우리 모두의 조숙한 여동생이라도 되는 듯…… 호재와 석 교수를 제외하면 거의 아무도 보지 않은 그 영화의 필름은 오래전에 버려졌다.

*

다음 날은 예정된 대로 지은의 돌잔치가 진행됐다. 저녁 무렵, 식탁에 둘러앉아 동생 부부가 어제 오후부터 준비한 음식을 배불리 먹은 뒤엔 돌잡이를 위해 거실로 자리를 옮겼다. 호재는 2층 방에서 캠코더를 가져왔고 동생은 그리 크지 않은 동그란 상에 연필, 실패, 장난감 청진기와 플라스틱 마이크, 5만 원짜리 지폐를 겹치지 않도록 조심히 놓았다. 그새 새 원피스로 갈아입고 고깔모자를 쓴 지은이 올케에게 안겨 거실로 나왔다. 지은은 어른들의 시선을 한 몸에 받으며 골똘히 상 위를 훑어보더니 주저 없이 마이크를 집었다. 웃음과 박수 소리, 카메라 셔터 소리, 케이크를 꺼내 하나의 초에 불을 붙이는 소리, 생일 축하 노래와 한마디씩의 덕담, 올케와 지은이 함께 볼을 부풀렸다가 후, 입안의 공기를 내뱉는 소리가 연이어졌다. 나도 박수를 치고 노래를 부르고 덕담을 얹었지만, 눈앞의 광경이 반구형의 유리 속 세계처럼 나와는 완전하게 분리되었다는 느낌은 내 의지로 제어되지 않았다. 몇 발자국 떨어진 곳에선 상 주변을 돌며 촬영을 하는 호재가 보였다. 언제부터였을까.

언제부터 그는, 저 바깥에 있었던가.

틈틈이 동생 쪽을 살폈지만 그는 여전히 호재뿐 아니라 호재의 캠코더에도 시선을 주지 않았다. 식사를 할 때부터, 아니 호재와 내가 1층으로 내려온 뒤부터 내내 그랬다. 저마다의 케이크 접시가 비워져갈 즈음, 올케는 잠투정을 하는 지은을 재우기 위해 방으로 들어갔고 나는 동생에게 술이 좀 있느냐고 물었다. 속초에서의 마지막 밤이기도 했고, 오랫동안 마음에 담아두기만 했던 사과의 말을 전하고 싶기도 했다. 동생은 귀찮은지 살짝 인상을 쓰는 듯했지만 곧 냉장고에서 맥주와 소주를 꺼냈다. 동생과 나, 그리고 호재는 다시 주방 식탁에 둘러앉았다.

술자리는 마련됐지만 분위기는 여전히 냉랭했다. 나는 지은이 귀엽다고, 선물로 사 온 옷이 잘 맞으면 좋겠다고, 올케는 정말 좋은 사람 같다고 두서없이 주절거렸고 동생은 간간이 고개만 끄덕일 뿐 아무런 대꾸도 하지 않았다. 내 왼편에 앉은 호재는 취하기로 작정한 사람처럼 빠른 속도로 술잔을 비워가는 중이었다.

"처남, 아까 하던 이야기 계속해도 돼?"

어느 순간 호재가 동생과 나 사이로 불쑥 얼굴을 들이밀며 물었다. 술기운으로 붉어진 그의 두 눈이 나는 불안했다.

"아까? 아까 무슨 일 있었어?"

"아니, 내가 여기 오기 전에 편의점에서 처남을 만났거든. 둘이 얘기를 좀 했어. 처남이 게스트하우스 오픈할 때쯤에 어머님은 식당을 정리했잖아. 그래서 혹시 어머님한테서 도움을 좀 받았느냐고 물었거든. 만약 그랬다면 당신은 뭐가 되는 거야? 당신은 어머님한테 돈 한 푼 못 받고……"

호재는 같은 자리에서, 같은 톤의 목소리로 계속 떠들어댔지만 내 귀에는 그 뒤에 이어지는 말이 불분명한 소음으로 변질되어 들렸다. 돌멩이나 쇳덩어리가 내는 소음과 다를 것 없었고 나는 그저 두 귀를 틀어막고만 싶었다. 곁눈으로 슬쩍 바라본 동생은 서늘한 눈빛으로 호재를 쏘아보고 있었다. 호재에게서 시선을 떼지 않은 채 동생이 나를 불렀다.

"누나."

"……"

"누나, 엄마가 그러더라. 저 사람이 영화 만든답시고 누나가 월급 받는 족족 가져다가 썼다고, 정작 누나는 직장 다니느라 영화감독도 포기하고……"

"주완아."

나는 뒤늦게 정신을 수습하며 동생의 말을 잘랐다. 그제야 동생은 내게로 시선을 돌렸고 우리는 정적 속에서 잠시 서로를 마주 봤다. 나와 닮은 남자, 그는 이번에도 인색한 미소조차 보이지 않았다. 실은 늘 그랬다. 동생은 날 보면서도 웃은 적이 없었고 그 이유라면 너무도 명백했다. 나는 엄마와 함께 그를 버렸고 혼자 크게 내버려두었으니까. 그가 아이에서 소년을 거쳐 성인 남자로 성장해가는 모습을 지켜봐주지 않았고, 혼돈과 방황의 순간에도 곁에 있어주지 않았다. 바다 근처에서 살고 싶다는 그의 소망이 언제 시작되었는지도 나는 알지 못했다. 그 작은 소망을 갖기까지 그가 통과한 패배의 모양과 타협의 과정에 대해서도 내가 아는 것은 없었다. 심지어 나는 엄마처럼 그의 삶의 기념일들을 챙기지도 않았다. 내가 그를 이해한다는 건 뻔뻔한 착각이고, 이제 나는 그것을 더 이상 모른 척할 수 없었다.

미안하다는 말조차 내게는 사치였던 셈이다.

"누나가 내 누나니까 내가 조언 하나 해도 되겠지?"

"……"

"누나, 정신 똑바로 차려. 누나가 말이야, 엄마를 닮았어. 그래, 쪽팔리지만 다 말할게. 2년 전에 엄마한테 처음이자 마지막으로 좀 도와달라고 하긴 했어. 엄마가 그러더라, 요양원에 들어가는 돈 제외한 나머지는 다 그 동거남한테 줬다고. 새 삶 시작하라고, 좋은 여자 만나라고 줬대. 웃기지?"

웃기지,라고 동생은 물었지만 아무도 웃지 않았고 우리 세 사람의 얼굴은 각자의 방식으로 일그러질 뿐이었다. 두통 때문이야. 나는 변명하고 싶었다. 얼굴이 화끈거리고 손이 떨리는 건 수치심 때문이 아니라 두통으로 잠을 못 자서일 뿐이라고, 단지 호르몬제의 영향이라고, 내 몸과 감정은 약품 공장에서 제조된 화학 성분의 알약에 지배받고 있다고, 그렇게 하찮다고, 나는 아무것도 아니라고. 아니, 아무것도 아니기 위해 애썼던 건지도 모른다. 동생의 말은 반은 맞고 반은 틀렸다. 오래전에 영화를 포기한 건 맞지만 호재를 위해서는 아니었다. 내 영화가 선택되지 못하고 혹평과 비난의 대상이 되고 외면받게 될 날들을 상상하는 것만으로도 나는 충분히 고통스러웠다. 상처받지 않기 위해 제로의 상태로 남아 있는 것, 그것이 내가 살아온 방식이었다. 상대의 자리와 관중석마저 텅 빈 링에서 헐거운 글러브를 끼고 혼자 서 있는 후보 선수처럼……

동생이 의자를 뒤로 세게 밀치며 자리에서 일어났다. 방문을 빠끔히 열고는 이쪽을 건너다보는 올케의 눈빛은 멀어서 해석되지 않았고, 나는 그것이 다행이라고 생각했다. 동생은 곧 방으로 들어갔다. 방문이 닫히는 소리는 크지 않았지만 대신 단호했다.

영원히 열리지 않을 문이었다.

"아까 있잖아."

동생이 사라지자 두 손으로 자신의 머리칼을 심하게 헝클이며 호재가 다시 말을 꺼냈다.

"처음부터 그렇게 노골적으로 묻지 않았어. 그냥 궁금해서, 아무 사심 없이, 이 게스트하우스의 공사비랄지 대출금 같은 것만 물었어. 근데 처남이 얼굴이 벌게져서는 자격 운운하는데 나도 순간 화가 나더라고."

억울한 듯 호재의 목소리는 다급해졌고 나는 거품이 모두 꺼진 유리잔 속 맥주를 물끄러미 들여다봤다. 내가 그에게 해줄 수 있는 말은 단 하나뿐이었다.

"아니야."

"뭐?"

"저 애는……"

깊이 숨을 내신 뒤, 나는 똑바로 그를 쳐다봤다.

"당신 처남이 아니라고."

그 말을 끝으로 나는 잔에 남은 맥주를 한번에 들이켰다. 이제 짐을 싸서 이곳을 떠나야 할 시간이었다. 파티는 끝났다.

*

서울행 막차는 15분 후에 출발할 예정이었다. 15분은 결코 긴 시간은 아니지만 중요한 선택 하나를 하기엔 충분한 시간이기도 했다. 버스표를 끊은 뒤 대합실 맞은편의 커피숍으로 들어가자 미리 와 있던 호재가 창가 자리에서 손을 살짝 들어 보였다. 우리는 마주 앉아 간간이 창밖을 내다보며 뜨거운 커피를 마셨다. 커피숍은 서울행 막차 시간에 맞게 문을 닫는지 음악은 이미 끊겨 있었고, 대신 찻잔을 물로 헹구거나 거품기와 티스푼 같은 것을 제자리에 놓는 소리로 소란스러웠다.

"어제 고속버스에서 물었지, 우 감독 장례식에 갔느냐고."

끊임없이 달그락거리는 소란 속에서 호재가 먼저 말을 꺼냈다. 술이 깼는지 얼굴은 해쓱했고 목소리엔 힘이 빠져 있었다. 헝클어진 머리칼 때문인지 외려 주눅 들어 보이기까지 했다.

"실은 갔어. 가긴 갔는데, 빈소 앞에서 발길을 돌렸어."

"……왜 그랬어?"

"무서웠어."

"……"

"무섭더라, 내 미래 같을까 봐. 내가……"

"……"

"내가, 기대고 싶었나 봐. 그래, 알아, 너무 앞서갔어."

"……"

나는 커피 잔을 내려놓은 채 가만히 호재를 바라봤다. 지방 소도시의 커피숍에서 마주 본 호재는 내 유일했던 가족이 아니라 오늘 처음 소개받은 사람인 듯 낯설어 보였다. 이별의 감각마저 무뎌진 미래의 어느 날에 12년을 봐온 익숙한 얼굴이 아니라 지금의 이 낯선 얼굴이 기억난다면 억울할 것 같았다. 억울하겠지만, 되돌릴 수 없다는 것도 나는 알고 있었다. 나는 주머니에서 버스표 한 장을 꺼내 테이블 위에 올려놓았다. 15분을 채우기도 전에 내 선택은 이미 완료된 것이다.

"나는 내일 출발할게. 뭐, 찜질방 같은 데서 자면 돼."

"그게…… 무슨 말이야?"

호재가 눈을 끔벅이며 물었다. 그는 곧 내 말의 의미를 깨닫겠지만, 그뿐일 것이다. 그는 자신을 가장 사랑하는 사람이니 내 선택을 바꾸기 위한 어떤 노력도 하지 않으리란 건 내가 더 잘 알았다.

"큰 짐만 일단 빼줘. 자잘한 소지품은 호재 씨 있는 곳으로 내가 부쳐주면 되니까."

"……"

"이제 일어나서 떠나. 시간이 됐어."

시간…… 시간이라고 나는 생각했다. 훗날 속초의 버스 터미널 커피숍을 떠올리면 재각거리는 가상의 초침 소리가 가장 먼저 그 장면에 덧씌워질 거라고, 편집에 공을 들인 화면처럼, 그래서 호재의 모든 행동이 초 단위로 분절되어 기억될 거라고도. 호재가 뚫어지게 버스표를 내려다보고 그것을 손에 쥔 채 의자에서 일어나 배낭을 어깨에 메고 커피숍의 문을 열고 나간 뒤 승차장에 대기 중이던 버스에 오를 때까지, 나는 마음속으로 내내 초를 셌다. 287초, 12년은 287초로 산출됐다. 이제 우리는 다시는 만나지 않을 것이다. 호재를 태운 서울행 막차가 터미널에서 빠져나가는 걸 지켜보며 나는 예감했다. 그 예감은 생소했지만, 내게 남은 유일한 확실성이기도 했다. 호재와 함께할 미래는 방금 전에 취소됐다. 이제 내 삶은 이 커피숍의 반복적인 연쇄와 같을 거라고 뒤이어 생각하자 오히려 마음이 편안해졌다. 꾸부정히 앉아 혼자 커피를 마시는, 기차 칸처럼 연결된 수많은 밤의 커피숍들이 고독한 링을 벗어난 내 삶의 새로운 무대가 되는 것이다. 그러나……

그러나 내가 마지막으로 하고 싶었던 말은 이런 것인지도 몰랐다.

가령, 우스는 지난 3백 년 동안 여덟 번 분화했다는 기록을 찾아 읽은 적이 있다는 이야기…… 마지막 분화는 2000년이었으니 휴지 기간의 평균을 적용해보면 우스의 다음 분화는 2040년쯤이 된다. 물론 자연재해에 평균이란 없으므로 우스는 내일이라도, 아니 지금 당장이라도 분화할 수 있다. 그런 걱정 끝에선 늘 한 사람이 떠올랐는데, 그녀는 로프웨이의 출입문 앞에서 곧은 자세로 서 있던 젊은 여성이었다. 12년 전, 우스의 정상과 이어진 로프웨이에는 나 말고도 한 사람이 더 탑승해 있었던 것이다.

하산하는 로프웨이에서 나는 용기를 내어 그녀에게 일본어로 말을 건넸다. 그녀의 이름은 잊혔지만 그녀가 그 무렵 스무 살이었고 고등학교를 졸업하자마자 로프웨이 안내원이 되었다는 건 아직 기억 속에 있다. 짧은 대화가 몇 번 오간 뒤, 나는 그녀에게 무섭지 않느냐고 조심스럽게 물었다. 어느 순간 이 산이 분화된다면 순식간에 화염 속에서 잿더미가 될지도 모르는데 겁이 나지 않느냐고 덧붙이며. 그녀는 한 번도 우스의 분화를 가정해보지 않았는지 곰곰이 내 질문을 되새기는 듯하더니, 잠시 뒤 이렇게 대답했다. 15분에 한 번씩 죽는 연습을 하는 셈 치겠다고, 로프웨이에서 내릴 때마다 죽었다가 다시 태어난 것으로 여기겠다고도. 일이 무료해서 그만둘 생각밖에 안 했는데 이 직업의 매력을 일깨어주어 고맙다고 뒤이어 말할 때는 뜻밖에도 밝은 미소를 지어 보이기도 했다. 한겨울의 숲을 가로질러 내려가는 로프웨이에서 나는 조금 웃었는지도 모른다. 내가 우스의 정상에 남으려 했다는 걸 그녀가 다 알고 대답한 것만 같았으니까. 그랬다면, 다음 날 첫 로프웨이가 올라올 때까지 아무도 없는 그곳에 혼자 남게 되었다면, 아마도 나는 추위 속에서 의식을 잃어가다가 영원한 잠에 빠져들었을 것이다. 물론 나는 다른 선택을 했다. 죽음이 가능하다는 것을 깨달은 순간부터 스물다섯 살에 극장에서 보았던 영화, 바로 우 감독의 그 다큐멘터리영화 속 한 장면이 머릿속을 떠나지 않았는데, 결국 그 장면이 내 발걸음을 로프웨이 승차장 쪽으로 돌아서게 했다는 걸 나는 분명하게 기억하고 있다. 감독의 요구가 없었는데도 스태프들이 자발적으로 한 명씩 왕년의 선장에게 다가가 작별의 인사를 건네는 장면이었다. 죽는다면 그렇게 죽고 싶다고, 눈 쌓인 평원을 걸으며 나는 그 어느 때보다 뜨겁게 열망했었다. 그중 누군가는 내 손을 잡으며 말해줄지 몰랐다.

당신은 최선을 다해 살았다고, 누구도 그 이상을 해낼 수 없었을 거라고, 우리는 모두 그것을 알고 있다는 말을……

우스에 다녀오고 얼마 뒤 지인이 초대한 영화 시사회장에서 호재를 처음 만났을 때 나는 이미 그에게 반해 있었는데, 사실 그럴 수밖에 없긴 했다. 우스의 정상에서 떠올린 그의 말, 그가 감독의 아버지에게 전한 말들이 그때는 내 삶을 구성하는 가장 중요한 일부였던 것이다. 나는 이 이야기를 지금껏 호재에게 한 적이 없었다. 우스의 정상에서 그의 말이 나를 살렸다는 것이나 그를 만나기 전까지 내가 살아온 33년은 로프웨이 직원의 15분과 같았다는 그런 이야기를……

빗방울 하나가 창문에 부딪혀 떨어졌다. 구름의 한 조각으로 소급되는 빗방울, 그것은 내가 사는 행성이 끊임없이 돌고 있고 모든 물질은 순환하며 나는 다만 이곳에 일시적으로 머물고 있다는 사실을 환기시켰다. 나는 안심했다. 안심하고, 또 안심했다. 그때였다. 철컥, 하는 귀에 익은 소리에 천천히 뒤를 돌아보자 금고에 자물쇠를 걸어 잠그며 커피숍 점원이 말했다.

이제 문을 닫을 시간이라고, 그렇게 말했다.

하나의 숨

그 전화를 받기 전, 나는 부암동에 있는 퓨전식당에서 기현 씨와 함께 주문한 식사가 나오길 기다리고 있었다. SNS에 빈도 높게 올라오는 식당이라 적어도 일주일 전에는 예약을 해야 올 수 있는 곳이라고, 기현 씨는 은근히 칭찬을 바라는 소년처럼 싱긋 웃으며 말하고는 내 컵에 물을 따랐다. 물 따르는 소리가 둥글고 투명했다. 그가 우리 각자의 집에서 거리가 먼 유명 식당에 굳이 예약까지 해놓은 이유라면 듣지 않아도 알 것 같았다. 그즈음 몇 번의 시도 끝에 김포에 들어서는 아파트 청약에 당첨된 그는 내년 여름쯤에 내가 가구와 가전제품, 그리고 여러 생활용품을 장만하여 자신과 함께 그 아파트로 입주하기를 바라는 것 같았다. 이상할 건 없었다.

비혼주의자가 아닌 삼십대 중반의 여자와 남자가 소개로 만나 세 계절 동안 데이트를 해왔다면 그 상식적인 귀결이 결혼이라는 것쯤은 나도 잘 알고 있었다.

휴대전화가 울린 건 애피타이저로 게살수프가 나온 직후였다. 휴대전화 액정에 뜬 하나의 이름을 본 순간, 나는 조금 의아하긴 했다. 하나는 뭐랄까, 오해로 야단을 맞거나 피해를 입어도 별다른 대응을 하지 않다가 그 오해가 풀리면 그제야 뚱한 얼굴로 아니랬잖아요,라고 투덜대고 말 학생이었다. 아무리 용건이 분명하대도 교사가 퇴근한 시간에 전화를 거는 행동은 내가 파악한 하나의 성격과는 어울리지 않았던 것이다. 나는 기현 씨에게 눈짓으로 양해를 구한 뒤 휴대전화를 들고 식당 밖으로 나갔다. 하나와 통화를 길게 할 것 같지는 않아 외투는 의자에 그대로 둔 채였다.

하나는 잔업을 끝내고 회사 기숙사로 돌아가는 길이라고 했고 매일 같은 길을 걷는 게 때로는 심심해서 아는 사람들에게 전화를 걸곤 하는데 오늘 저녁엔 내가 당첨되었다고 덤덤하게 말을 이어갔다. 그랬구나, 나는 대답했다. 나는 하나가 하려는 말이 있다는 걸 알았고 그 내용도 짐작됐지만, 가능한 한 그 화제에서 비켜나고 싶었다. 솔직히 말하면, 그런 화제에 나는 이미 지쳐 있었다. 2학기로 접어들면서부터 현장실습이라는 이름으로 중소 규모의 여러 회사에 취업이 되어 학교를 떠난 학생들은, 적어도 한 번 이상은 내게 전화를 걸어와 힘들다고 투정을 부리거나 다른 회사를 알아봐줄 수 없는지 직접적으로 묻곤 했다. 그럴 때 당장 때려치우고 학교로 돌아오라고 멋지게 말하는 건 내 몫이 될 수 없었다. 일단 학생들이 흡족해할 만한 회사가 희소했고, 설혹 조건이 맞는 새로운 회사를 찾는다 해도 단기 이력은 재취업에 방해가 되곤 했으므로 입사가 보장되지도 않았다. 무엇보다 그때 나는 학교 일에 무기력한 상태였다. 그 무렵 학교로부터 계약을 연장하지 않겠다는 통보를 받은 나로선 노동의 열도랄지 밀도를 유지하는 게 쉽지 않았다. 아니, 내 인격으로는 불가능했다. 지난 3년 동안 학폭위 구성이니 3학년 담임 같은 피로한 업무만 맡겨놓고 계약 해지라니, 사람을 쓰라리게 하는 해고 방식이었다. 여러 고등학교에서 시간강사로 전전하던 나는 3년 전 그 학교에 기간제 교사로 채용된 뒤부터는 1년 단위로 재계약을 해온 상태였다.

하나와 연결된 휴대전화 저편에서 귀뚜라미 소리가 희미하게 들려오기 시작했다. 퇴근 시간 넘어서도 종종 잔업을 시키는 공장, 공장에서 일정 거리를 걸어야 나오는 기숙사, 기숙사로 이어지는 길 양쪽에 아무렇게나 자란 풀과 그 풀잎들 사이에서 통신하는 벌레들…… 그 짧은 시간 동안 내가 유추한 범위는 그 정도였다. 하나가 일하는 공장이 휴대전화가 유일한 낙인 황량한 곳에 위치했다는 것이나 공장에서 기숙사를 오가는 길에는 환한 조명을 밝힌 상점이 전무하다는 것, 그리고 그런 환경이 만 열여덟 살 하나에게는 테두리가 투명한 감옥과 다를 것 없다는 데까지는 생각을 확장하지 못했던 셈이다. 하나가 내게 절박하게 전하고 싶은 말이 따로 있었다는 걸 알게 된 것도 그날로부터 한 달여가 지난 뒤였다. 하지만 그때는 하나에 관한 이야기라면 쓸모가 없어진 시점에 도착한 아주 크고 무거운 수하물이나 마찬가지였으므로, 뒤늦게 내게 온 그 이야기를 나는 머릿속 창고에 정연하게 보관할 수는 없었다.

"샘, 저 다시 학교로 돌아가면 안 될까요?"

잦아들었던 귀뚜라미 소리가 또다시 크게 들려온다고 생각한 순간, 한동안 말이 없던 하나가 그렇게 불쑥 물었다. 난감했다. 학교를 떠난 학생들한테서 늘 듣는 말이고 예상한 질문인데도 평소보다 더 난감했던 건 사실이다. 하나는 이미 회사 적응에 실패한 적이 있었다. 그때도 지금처럼 회사가 정식 채용 전에 실시하는 교육 기간에 일을 그만뒀다.

"지난달에 실습 나갔던 그 의료 기구 만드는 공장 말이야, 벌써 잊었어? 너 거기서는 고작 일주일 일했잖아. 교육 기간 석 달도 못 채우고 자꾸 그만두면 그다음엔 정말 일할 만한 데가 없다는 거, 하나야, 너도 알잖아."

76

"……"

"남의 돈 받는 게 원래 쉽지 않아. 그건 남들도 다 똑같아."

"……"

"하나야, 좀 참아봐."

"……"

하나는 조용했다.

다음 달에 공장으로 현장 점검을 나갈 테니 그때 보자고, 진작 찾아갔어야 했는데 그동안 일이 생겨 그러지 못했다고, 미안하다고, 미안해, 하나야, 말하려는 순간, 하나가 성의 없는 목소리로 알겠다고, 다 알아들었다고 연이어 대답했다. 자신의 일에 곧잘 싫증을 내는 학생에게라면 해줄 만한 충고가 아직 많이 남아 있었지만 나는 이내 단념했다. 예민한 십대와 마음을 다쳐가며 대화를 이어가고 싶지 않았고, 더욱이 하나에게 이제 나는 고작 두 달짜리 선생이었다. 마지막으로 형식적인 인사를 나눈 뒤 통화를 종료하고 식당 쪽으로 돌아서자, 그새 여러 개의 접시가 놓인 테이블과 흐뭇한 얼굴로 테이블을 내려다보는 기현 씨가 눈에 들어왔다. 플랫폼에서 떠나가는 기차의 식당 칸을 건너다보는 사람이 된 것 같기도 했고, 먼 나라의 입국 심사대 앞에 혼자 선 듯한 기분이 들기도 했다. 식당의 문손잡이를 잡았다. 문이 열리면서 딸랑, 하는 방울 소리가 울려 퍼졌는데 적어도 내 기억 속에선 명료한 금속음이 아니라 메아리가 번지는 몇 겹의 얇은 소리였다. 나는 중요한 무언가를 잃어버린 사람처럼 잔, 잔, 잔, 울리는 그 방울 소리를 들으며 잠시 우두커니 서 있었다. 나중에 그날을 떠올릴 때마다 식당 안이 텅 빈 암흑이 된다거나 내가 그 암흑 속으로 뚜벅뚜벅 걸어 들어가는 상상이 이어지리란 걸 짐작도 하지 못한 순간이었다.

*

그날 이후 하나에게서는 다시 전화가 오지 않았고, 나 역시 하나와 통화했다는 사실조차 잊고 지냈다. 무겁게 혼란스럽던 시기였다. 기현 씨는 결혼에 대한 이야기가 구체적으로 오가길 원했지만 나는 그에게 내 얄팍한 통장과 예정된 실업을 알리는 것이 주저됐고, 동시에 그 주저가 견딜 수 없이 불편해지곤 했다. 하나와 통화하고 한 달여 뒤, 교무실에서 그 전화를 받으면서도 나는 전화기 너머의 말을 도무지 해석할 수 없었고 그 사고의 진동이랄지 파고를 현실적으로 감각하지도 못했다. 그때 나는 교육청에서 내려온 서류를 컴퓨터 화면에 띄워놓은 채 휴대전화로 구인 구직 사이트를 들여다보던 중이었다.

오후 수업을 모두 취소하고는 학년 부장 선생의 차를 타고 바로 평택에 있는 병원으로 내려갔지만 그날은 하나의 응급수술 직후여서 하나 어머니만 겨우 만나고 돌아왔다. 다음 날부터는 처리해야 할 일이 자꾸만 밀려들었으므로 서울을 떠날 수 없었다. 하나가 취업하면서 그 회사로부터 받은 계약서니 협약서를 검토해야 했고 산재보험과 고용보험의 적용 범위를 알아봐야 했으며, 교감이나 교장에게 사고 경위를 보고해야 했다. 통곡하듯 우는 학생들을 달래는 일과 전교생과 교사들이 자발적으로 모으기 시작한 성금을 관리하는 일도 내 몫이었다.

나흘 뒤에야 나는 다시 평택으로 내려갈 수 있었다. 이번 엔 나 혼자였다. 하나 어머니가 병원 로비에서 나를 기다리고 있다가 먼저 알아보고는 다가와 반겨주었다. 안으로 말려 있는 사람, 처음 봤을 때처럼 나는 그녀에게서 그런 인상을 받았다. 마치 보이지 않는 거인이 손끝으로 내리누르고 있는 사람인 듯 어깨가 미묘한 곡선으로 굽은 데다 뒷목이 그 어깨에 파묻혀서인지도 몰랐다. 나는 그녀를 따라 복도에서 대기하고 있다가 면회 시간에 맞춰 중환자실로 들어갔고, 인공호흡기로 숨을 쉬는 하나를 10분 정도 가만히 내려다보기만 했다. 하나 어머니 앞에서 울어서는 안 된다는 강박 때문인지 감정은 쉽게 억제됐지만, 대신 그런 평정심에 잠시 멀미가 일긴 했다. 응급수술 이후에도 출혈이 있었다는 하나의 뇌는 회복되지 못했다. 하나는 여전히 의식불명 상태였다.

중환자실에서 나왔을 땐 자연스럽게 하나 어머니와 함께 병원 안에 있는 커피숍으로 자리를 옮기게 됐다. 그녀는 할 말이 있어 보였고, 내게는 그 말을 들어야 할 의무가 있다고 나는 생각했다. 실제로 그녀는 커피숍에서 내게 두 가지 부탁을 했는데, 첫번째 부탁은 같은 반 친구들을 통해 하나의 SNS 계정을 알아봐달라는 거였고, 두번째 부탁은 하나가 일하던 회사에 갈 때 동행해달라는 것이었다.

"포도를 줬거든요."

회사에 가려는 이유를 묻자 그녀가 그렇게 대답했다.

"사고 바로 다음 날에 회사에서 사람들이 와서 위로금을 주더라고요. 의료보험으로 처리되지 않는 병원비도 있지 않느냐면서요. 처음에 난 하나가 실수로, 그러니까 우리 하나가 덤벙대서 3층 작업장에서 떨어진 줄 알았으니까, 고마워서, 그 말이 너무 고마워서, 당장 줄 건 없고 그때 마침 손에 들려 있던 포도 한 봉지, 그걸 줬던 거예요. 고작 포도라서 미안하다고 하면서요."

말한 뒤, 포도가 이번 생의 회한이 축적된 결정(結晶)이라도 된다는 듯 그녀는 포도, 포도, 포도, 낮은 목소리로 연거푸 중얼거렸다. 포도 그 한 봉지를 몽땅 그 사람들한테 줬다니까, 다른 사람도 아닌 엄마라는 사람이 어떻게, 어떻게 그리 멍청할 수가 있느냐고요. 그리고, 그렇게 이어지던 그녀의 중얼거림……

위로금을 건넸던 회사 사람들은 하나 어머니에게 천천히 읽어보라며 서류 봉투를 남기고 갔다. 그들이 돌아가자마자 의사의 호출이 있었으므로 하나 어머니는 저녁에야 그 봉투를 열어볼 수 있었다. 봉투 안에는 회사와 임직원을 대상으로 민형사상 소송을 하지 않겠다는 각서가 들어 있었다. 그 서류가 수상쩍다고 여긴 그녀는 다음 날 하나가 지내던 회사 기숙사를 무작정 찾아갔고 그곳에서 하나보다 두 살 많은 강현호라는 이름의 직원을 만났다. 그는 하나와 같은 팀에서 일했던 하나의 직속 선배였다.

하나 어머니는 그날 강현호에게서 들은 이야기를 내게 전하는 동안 여러 번 울먹였고, 나는 그녀의 어깨를 쓰다듬어주는 것 외엔 아무것도 할 수가 없었다. 커피숍 안에 있던 사람들이 한 번씩 그녀와 내 쪽을 흘끗거리는 게 느껴졌지만 그 시선을 의식할 여력은 없었다. 나는 부암동 골목을 떠올리고 있었는데, 불과 한 달 전에 다녀온 곳인데도 깜박이는 전등 아래서 펼쳐본 책처럼 그 풍경의 윤곽은 불연속적이었다. 아주 높은 곳, 거의 하늘에 닿을 듯이 높은 곳에 매달린 전등 하나가 고요하게 점멸을 반복하며 그 골목을 비추고 있기라도 한 듯…… 그 골목에 대한 기억 중 윤곽이 뚜렷한 건 귀뚜라미 소리뿐이었는데, 그 소리는 점점 더 증폭되더니 이내 내 주변을 빈틈없이 에워쌌다. 시끄러웠다. 현실의 막을 뒤흔드는 그 시끄러움에 온 신경이 집중되어서 그녀의 울먹임이 멈춘 줄도 나는 모르고 있었다.

어느 순간 시선이 느껴져 고개를 들자, 그녀가 의아하게 날 보고 있었다. 그제야 큐 사인을 인식한 배우처럼 나는 서둘러 가방에서 하얀색 봉투를 꺼냈다. 두둑한 봉투를 보자 반사적으로 어깨를 움츠렸던 그녀는 교사와 학생 들이 자발적으로 모은 성금이라는 내 설명을 듣고서야 경계를 푼 듯했고, 더 이상 내가 내미는 손을 거부하지도 않았다. 그때 맞닿은 그녀의 손이 너무 차가워서 나는 순간적으로 깜짝 놀라고 말았는데, 단순히 찬 느낌이 아니라 식었다,라는 느낌에 가까워서였다. 내부의 동력으로는 원래의 온도를 회복할 수 없을 것 같은 찬기……

발이 시렸다.

그때부터였을까, 커피숍에서 하나 어머니의 찬기에 놀랐던 그 순간부터 발이 시리기 시작했던가.

그리고 보니 얇은 스니커즈가 젖어 있었다. 시외버스 터미널 대합실에서 서울로 돌아가는 버스를 기다리며 나는 그것을 발견했다. 비가 온 것도 아니고 물을 흘린 적도 없는데, 대체 어디에서 신발이 젖어버린 것인지 기억나지 않았다. 집으로 돌아가면 온몸이 젖어 있는 건 아닐까, 마치 누수가 진행되는 몸인 양. 옆자리엔 노숙자로 짐작되는 노파가 커다란 짐 가방을 품에 안은 채 꾸벅꾸벅 졸고 있었는데, 그녀에게서 세상의 온갖 오물 냄새가 났다. 마침 문자 수신음이 들려와 외투 주머니에서 휴대전화를 꺼내 확인해보니 성금에 대한 하나 어머니의 감사 인사가 담겨 있었다. 기현 씨와 031로 시작하는 번호의 부재중 전화 기록도 보였다. 기현 씨는 주말에 고향에서 올라오는 어머니와의 저녁 식사를 환기시키기 위해 전화를 걸어왔을 것이고, 031은 수원에 있는 사립 고등학교의 전화번호일 것이다. 하나의 사고가 있기 며칠 전, 나는 영어과 정교사를 채용한다는 공고를 보고 서류를 제출했는데 다음 날, 그 학교의 교무부장이라는 중년 남자에게서 전화를 받게 됐다. 정교사니까요, 아무래도,라고 그는 말을 꺼냈다. 그러니까 그 전화는 정교사 자리를 얻으려면 지불해야 하는 돈이 있다는 걸 지원자에게 미리 알리는 게 목적인 듯했다. 그는 돈의 액수까지 밝히는 건 범죄라고 생각했는지 그 부분에 대해선 함구했지만, 항간의 소문이 맞는다면 신입 정교사의 2년 치 연봉은 될 터였다.

빛이 들어왔다. 대기에 어둠이 스미면서 시외버스들의 주황빛 헤드라이트가 대합실 내부에까지 번져 들어온 것이다. 버스가 한 대씩 떠날 때마다 주황빛은 금세 대합실에서 빠져

나갔지만, 그 불빛이 사라진 곳이 곧 어둠의 차지는 아니었다. 이미 대합실의 형광등이 켜진 채였고, 형광등 아래엔 노파의 주름과 의자와 자판기, 벽시계에 새겨진 스크래치니 불에 덴 자국 같은 것이 적나라하게 드러나는, 늙고 낡은 세계가 있었다.

*

"어디 여상 선생님이라고요?"

그녀가 물을 한 잔 마신 뒤 물었다. 오랜만에 화장했는지 코와 입술 사이엔 파운데이션이 뭉쳐 있었고 연보라색 투피스는 다소 작아 보였는데, 그런 허술한 모습이 오히려 내 마음을 편안하게 해주었다.

"요즘은 여상이니 상고니, 그런 말 안 써요. 특성화고라고도 하고 마스터고라고도 불러요. 지금이 어떤 세상인데 그런 구식 이름을 써."

네,라고 대충 대답하려는데 기현 씨가 내 대신 그렇게 대꾸했다. 그녀에게서 태어나 그녀가 훈육하는 방식대로 성장하며 그의 내부에 쌓여왔을 모든 감정—애정과 불만, 애틋함과 부끄러움, 미안함과 원망 같은 것이 한데 섞인 말투였다. 중요한 건 명칭이 아니라고 생각했지만 그런 자리에서 내 직업적 신분을 밝히고 싶지는 않았다. 어떤 진실은 고백의 과정을 거치면 창백한 죄의식으로 표백되게 마련이고, 나는 보속을 바라는 죄인처럼 그들 앞에 앉아 있고 싶지는 않았으니까. 게다가 기현 씨는 내가 정교사는 아니더라도 무기계약직은 된다고 알고 있었으니 어머니에게 그와 관련된 정보를 전하지 않았을 가능성이 높았다.

"얘가 얘기했나."

젓가락으로 꽁치구이 한 점을 집어 입으로 가져가다 말고 그녀가 다른 이야기를 꺼냈다.

"나는 열여덟 살에 상경했어요. 뭣 모르고 서울로 올라오긴 했는데, 배운 것도 없고 기술도 없으니 취업이 되나. 먼저 서울에 와 있던 우리 언니가 어찌어찌 손을 써서 성수동에 있는 편직물 공장에 날 넣어줬지. 매일 열다섯 시간씩은 일했을 거야. 잠 안 오는 약 먹어가면서."

그녀는 자연스럽게 자신의 젊은 시절 속으로 녹아들어갔는데, 내게는 예상 밖의 이야기였다. 기현 씨는 내게 어머니를 포함한 가족의 이력을 이야기한 적이 없었고, 사실 그건 나도 마찬가지이긴 했다. 우리가 서로의 가족에 대해 아는 거라곤 각각 1남 2녀와 2녀라는 형제 관계, 부모와 형제들의 직업, 조카들의 성별과 나이, 그의 아버지가 돌아가신 시기 같은, 그러니까 가족 개개인의 깊이가 아니라 둘레에 국한되어 있었다.

"오야지라고, 나 같은 시다 위에 있는 기술자들을 그렇게 불렀거든, 그치들이 어찌나 야비했는지 몰라. 막내 여동생이나 딸뻘 되는 어린 시다들이 영양실조니 빈혈 같은 거에 걸려서 몸 굼떠지고 손 느려지면 욕하고 때리고…… 한번은 내가 오야지한테 무슨 말대답을 했거든. 그랬더니 그자가 미싱 돌리다가 달려와서는 내 아랫배를 사정없이 차대는 거야, 스무 살도 안 된 처녀애 배를 말이야. 다들 지켜보면서도 말리는 사람 하나 없었지. 내가 그때 고생한 거 생각하면 지금도 눈물이 나."

그녀가 머리를 휘휘 내저으며 그렇게 말했다. 그녀의 눈동자는 금세 붉어졌고 동조와 위로의 말이 필요해 보였지만, 곁에서 기현 씨는 불편한 기색을 숨기지 못했다. 그녀가 아참, 그때 다른 오야지는 또, 라고 말을 이어가려 하자 그는 더이상 인내할 수 없다는 듯 엄마, 제발, 낮은 목소리로 다그쳤다. 그녀는 기현 씨의 반응에 돌연 말을 뚝 멈추더니 잠시 주변을 둘러봤다. 잠기운이 남은 채로 억지로 깨어난 아이처럼 무구하고 슬퍼 보이는 얼굴이었다.

마침 미닫이문이 열리면서 감색 유니폼을 입은 종업원이 메인 요리인 모둠 회 접시를 들고 들어왔다. 그 뒤 본격적으로 식사를 하면서는 화제가 완전히 바뀌었다. 결혼식 시기,

결혼에 대한 내 부모의 반응, 선호하는 식장 유형과 예상되는 하객 수, 신혼여행으로 갈 만한 휴양지, 그리고 갖추어야 할 살림의 목록과 종류——구체적으로는 세탁기와 냉장고는 AS에 어려움이 없는 국내 대기업 제품이 좋고 소파랄지 침대는 무조건 큰 사이즈를 사야 후회하지 않으며 식기세척기나 건조기는 구매 목록에서 빼더라도 공기청정기는 꼭 갖추고 살아야 한다는, 웨딩 잡지에 나오는 매뉴얼 같은 이야기였다. 아니, 그건 대화라기보다는 그녀가 주로 정보를 제공하고 그녀의 아들이 새삼 알았다는 듯, 혹은 동의한다는 듯 고갯짓이나 짧은 대답으로 호응해주는 모양새에 지나지 않았다. 나는 그들이 이룬 공감대에 개입하지 않았고 개입하고 싶은 의지도 없었다. 수원에 있는 고등학교의 정교사가 되려면 통장에 있는 예금을 다 써도 수천만 원을 따로 대출받아야 했고, 수천만 원의 대출금과 그에 따른 이자를 갚는 생활이란 소비를 최소화한 형태여야 도리에 맞을 터였다. 내게는 새 가전제품과 새 가구, 우아한 그릇들, 휴양지로의 여행을 향유할 여력이 없었다.

"아까는 내가 주책맞게 재미도 없는 얘길 너무 많이 했죠?"

저녁 식사가 끝나고 식당에서 나올 때, 그녀가 수줍게 웃으며 물었다. 기현 씨는 카운터에서 밥값을 계산하는 중이었다.

"아니에요, 집중해서 들었는걸요."

나는 그렇게밖에 대답할 수 없었는데, 그녀의 젊은 날에 대한 가치 평가나 섣부른 연민이 배제된 대답은 그 정도뿐이라고 생각했기 때문이다.

"그래, 요즘 반 학생 한 명이 다쳐서 바빠졌다고요?"

"아, 그게……"

"많이 다쳤어요?"

"그러니까 하나, 아니 그 학생은 지금……"

하나에 관한 갑작스러운 질문에 나는 허둥댔고 제대로 대답을 꺼내지 못한 채 뒷말을 삼켜야 했다. 기현 씨에게도 구체적인 언급을 하지 않은 하나 이야기를 오늘 처음 만난 그녀와 굳이 공유하고 싶지는 않았다. 도저히, 그럴 수는 없었다.

"하긴, 요즘이야 공장에서 다칠 일이 어디 있겠어. 보호 장비 다 있지, 누가 때리길 해, 쓰러질 때까지 일을 시키길 해. 우리 때랑은 다르지, 완전히 다를 거예요, 그죠?"

"……"

"그런데도 다들 공장에선 일하기 싫다고 하니, 큰일은 큰일이에요. 애들은 주는데 나중엔 누가 기계를 돌리고 물건을 만들는지……"

그녀는 내 난처함을 눈치채지 못했는지 마치 방백을 하는 배우처럼 내 뒤편 어딘가를 바라보며 그렇게 말을 이어갔다.

마침 식당에서 나온 기현 씨가 그녀 곁에서 살갑게 구는 대신 거리를 둔 채 나무토막처럼 서 있는 나를 흘끗 쳐다봤다. 낯설었다. 그의 얼굴이 생전 처음 본 듯 낯설기만 했다. 그 순간, 울음이라도 터져 나올 것처럼 엄청난 피곤이 몰려왔다.

우리는 후식을 먹지 않고 헤어졌다.

집으로 돌아와 외투만 겨우 벗은 채 쓰러지듯 침대에 누웠다. 몸은 거추장스러울 만큼 커다란 물병 같았고, 그래서 이리저리 뒤척일 때마다 몸 안의 모든 것이 출렁이는 듯했다. 알았으니까, 부암동 골목에서 내가 하나에게 했던 말과 기현 씨의 어머니가 필터 없이 쏟아낸 말들이 닮았다는 걸 잘 알기에 출렁일 수밖에 없는 거라고, 아니, 출렁여야 마땅하다고, 어두운 천장을 올려다보며 나는 생각했다.

누운 채로 침대맡에 두었던 휴대전화를 집어 와 하나의 인스타그램에 들어갔다. 반에서 하나와 가장 가깝게 지냈던 주희가 하나 어머니와 내게 알려준 계정이었다. 팔로워 열세 명에 팔로우 열다섯 명, 별다른 자기소개도 없고 게시물은 고작 스무 개 남짓인, 누가 봐도 소극적으로 관리되던 계정에 불과했지만 내게는 그리 간단하게 해석되지 않았다. 마지막 게시물 때문이었다. 그 게시물엔 밤의 해변에서 찍은 하나 자신의 그림자 사진과 함께 #망상해변 #그림자 #저게진짜 #또가고싶다 #아니못가,라는 문구가 적혀 있었다. 하나가 그날, 그러니까 나와 성과 없는 통화를 했던 그날 어떤 마음으로 그림자 사진을 올리고 그 문구를 썼는지는 알 수 없지만 그날의 하나를 가장 잘 아는 사람이 나란 건 분명했다. 그림자, 진짜, 가고 싶다, 못 가, 이 퍼즐들을 꿰맞출 수 있는, 어쩌면 유일한 사람.

　잠은 오지 않았다. 침대에서 몸을 일으켜 창문을 열고 귀를 기울였지만 올해의 귀뚜라미들은 모두 일생을 마친 건지, 아니면 서울에는 원래 귀뚜라미가 살지 않는 건지, 본능에 순종하는 생명체가 노동하듯 날개를 비비며 내는 그 마찰음은 들려오지 않았다. 하나는 18년을 살았다. 도로 창문을 닫으면서 나는 문득 그것을 깨달았다. 하나의 의식이 돌아오지 않는다면 하나가 아는 세상이란 18년의 세월 동안 보고 듣고 느낀 것으로 그 범위가 제한된다는 것을, 마치 가을 한철이 세상의 전부인 줄 아는 귀뚜라미처럼······

★

　평택에 있는 플라스틱 사출 공장 주변에는 뜻밖에도 다른 공장이 없었다. 하나 또래의 젊은 노동자들이 몰려다니는 활기찬 공장 지대의 풍경을 상상했던 나는, 야산과 낡은 가옥이 시야의 대부분을 채우는 2차선 도로 옆 좁은 인도를 걸으며 자꾸만 환기되는 이미지에 마음이 산란했다. 해가 지면 아주 캄캄해질 이 길을 걸으며 자주 겁먹었을 하나, 누구에게든 전화할 수밖에 없어서 전화해놓고는 무섭다고 투정하는 대신 덤덤한 목소리로 심심하다고 말했을 하나, 일종의 조난신호를 보내듯 담임교사에게 전화한 날에도 절박한 마음은 숨긴 채 그저 학교로 돌아가면 안 되느냐고 묻던 하나, 쓸데없이 조심스러운 것이 많았던 그 하나들의 이미지.

곁에서 하나 어머니가 구두가 불편하지 않냐고 물었다. 괜찮다고, 편한 구두라고 대답했는데도 그녀는 수시로 내 구두 쪽을 내려다봤고 공장 정문에 다다를 즈음엔 한결 가라앉은 목소리로 하나의 남자친구에 대해 묻기도 했다. 그건, 내가 모르는 영역이었다.

"엄마인 나도 하나 연애에 대해선 아는 게 없는데 선생님이야 당연히 모를 수 있죠. 그냥요, 한 번이라도 누구랑 사귀어봤으면 좋겠다는 생각이 들어서요. 좋아하는 사람이랑 손도 잡아보고 뽀뽀도 해보고, 그럼……"

"……"

"그럼, 지금 그 꿈을 꾸고 있을지도 모르잖아요."

"……네, 그러면 좋죠, 좋겠네요."

나는 가까스로 대답했고 그녀는 나처럼 그럼요, 좋죠, 알맹이 없는 허술한 말을 되풀이한 뒤 허공을 보며 소리 없이 웃었다.

공장은 작업장용 건물 두 채와 창고 한 채로 구성되어 있었다. 경비로 보이는 중년의 남자가 하나 어머니와 나를 제지한 건 작업장용 건물로 막 들어가려 할 때였다. 하나 어머니는 약속이 돼 있다고, 연락을 주고받은 직원의 이름까지 댔지만 남자는 그런 전달 사항이 없었다고 대꾸했다. 아닌데, 그럴 리 없는데, 중얼거리며 하나 어머니는 가방에서 명함 한 장을 꺼냈고 명함에 적힌 번호를 휴대전화에 꾹꾹 눌렀다. 한참을 기다렸지만 약속을 했다는 직원은 좀처럼 하나 어머니의 전화를 받지 않는 듯했고, 어쩔 수 없이 내가 남자에게 상황을 설명해야 했다.

"은하나 직원, 아시죠? 저분은 은하나 직원 어머니고 저는 학교 선생인데요, 사고 뒤에 회사에서 받은 위로금을 돌려주려고 왔습니다."

"그런 말 구구절절 할 거 없고요, 그냥 외부인 출입증만 보여주면 됩니다."

남자는 완강히 버티며 대답했다. 목소리와 태도는 완강한데 눈동자는 흔들렸다. 외부인 출입증 같은 건, 어쩌면 존재하지 않는 서류일지 모른다. 뒤를 돌아봤다. 하나 어머니는 상황의 흐름에는 전혀 관심이 없다는 듯 신경질적으로 재발신 버튼을 눌렀다가 휴대전화를 귀에 대보는 행동만 반복하고 있었다. 머리칼이 헝클어져 내려오고 보풀이 인 외투가 뒤로 젖혀진 것도 의식하지 못할 만큼 그 행동에 완전히 몰두해버린 사람 같았다. 그때 똑같은 디자인의 회색 점퍼를 입은 남자 두 명이 나타나 건물 입구를 가로막았다. 그들은 경비가 아니라 중간관리급 직원으로 보였는데, 하나 어머니가 휴대전화에서 얼굴을 떼고는 뚫어지게 쳐다보자 얼른 고개를 외로 틀었다. 순식간에 이성을 잃은 그녀가 그들의 점퍼를 잡고 늘어지며 팀장 불러내, 하나네 팀장을 나는 꼭 만나야겠어, 악을 쓸 때도 그들은 끝내 하나 어머니를 바로 보지 않았다.

보았을 텐데.

제품을 설계하고 사출기로 제작하는 과정을 실습해보는 대신 창고 안 낡은 작업대에 앉아 부품을 분류하거나 완성된 제품을 포장하던, 선배들의 잔심부름이 유독 몰리는 날이면 우체국과 은행, 때로는 약국이나 편의점까지 다녀오느라 퇴근 무렵에야 공장에 다시 나타나곤 하던 하나를 그들도 그때 보았을 텐데. 공장 바닥에 축 늘어져 있던 하나의 몸을, 요란하게 나타났다가 다시 요란하게 떠나가던 구급차를, 청소를 해도 완벽하게 지워지지 않았을 피 얼룩을, 분명 다 보았을 텐데……

하나 어머니가 강현호 직원에게서 들은 말은 또 있었다.

사고 바로 전날 하나가 사직 의사를 밝히자, 팀장은 회사 허락 없이 일을 그만두는 건 계약 위반이라고, 회사에서 나가고 싶으면 회사의 연말 세액공제금을 대신 내야 할 거라고, 회사가 그런 혜택도 없이 여고생을 왜 뽑았겠느냐고 대꾸했다. 다시는 너네 학교에서 학생들 데려오지 말라고 상부에 보고하겠다고도 했고 공장에서 일할 거면 운동해서 힘 좀 길러놓지 않고 지금까지 뭘 했느냐고 따지듯이 묻기도 했다. 그 살이 다 근육이면 내가 왜 일을 안 주겠느냐고, 어? 내세울 게 없으면 진작 자기 관리라도 했어야지, 악착같이, 안 그래? 그때 그의 목소리는 근처에 있는 직원들이 모두 들을 수 있을 만큼은 컸다. 하나가 어떤 자세로 팀장의 말을 듣고 있었는지에 대해선 전해 들은 바가 없지만, 그때 하나의 세계를 구성하던 모욕감은 눈송이 같은 입자의 형태를 띠었을 거라고 나는 생각했다. 그러니까, 모욕감의 입자가 분분히 날리는 투명한 구(球) 안에 우두커니 서 있는 하나가 내 눈에는 보이는 듯했다. 다음 날, 하나는 공장이 문을 닫는 밤 시간에 다시 공장으로 들어갔고 3층에서 추락했다. 혼자서라도 사출기의 구조를 분석하고 파악한 뒤 운용해보려 했다가 사고가 난 걸까. 혹은, 그저 분풀이로 사출기 한 대를 망가뜨리려다가 순간적으로 균형을 잃고 발이 미끄러진 건 아닐까. 그날 공장의 CCTV를 끈 사람은 경찰의 추정대로 정말 하나였을까.

어제, 하나가 2학년 때 담임을 맡았던 교사는 말했다.

"하긴, 스스로 뛰어내린 거면, 그걸 밝혀낸다고 해서 뭐가 좋아지겠어. 누구 마음이 편해지겠느냐고. 그러니 다들 쉬쉬하는 거겠지."

나는 그녀의 말에 긍정도 부정도 할 수 없었다. 명백한 건 없으니까, 목격자도 없고 증거 영상도 없으니까, 해변의 그림자로 존재했던 시간을 인스타그램에 올린 그 밤의 하나를 알 수 없는 것처럼 나는 아무것도 모르며 간절하게 모르고 싶으니까. 그러니 지금은 모든 추정이 기각되어야 한다고 믿는 것, 내가 할 수 있는 건 그뿐인 것이다.

"최 선생, 오늘 왜 보자고 했는지 나 알아."

잠시 뒤, 그녀가 내 눈치를 살피며 다시 말했다. 그제야 나는 그녀에게 종례 후에 컴퓨터 실습실에서 잠시 볼 수 있느냐고 제안했던 이유를 상기했다. 앞으로 학교 차원에서 노무사와 함께 하나를 도울 일이 생긴다면 교사 경력이 20년이 넘는 데다 정교사인 그녀가 그 일의 적임자라고 나는 생각했던 것이다.

"알아, 다 아는데, 나는 그냥 내가 할 수 있는 것만 할게요. 성금 또 내야 되면 낼게. 열 번 스무 번 낼게. 근데, 그 이상은 자신 없어. 어설프게 나섰다가 나중에 감당 못 하면, 그게 더 못 할 짓이야. 살아보니 내가 그건 알겠더라고요."

그녀는 평소와 달리 존댓말을 섞어가며 그렇게 말을 이었고, 나는 이상하게도 그녀의 쉬운 단념에 사나워졌던 마음이 풀리는 걸 느꼈다. 그녀의 말은 모두가 공평하게 비정하다면 한 사람의 비정은 모두의 비정으로 희석된다고, 세상 어디에도 더 비정한 비정은 없다고, 그렇게 번역되어 들렸다. 천천히 고개를 들었다. 그녀의 뒤편엔 유리창이 있었고 유리창 너머로는 초겨울의 운동장을 가로질러 하교하는 학생들이 보였다. 학교를 빠져나간 학생들이 어디로 갈지, 아니 갈 곳이 분명하게 정해져 있는 건지 문득 궁금해졌다.

길은 멀었다.

하나 어머니와 나는 결국 공장 안으로 들어가보지도 못한 채 왔던 길을 다시 걸어가는 중이었다. 어떤 꿈속의 길처럼 그녀와 나란히 걷는 이 길도 영원히 이어질 것만 같다고 생각할 무렵, 빈 택시 한 대가 지나갔다. 나는 맹목적으로 손을 흔들어 택시를 잡은 뒤 하나 어머니와 나란히 뒷좌석에 앉았다.

퇴근 시간이 가까워져서인지 길이 막혔다. 가다 서다를 반복하는 택시 안에서 그녀는 원래는 서울에서 마트 직원으로 일했는데 지금은 그만두고 병원 근처에 있는 모텔에 방을 얻어 장기 투숙을 하고 있다고 알려줬다. 하나에게 아빠는 없다고, 이혼이나 사별 때문이 아니라 그냥 처음부터 없었다고, 그래서 가족은 하나와 나 단둘이라고, 그녀의 이야기는 그렇게 사적인 영역으로까지 확대되어갔다.

"얼마 전에 무슨 시민 단체에서 일한다는 분이 병원에 찾아와서 그러데요, 이 사회가 하나를 그렇게 만든 거라고요. 그런가요, 선생님?"

"……"

"근데요, 그거 잘 몰라서 하는 말이에요. 내가 못나서 하나가 저렇게 된 거예요. 고등학교 중퇴에 미혼모에, 나 좀 못난 거 맞잖아요."

"하나 어머님, 약한 생각은 하지 마시고……"

"약한 게 아니고요, 내 현실이 그렇다는 거예요. 나 솔직히 하나가 인문계 대신 취업 잘 되는 고등학교에 가겠다고 했을 때 고마웠어요. 미안한 건 잠깐이고 오래오래 고맙더라고요. 하긴, 선생님 같은 분은 그때 제가 느낀 고마움을 이해 못 할지도 모르겠네요. 선생님한테 잘못이 있다는 게 아니라요, 그것도 현실이니까요."

"……"

왜였을까. 그 순간, 오랫동안 물속에서 거친 숨을 참고 있다가 그제야 물 위로 떠오른 듯 갑자기 정신이 맑아지는 걸 느꼈다. 불가해할 만큼 맑아져서 당혹감마저 밀려왔다. 하지만 더 당혹스러운 건, 그때껏 그녀가 내 처지를 모를 수도 있다는 생각을 아예 해보지도 않았다는 사실이었다.

"근데요 어머님, 혹시 제가 기간제 교사인 건 아세요?"

"……네?"

"그러니까, 저는 비정규직 교사라고요. 2주 뒤면 저는 하나의 담임교사가 아니에요. 선생도 아니고요."

이어서 설명하자, 그제야 그녀가 커진 눈으로 내 쪽을 보며 다급한 목소리로 물었다.

"그럼, 내년에는 선생님이 학교에 안 계신다는 그런 말인가요?"

"네, 저는 올해까지만 계약이 되어 있습니다."

그녀의 얼굴에선 순식간에 슬픔이 지워지고 새롭게 실망감이 차올랐는데, 나는 그 변화가 당연하다고 생각했다. 그녀에게는 하나가 깨어날 때까지 서류를 정리해주고 팀장을 고소하는 일에 동참해주고 어려운 자리에 선뜻 동행해주는 교사가 필요할 테니까. 어쩌면 그녀는 배신감마저 느꼈을지 모른다. 택시 안에는 어색하고도 견고한 침묵이 흘렀는데, 나는 그 침묵을 깰 수 없었고 깨고 싶지도 않았다. 침묵 속에서 나는, 내 쪽 차창에 얼비치는 그녀의 옆얼굴이 지금 하나의 꿈속을 채우는 이미지라면 좋겠다는 생각에만 골몰했다.

택시는 곧 병원 앞에 도착했다.

그녀는 내가 버스 터미널에서 내릴 때 합산해서 내면 되는 택시비를 극구 미리 계산하고는, 내년에 혹시 다른 학교로 가게 된다면 연락 달라는 말로 인사를 대신했다.

"어머님도 하나 소식 전해주세요."

나는 하나에 관한 한 그 어떤 전망도 없는 무해한 말을 선택해서 고작 그렇게만 대답했고, 그녀는 그런 나를 물끄러미 한번 보더니 헐겁게 안아준 뒤 택시에서 내렸다. 택시가 다시 움직이기 직전까지, 사람들 사이로 사라져가는 작고 마르고 동그랗게 말린 그녀를 나는 최대한 오래오래 지켜보았다.

그날 나는 밤이 되어서야 집에 도착할 수 있었다. 발의 통증 때문에 구두를 벗을 땐 얕은 신음 소리가 새어 나왔다. 하나 회사 사람들에게 얕보이지 않으려고 오랜만에 신발장에서 꺼내 신은 구두였다. 가죽에 잦게 닿으면서 상처가 생긴 뒤꿈치에 연고를 바르며 나는 인정하지 않을 수 없었다, 구두를 벗은 순간부터 조금은 가벼워진 내 마음을. 동시에, 내가 하나의 사고를 막을 수 있었던 사람들 중에 한 명임을 밝힐 기회가 이제 다시는 오지 않으리란 걸 강렬하게 예감하고 있다는 것도…… 그제야, 나는 그 어떤 강박 없이 울 수 있었다.

그날 이후 하나 어머니는 내게 전화하지 않았다.

시간은 부지런히 흘러갔고 2주 뒤, 예정된 대로 나는 학교에서 계약 해지되었다.

*

기현 씨와는 헤어졌다.

결정적인 다툼은 없었다. 고통이든 아련함이든 나선 모양의 궤적을 남기게 마련인 이별의 절차도 없었다. 기현 씨의 어머니와 식사한 날 이후로는 간간이 통화를 해도 어색한 분위기가 형성되더니 그 상태로 두 달 정도가 지나자 통화하는 일 자체가 중단되었고, 어느 날 문득 서로에게 전화하지 않은 날들이 이렇게나 많이 쌓였다면 헤어진 걸로 봐도 무방하다는 생각을 하게 된 것뿐이다. 헤어지는 과정에서 기현 씨에게 내 상황을 밝히고 설명하지 않아도 되었다는 것, 나는 그 생략만큼은 마음에 들었다.

나는 지금 판촉물 회사에 다닌다. 봄부터 다니기 시작했으니 강사나 교사가 아닌 회사원으로 산 지 한 계절이 지난 셈이다. 내가 회사에서 맡은 업무는 컵과 우산, 다이어리와 파우치와 에코백 등에 들어가는 영어 문구를 작성하는 일인데 상품 포장과 발송, 회의록 정리와 서류 복사도 내 몫이 될 때가 많긴 하다. 나보다 일곱 살 어린 사람이 상사라는 것이나 근무 기간 1년을 채우면 재계약 심사가 있으리란 것, 그런 건 크게 두렵지 않았다. 내가 두려워하는 건 하나의 숨과 관련된 것, 오직 그뿐이었다. 처음엔 하나의 숨이 멈추었다는 하나 어머니의 전화를 받게 될까 봐 두려웠는데, 그런 전화가 오지 않는 기간이 길어지자 다른 두려움이 생겼다. 길을 걷다가 퓨전식당이나 교복 차림의 여고생들을 발견하게 되면, 마트나 병원 앞을 지나갈 때도, 심지어 플라스틱 재질의 물건이 눈에 들어오는 순간에도 하나는 어김없이 내 삶으로 빠르게 침투해 들어왔는데, 그럴 때마다 하나의 숨이 내가 들이켜는 숨과 섞이고 있다는 생각이 들면 두려웠다. 인공호흡기를 통과한 하나의 가느다란 숨이 물결처럼 움직이는 공기를 타고 내가 생활하는 곳에까지 유입되고 있으며 내가 그 숨을 들이켜면서 하나 대신 일하고 돈 벌며 살아 움직이는 것이라는 비참한 생각……

　어느 금요일 저녁, 회사에서 집으로 돌아가는 지하철 안에서도 나는 하나의 숨을 생각했다. 그때 지하철은 당산철교를 통과하고 있었는데, 한강 위를 비행하는 갈매기 한 마리가 스스럼없이 내 눈에 들어왔다. 바다가 아닌 강에 나타난 갈매기는 꿈과 현실 사이의 통로에서 길을 잃은 천사의 은유 같다고 나는 생각했다. 갈매기는 곧 시야에서 사라졌다. 마침 지하철은 당산역에 정차했고, 나는 현실의 출구를 빠져나간 갈매기가 이번엔 내 숨을 싣고 하나의 꿈속으로 들어가길 바라면서도 그 궤적을 확인하겠다는 듯 충동적으로 지하철에서 내렸다. 그동안 지나쳐가기만 했을 뿐, 한 번도 내린 적 없는 역이었다. 역 밖으로 나가 택시를 잡아탔을 때만 해도 명확하지 않았던 목적지는 기사에게 설명하면서 또렷해졌다.

평택으로 향하는 택시 안에서 휴대전화를 꺼내 하나 어머니의 번호를 찾는 동안, 택시 차창에는 그 여름의 망상해변 풍경이 흘러갔을지도 모르겠다.

그 여름, 하나는 비슷한 시기에 취업에 성공한 학교 친구 몇 명과 함께 망상해변에 놀러 갔다. 그 무리에 있었던 주희는 하나가 여행 내내 이상할 만큼 겉돌았다고 일러주기도 했다. 그림자 사진을 찍을 때도 하나는 혼자였다. 그날은 여행 마지막 날이었고, 다 같이 해변 근처에 있는 호프집에서 대학생이라고 속이고는 떠들썩하게 맥주와 소주를 마시고 있었다. 좀처럼 술을 마시지 않던 하나는 어느 순간 술집에서 나가더니 해변 쪽으로 걸어갔고 주희는 그런 하나를 멀리서 지켜보았다.

하나가 걸어간다.

하나의 눈에만 보이는 갈매기가 하나를 유인하고 있다. 밤이긴 했지만 야간 조명 덕분에 멀리 있는 파도도 뚜렷하게 보인다. 파도가 발끝에 닿을 듯 말 듯한 곳에서 하나는 걸음을 멈춘다. 조명을 받아 길어진 그림자 안에는 발자국들이 빼곡하다. 아무렇게나 모래를 밟은 사람들의 발자국——물결과 물방울과 삼각형 같은 신발 바닥의 무늬를 내려다보며 하나는 그 그림자가 실체 같다고 생각한다. 진짜는 그림자고 자신은 허상이라고…… 하나는 나쁘지 않다고 생각한다. 나쁘지 않다고, 어차피 이곳엔 진짜가 없으니, 왜냐하면 지금은 언제 끝날지 모르는 아주 긴 꿈을 꾸고 있으므로. 꿈 바깥에 두고 온, 차창에 얼비치는 도시 같은 곳에서 살아가고 있을 사람들이 그리울 때도 있지만 깨어난다 해도 그곳 역시 꿈일 거라고, 그러니까 꿈 바깥의 꿈일 뿐이라고 믿으면서. 다만 행복한 얼굴을 보고 싶다는 마음만은 꿈이 아닐지도 모른다. 하나는 계속해서 그렇게 생각을 이어간다. 그래서, 오직 그 얼굴을 지키기 위해서, 행복은 가짜가 아니라고 느끼는 그들의 그 한순간을 위해서, 가까스로, 자꾸만 꺼지려 하는 심장을 바닥에서부터 부풀리며, 하나는 또 한 번……

하나의 숨을 쉰다.

경계선 사이로

여름이 지나갔다.

택시 뒷좌석에 앉아 히터가 내뿜는 인위적인 더운 공기를 들이마시며 연진은 그렇게 되뇌었다. 불과 열흘 전만 해도 모든 공공장소에서 에어컨 바람이 불어왔다는 것이나 차가운 음료를 손에 든 사람들이 거리를 활보했다는 게 믿기지 않았다. 환절기는 이제 사전에만 존재하는 단어가 된 것일까. 그러고 보니 작년 여름 신문사에 입사하면서부터 연진은 별다른 환절기 증상을 겪지 않았다. 간이역이 사라지면 간이역에 머무는 시간도 함께 증발하는 것과 같은 이치인지도 모르겠다고 연진은 생각했다. 그렇다면 편리한 증발이었다. 환절기가 되면 연진은 긴 수면으로 이어지는 무기력을 감당해야 했고 그 증상은 감기약이나 아스피린으로 치료할 수 없었다. 의학적으로는 설명하기 애매한 증상이긴 했다. 장기와 뼈 사이에 낯선 기운이 연기처럼 퍼져 들어와 끊임없이 잠에 들게 하는 그 증상을 의사라 해도 제대로 진단할 수는 없을 터였다. 치료되지 못한 무기력은 환절기마다 재발했고, 그 탓에 환절기 기간이면 연진은 회사에 지각하거나 약속을 지키지 않는 불성실한 사람이 되어 있곤 했다. 그 모든 실수에 대한 변명을 찾아내고 사과의 언어를 반복하다 보면 환절기는 덧없이 끝나 있었다.

도로는 꽉 막힌 상태였다.

신문사가 있는 을지로에서 조계사까지는 상습적으로 정체되는 구역이란 걸 알면서도 마침 눈앞에 나타난 택시에 올라탄 안일한 선택이 뒤늦게 후회됐다. 택시는 롯데백화점 근처에서만 벌써 15분이나 갇혀 있다시피 한 상황이었다. 인터뷰 시간에 늦을지도 모른다는 조급함은 조금씩 과열되다가 어느 순간 갑자기 냉각되었다. 택시 차창 밖으로 윤희 선배의 모습을 목격한 순간부터였을 것이다.

국민은행이 입점해 있는 건물 앞에서 윤희는 누군가를 기다리는지 혼자 서 있었다. 엇갈린 두 팔로 몸을 감싸고는 고개를 살짝 숙인 자세가 예전과 똑같았다. 커트와 단발 사이의 헤어스타일, 엷은 무채색 셔츠와 느슨한 직물 느낌의 카

108

디건, 구김이 진 면바지, 단색의 스니커즈도 그대로였다. 외모와 차림이 바로 어제 본 듯해서 마치 1년이라는 시간이 하루나 이틀 정도의 분량으로 축약된 터널을 통과한 사람 같기도 했다. 시간을 세분한 단위 따위는 무의미한, 그래서 환절기처럼 단위와 단위 사이의 경계는 존재하지도 않는 어떤 터널……

택시 뒷좌석에 앉아 있던 연진은 고개를 돌려 윤희가 누굴 만나고 어디로 가는지 지켜보려 했지만 그녀는 금세 시야에서 멀어지고 말았다. 정체가 풀리자 택시는 순식간에 목적지인 조계사 앞에 도착했는데, 택시에서 내릴 때 연진은 반사적으로 귀부터 틀어막아야 했다. 전자파를 흡수한 마이크의 삐, 하는 소리 때문이었다. 삐, 삐이, 삐삐, 하는 그 날카로운 소리 사이로 여러 구호가 어지럽게 끼어들었다. 조계사 마당에 양쪽으로 나뉘어 줄 맞춰 앉아 있는 스님들이 내는 목소리였는데, 한쪽에서는 '종단 개혁 촉구' '직선제를 보장하라' 같은 구호를 외쳤고 그 맞은편에서는 '교권 수호' '재야 세력 유입 결사반대'를 외치는 목소리가 들려왔다. 한쪽은 개혁파였고 다른 한쪽은 안정파였다. 각 파에서 보내온 보도자료대로 개혁파와 안정파 스님이 한날한시에 조계사에 모여 시위를 하는 상황이었다. 촉구, 보장, 결사반대 같은 단어가 포함된 구호는 작년 여름의 소리이기도 했다. 공간과 사람은 달라도, 심지어 같은 공간에서 상반된 주장을 하면서도 시위의 문장은 유사하고 단어는 겹친다는 것이 연진에게는 이미 한번 들은 농담 같기만 했다. 조계사 사무실에서 예정된, 개혁파와 안정파를 대표하는 스님들과의 인터뷰 시간은 이미 30분이나 지나 있었지만 연진은 걸음을 멈춘 채 작년 여름의 소리들을 떠올렸다. 초여름엔 신문사 앞에서, 더위가 기승을 부릴 때는 건물 로비에서 그 소리는 울려 퍼졌다. 삐, 구호 소리, 삐이, 경쾌하거나 진중한 노래들, 삐삐, 울린 뒤에 이어졌던 발소리와 긴장한 숨소리, 그리고 서로에게 힘내자고 외치던 나이와 성별이 다른 목소리들…… 이상하게도 그 소리들은 매미의 울음소리에 겹쳐서 떠오르곤 했는데, 그래서인지 작년 여름은 매미 소리가 배경음으로 설정된 가상의 세계라는 환상을 불러오기도 했다. 보통의 매미가 아니라 연진의 원룸 옷장 밑에 살던 단 하나의 매미였다. 원룸 현관문을 연 순간부터 시작된 매미의 울음소리는, 연진이 가까스로 씻은 뒤 옷을 갈아입고 침대에 누워 눈을 감을 때까지 쉬지 않고 이어지면서 그 모든 동작 사이로 얇고 날카롭게 스며들었다. 나뭇잎 사이에서 짝을 만나고 사랑을 나눈 뒤 알을 낳자마자 서둘러 죽어야 하는 매미가 어째서 자신의 집 옷장 밑에 내던져진 것인지 연진은 알 수 없었다. 매미는 밤과 새벽에 걸쳐 보름 가까이 사력을 다해 울다가 여름이 끝나갈 무렵에 죽었다. 매미가 죽는 과정을 지켜본 건 아니지만, 경찰의 강제진압과 선배들의 내부 갈등으로 어느 날 갑자기 시위가 끝나버린 날, 모처럼 야근 없이 해 질 무렵 퇴근한 연진은 청소기를 돌리다가 그 사체를 확인할 수 있었다. 손을 대자마자 부서져 먼지가 되었던 작은 죽음이었다.

*

작년 여름은 그랬다.

자정 무렵이나 늦은 새벽에 귀가하여 침대에 쓰러지듯 누웠다가 알람 소리에 놀라 깨어나면 다시 출근길에 올라야 했고, 그랬으므로 씻고 먹고 마시는 행위조차 노동 같기만 하던 때였다. 옷장 밑 매미를 구해줄 여력 따위 없었고 매미 소리 때문에 잠을 설치는 날에도 그것에 신경을 쓰거나 해결책을 생각할 시간이 아까웠다. 186.4:1의 경쟁률을 뚫고 수습기자로 채용되자마자 정작 수습 기간도 없이 바로 실전에 투입되어 많은 양의 기사를 써야 했던 건, 채용된 수습기자들에게 시위로 자리를 비운 선배 기자들을 대신해 신문을 탈 없이 발간해야 한다는 임무가 주어졌기 때문이다. 연진은 문화부에 배치되었지만 국제부 기사까지 써야 했으므로 야근이나 철야가 일상이었고 주말에도 취재 현장이나 기자실로 출근해야 했다. 그러나 육체적인 피로는 육체에만 갇혀 있을 뿐, 연진을 아프게 하지 못했고 일하며 돈을 버는 평범한 일상을 환멸에 이르게 하지도 못했다. 다른가. 저들과 내가 다르다면 대체 무엇이 다른 것인가. 강렬한 확신을 양손에 쥔 채 모든 것을 내려놓고 시위에 가담한 선배 기자들을 볼 때면 그런 식의 의문이 시작됐고, 그 다른 무언가를 의식하고 열거하고 분석하다 보면 도덕적 열등감이 뒤따르곤 했다. 때로는 열정과 신념이 휘발되는 공허가 엄습했는데, 그럴 때면 연진은 자신의 전 생애가 부식해가고 있다고 느끼기도 했다. 내장과 피와 뼈가 더럽혀지는 것 같았고 누군가의 농담을 듣고 무심결에 흘러나온 단순한 웃음은 곧바로 스스로를 향한 조소로 변성됐다. 연진은 조금씩 선배 기자들을 못 본 척 지나가게 되었고 그들이 외치는 구호에 전력을 다해 둔해지는 연습을 해야 했다.

인터뷰를 마친 뒤 사무실에서 나오는데, 마침 사진기자인 박 선배가 절 마당을 가로질러 이쪽으로 걸어오는 게 보였다. 인터뷰가 끝날 즈음 조계사로 와서 인터뷰이들의 사진을 찍기로 미리 약속이 되어 있었던 것이다. 박은 작년에 비해 머리칼이 많이 셌고 살이 내렸는데, 연진은 그에게 무슨 고민이라도 있느냐는 질문을 편하게 건넬 수 없었다. 그런 식의 대화를 해본 적도 없었다. 그와 일한 지 벌써 1년이 되었지만 연진이 그에 대해 아는 거라곤 무려 30년 동안 같은 신문사에 적을 둔 베테랑 사진기자라는 것, 그게 다였다. 그의 가족 관계나 선호하는 음식, 주량 같은 것은 알지 못했고 알 기회도 갖지 못했다. 다가온 박에게 연진이 꾸벅 인사를 하자 수고했어요,라고 짧게 대꾸한 뒤 박은 연진을 지나쳐 곧장 사무실로 들어갔다. 양쪽 입가를 올려 웃음을 띠고 있던 연진의 얼굴이 마치 가면을 바꿔 쓴 배우인 양 순식간에 굳어졌다. 박이 보인 행동은 함께 일하는 사람을 향한 최소한의 예의와 무심함으로 위장한 적대감이 합쳐진 결과물이란 걸 모를 수 없었다. 하긴, 모두가 그랬다. 연진처럼 파업 기간에 수습기자로 채용되어 기계처럼 미친 듯이 기사를 써대다가 올해 초 정기자로 발령받은 젊은 기자들을 선배들은 대개 그렇게 대했다. 아예 인사를 받지 않거나 말도 섞지 않으려는 선배들도 흔했다. 대선 이후엔 기자실 칸막이 너머에서, 회의실이나 탕비실의 열린 문틈으로, 회식 자리가 끝나갈 무렵 멀리 떨어진 자리에서, 기회주의자라거나 무임승차라는 뒷말이 무심한 듯 정확하게 들려오곤 했다. 그런 유의 조심성 없는 쑥덕임에 굴러온 돌과 뻐꾸기라는 표현이 섞여 들어간 날도 있었는데, 그날 연진은 집으로 가는 지하철 안에서 수첩에 모멸감이라고 쓰고 오랫동안 골똘히 그 감정의 형태를 생각해야 했다. 수습기자로 채용된 순간부터 이미 연진은 날마다 송구하고 매 순간이 죄스러운 사람이었다. 마치 태어나기 전부터 정해져버린 한 인간의 성분 같은, 앞으로도 좀처럼 변하지 않을 또 하나의 정체성……

연진은 박을 남겨둔 채 조계사를 빠져나갔고 이번엔 택시를 타는 대신 내처 걸었다. 걸으면서, 휴대전화로 녹음한 인터뷰 내용을 복기했다. 참신한 내용은 없었다. 주기적으로 반복되는 불교계 내부의 개혁파와 안정파의 갈등, 그 이상도 이하도 아니었고 그 갈등에 비판적인 의견을 얹는다 해도 이미 다른 언론도 다룬 적 있는 수준의 기사가 될 게 뻔했다. 게다가……

게다가, 작년과 올해는 다른 세상이었다.

작년 겨울부터 봄까지 이어진 촛불집회와 전 대통령 탄핵, 그리고 5월에 치러진 대선 이후 연진 같은 기자들은 한때는 필요했으나 이제는 처치 곤란한 대체 인력에 지나지 않다는 건 일종의 공유된 비밀이었다. 최근 들어 연진이 올린 기사 계획서뿐 아니라 작성한 초고까지 편집회의에서 잘리곤 했는데, 그런 일은 다른 '뻐꾸기'들도 겪고 있었다. 연진 역시 촛불집회에 참여했고 전 대통령의 탄핵 선고 순간엔 한동안 희열로 숨이 차올랐으며 올해 5월에는 떨리는 마음으로 투표를 했다는 것, 그리고 대선 출구 조사가 발표되었을 때는 자리에서 벌떡 일어나 환호성을 질렀다는 것은 중요하지 않왔다. 그건, 연진의 가족 관계나 선호하는 음식, 주량과 다를 것 없는 사생활일 뿐이었다. 세상이 알고 싶어 하는 건 연진의 위치와 좌표였다. 선배들이 해고무효확인소송에서 승소하여 신문사로 돌아온다면, 그때 연진의 위치와 좌표는 배제의 유용한 근거가 될 것이고 연진에게는 두 가지 길이 주어질 터였다. 알아서 신문사를 떠나거나 송구한 죄인으로 연명하다가 그리 멀지 않은 시점에 정리되거나.

파업 때 해고된 기자들이 해고무효확인소송을 준비한다는 소문은 전 대통령이 탄핵되면서부터 돌기 시작했고, 여름이 지나가는 동안 차근차근 진행되었다. 이제 기자들은 저마다 다른 마음으로 1심 판결을 기다리는 중이었다. 어쩌면 오늘 윤희는 소송에 참여하는 기자들과 만나려 했던 건지도 모른다. 사실 윤희는 해고된 것이 아니라 파업이 끝나기 직전에 스스로 퇴사한 경우이긴 했지만, 선배들은 파업 당시 노조의 간사로 궂은일을 도맡아 했던 그녀를 소송 명단에서 빼지 않았을 거라고 연진은 짐작했다. 해고된 기자든 복직한 기자든, 그들끼리는 반목하고 서로를 힐난해도 윤희에게만큼은 공평하게 관대했다. 적어도 연진이 보기에는 그랬다. 윤희가 중립국이라도 된다는 듯, 혹은 어떤 상황에서든 지켜줘야 하는 보호수인 양. 아마도 그들 사이의 갈등이 최고조일 때 윤희가 퇴사를 선택함으로써 그 어느 편에도 서지 않아서이기도 하겠지만, 그보다는 선배들 모두 그녀의 자질과 열정을 아낀다는 게 더 큰 이유일 것이다. 연진은 절대로 나눠 가질 수 없는 그들만의 애틋한 동지애였다.

#비행기도안타면서 #공항자주가는내친구 #거기서뭐하냐 #윤희

신문사 앞에 도착하여 연진이 휴대전화로 유찬 선배의 인스타그램 계정에 접속했을 때 마침 새 게시물이 올라와 있었다. 유찬은 모르겠지만, 연진은 하루에도 몇 번씩 그의 인스타그램에 들어갔다. 윤희와 똑같은 시기에 신문사에 사직서를 낸 뒤 영국으로 어학연수를 받으러 떠난 유찬은 자주 윤희라는 이름에 태그를 걸어 게시물을 올리곤 했으므로 그의 계정은 윤희의 근황이랄지 고민을 짐작하는 데 도움이 됐다. 게시물과 함께 올라온 사진은 구글이나 네이버에서 다운받은 듯한 인천공항 내부의 풍경이었다.

*

기자실 책상으로 돌아온 연진은 공항의 보편적인 풍경에 윤희를 대입해보았다. 출국장 벤치든 공항 안의 커피숍 테라스든, 윤희는 공항 어디에 있어도 어색하지 않게 잘 녹아들었다. 공항에서 파생되는 여러 이미지에도 그녀는 꽤 잘 어울렸다. 가령 통유리로 된 비스듬한 창, 이착륙 비행기의 스케줄을 실시간으로 알려주는 파란색의 대형 알림판, 캐리어와 카트, 환전소와 수하물 보관소와 로밍 센터, 유니폼을 입은 승무원들…… 연진은 비행기 티켓이나 여행 가방 없이 공항에 가는 윤희의 심리를 알 수 없었지만 윤희라면 그럴싸한 이유를 갖고 있어야 한다고는 생각했다. 실직자가 되어 시간을 때울 곳이 필요했다는 식의 뻔한 이유가 아니라, 출국 직전까지의 설렘을 향유하기 위해서라거나 여러 국경들 너머에 있는 한 시절의 동료와 가장 가까워지는 곳이 공항이기 때문이라는 이유여야 윤희답지 않은가, 연진은 그렇게 생각했다. 그런 생각 끝에서 연진은 시드니 공항을 떠올렸다. 연진이 처음이자 마지막으로 이용한 해외 공항이었다. 대학 졸업장을 받자마자 호주로 워킹홀리데이를 떠난 연진은 무화과와 토마토와 브로콜리를 키우는 농장에서 하루 열 시간씩 노동했다. 정오 지나서는 실외에서 일하는 게 불가능할 정도로 덥거나 추웠기 때문에 동도 트지 않은 새벽의 들판에서 트랙터의 헤드라이트 불빛에 의지한 채 가지치기를 했고 작물을 따서 손질했다. 세 계절이 지나자 한국 돈으로 천만 원이 모였다. 팔과 다리에는 늘 긁힌 자국이 있었고 저녁을 먹고 나면 앓는 소리를 내며 바로 깊은 잠에 빠져들었지만, 노동이 곧 대가가 되던 정직한 시절이기도 했다. 연진은 한국행 비행기를 기다리던 시드니 공항 출국장에서 그 돈으로 딱 1년만 언론 고시를 준비하겠다고, 1년 안에 신문사에 취업하지 못한다면 미련 두지 않고 포기하겠다고 다짐했었다. 대신 미래의 어느 날에도 한 줌의 후회도 하지 않기 위해 이를 악물고 준비할 거라고, 세상을 불편하게 하면서도 진실에 가까운 투명한 기사를 쓸 거라고 굳게 마음먹었다. 어쩌면 그 순간에 그때껏 실제로 본 적도 없는 윤희를, 아니 그녀의 기사를 떠올렸는지도 모르겠다. 분명, 그랬을 것이다. 공항의 통유리창 너머로는 구름이 몰려오고 있었다. 하나의 색으로 표현할 수 없는 구름이었다. 오렌지색과 보라색과 잿빛이 경계 없이 뒤엉켜 있는 그 구름이 아무것도 확정된 것 없는 자신의 미래를 은유한다고 연진은 생각했다. 물러서거나 회피할 마음은 없었다. 연진은 보딩 시간 전까지 창 건너에서 자신 쪽으로 흘러오는 구름을 뚫어지게 직시하며 창가에 서 있었다.

그때였다. 연진의 옆 책상을 쓰는 윤 기자가 자리로 돌아오더니 신경질적으로 컵을 내려놓았다. 그는 마치 연진만이 감각할 수 있는 작은 시위를 하고 있는 듯 종이를 구기는가 하면 펜으로 책상을 딱딱 치기도 했다. 윤은 연진처럼 작년 여름에 입사해서 문화부에서 수습기자를 시작했는데, 파업이 종료된 뒤 종교와 여행 섹션으로 밀려나면서 지면이 줄어든 연진과 달리 지금도 책과 학술 쪽을 맡아 안정적으로 기사를 쓰고 있었다. 지난달에는 매주 한 번씩 문학과 영화, 미술 쪽 신예들을 인터뷰하고 그들의 작품을 소개하는 기획특집을 맡기도 했었다. 한마디로 연진보다는 모든 면에서 상황이 나았다.

"방금 단톡방에 올라온 공지 봤어요?"

연진이 얼핏 윤 쪽을 보자 윤이 낮지만 분명한 어조로 물었다. 연진이 아직 보지 못했다고 대답하자 해고무효확인소송 공판이 다음 주 수요일에 열린대요, 말한 뒤 윤은 인상을 썼다. 인상 쓴 얼굴로 그는 잠시 바닥을 노려봤고 이제 와서 어쩌자는 거야, 혼잣말로 속삭이기도 했다.

"해고무효가 확정되면……"

"……"

"그렇게 되면 신문사 측에서 항소할까요?"

"그럴 리가요, 신문사야 언제 내쫓았냐는 듯 그들을 반겨주겠죠. 이제 비위 맞추어야 하는 곳은 현 정권이니까."

연진은 윤의 대답에 그렇겠죠, 단조롭게 맞장구를 쳐주었다. 사측의 항소 포기는 사실 누구라도 예상할 수 있는 시나리오였다. 연진은 그저 윤과 대화하고 싶었을 뿐이다. 연진도 알고 있었다, 해고된 선배들에게 대응한다는 취지로 만들어진 동기들 모임에 자신의 출석률이 가장 저조하다는 것과 그로 인해 윤처럼 이 상황에 적극적으로 분노하는 동기 몇몇이 연진에게 그 분노의 일부를 전가하곤 한다는 것을.

"참, 오늘 저녁에 소격동 그 맥줏집에서 모임 갖기로 급하게 결정됐어요. 이번엔 꼭 나와요, 우리 모두의 일이잖아요."

윤이 연이어 말했다. 조금 전보다 날카로움은 누그러들었지만 부드럽게 책망하는 말투는 감춰지지 않았다. 연진은 그를 이해했다. 이해하면서도, 그들과 그 모임의 분위기에서 뒷걸음치고 싶은 마음을 모른 척할 수도 없었다. 윤은 곧 의자에서 일어나 탕비실 쪽으로 걸어갔고, 연진은 그의 뒷모습을 물끄러미 바라봤다. 우리 모두의 일이잖아요. 윤이 시야에서 완전히 사라진 뒤 연진은 그가 한 말을 되뇌어보았다.

퇴근 전까지 연진은 조계사에서 인터뷰한 녹취록을 풀어기사로 완성한 뒤 사내 전송 시스템으로 데스크에 보냈다. 기사가 지면에 실릴 가능성에 대해서라면 이미 충분히 회의적이었지만, 연진이 할 수 있는 일은 그뿐이었다.

*

\#런던트럭테러 \#난민수용소공격 \#원한의반복 \#고향생각

기자실을 나와 소격동 쪽으로 걸어가면서 다시 접속한 유찬의 인스타그램에는 새 게시물이 올라와 있었다. 바로 관련

기사가 떴으므로 상황은 금세 파악됐다. 베를린과 파리, 브뤼셀과 스톡홀름과 런던 같은 유럽의 주요 도시에서 연속적으로 일어난 테러에 앙심을 품은 영국 국적의 백인이 트럭을 몰고 런던 외곽에 위치한 난민 수용소로 돌진하여 세 명이 죽고 열다섯 명이 부상당한 사건이 불과 한 시간 전에 일어난 것이다. 해시태그와 함께 올라온 사진은 텅 빈 기자실 풍경이었다. 그가 보복 테러에서 연상한 이미지가 한때 소속되었던 이곳 기자실이라는 것이 연진은 납득되면서도 괴로웠다.

이 모든 일의 시초가 된 사건은 주요 국가기관의 부속 시설 업체 선정에서 청와대 간부의 압력이 작용했다는 선배 기자의 고발이었다. 지목된 청와대 간부는 허위 보도라고 반박하며 기사를 쓴 사회부 기자와 신문사를 명예훼손으로 고소했다. 다른 언론에 후속 보도를 내지 말라는 무언의 협박이 담긴, 전형적인 봉쇄소송이었다. 보통은 기사를 내리거나 정정 기사를 내는 선에서 마무리를 지은 뒤 소송이 유야무야되길 기다리는 것이 그 시절의 관례였다. 그런데 선배 기자들은 다른 방식을 택했고, 그 선택은 또 다른 사건들로 이어지면서 점점 더 큰 파장을 일으켰다. 사회부 소속의 기자들이 부속 시설 선정과 관련된 비리를 증인의 인터뷰를 넣어 후속 기사로 내보내자, 다른 언론도 특혜와 배제의 이분법이 확연한 정부 정책을 비판하는 논평과 그 사례를 보여주는 기사를 쏟아내기 시작한 것이다. 청와대는 처음 문제를 제기한 신문의 광고주를 압박해갔고, 광고가 하나둘 끊기면서 자금난을 겪게 된 신문사는 사회부 기자들을 향한 지지를 철회하고는 성급하게도 징계 카드를 꺼냈다. 대대적인 파업과 시위는 그렇게 시작됐다. 전 정권이 기울기 시작한 건 비선 실세가 폭로되면서부터였지만 내부적으로는 그렇게 크고 작은 사건들이 적재되어가고 있었다.

그때 연진은 호주에서 돌아와 언론 고시를 준비하고 있었는데, 연진이 일주일에 세 번씩 참여했던 스터디 모임에서 그 일련의 사건을 주제로 토론을 한 적도 있었다. 토론의 결과는 파업을 감행한 기자들을 향한 지지였다. 지지하면서도, 며칠 후 언론 관련 구인 구직 사이트에 올라온 수습기자 모집에는 스터디 사람들 대부분이 지원서를 냈다. 그럴 수밖에 없었다. 그럴 수밖에, 모두가 그럴 수밖에. 다른 설명을, 아니 변명을 찾을 수 없었다. 연진도 그럴 수밖에 없었으므로 지원서를 냈을 뿐이다. 시드니 공항에서 계획했던 1년이 거의 다 끝나가고 있었다. 호주에서 가져온 천만 원은 연진이 처음 소유해본 큰돈이었지만 정확하게 12등분하여 월세와 학원비, 식비와 교통비와 통신비를 지불하고 나면 스터디 모임에서 커피 한 잔 시키는 것도 부담이 됐다. 열다섯 명의 계약직 기자를 한꺼번에 채용하겠다는 그 공고는 연진에게는 사실상 마지막 기회로 보였다. 연진뿐 아니라 2,796명의 지원자 모두 똑같이 절박한 마음으로 이력서와 자기소개서와 증빙서류를 준비했을 터이다.

연진이 소격동 술집에 도착했을 때는 단톡방에 공지되었던 것보다 5분 이른 시간이었는데도 여섯 명의 동기들은 이미 커다란 테이블 하나를 차지한 채 동그랗게 앉아 있었다. 연진을 포함해 열다섯 명이었던 수습기자 중에서 올해 초 정기자로 발령 난 기자가 다 모인 것이다. 열다섯 중에 일곱, 그 수치는 살아남은 자들의 비율이자 계급 상승의 기회를 놓치지 않은 자들이 차지한 의자의 개수이기도 했다. 동기들은 안주에는 손도 대지 않은 채, 해직 기자들이 돌아왔을 때 보여줘야 하는 태도랄지, 퇴사 압박이 시작되면 어떻게 대응해야 하는지에 대해 의견을 나누기 시작했다. 선배들의 시위 때 그 빈자리를 꿰차며 들어온 후배 기자들이 바로 그 선배들이 했던 방식으로 신문사 앞이나 로비에서 구호를 외치는 모습을 상상하자, 연진의 귓가에서는 뜻밖에도 작년 여름의 매미 소리가 되살아났다. 언젠가 이 시절 역시 매미 소리가 배경음으로 설정된 가상의 세계로 기억될 것인가. 그렇게 생각하니 연진은 모든 것이 시시해졌고, 동시에 그 시시한 세계 한가운데서 벌을 서듯 가까스로 버티고 있는 이 상황이 해석되지 않아 난감하기만 했다. 동기들 모두 선배들의 시위에 동참하지 않겠다는, 입사 후에는 어떤 노조도 결성하지 않을 것이며 기존의 노조에도 가입하지 않겠다는 계약서를 쓰고 신문사에 들어왔다는 걸 연진은 알고 있었다. 연진도 그들과 똑같은 계약서를 썼으므로. 그 계약서에는 계약을 어길 시 계약 해지나 해고를 감수하겠다는 문장도 포함되어 있었다. 계약서에 사인한 그 열다섯 중 살아남은 일곱 명이 이렇게 따로 모여 선배들의 소송에 대응하는 모임을 갖고 있다는 것이 발각된다면 그것만으로도 계약 불이행이 될 수 있었다.

선배님.

윤희 선배님.

언제였던가.

연진이 처음이자 마지막으로 선배님, 하고 윤희를 부른 날이 있었다. 연진이 수습기자로 채용된 지 두 달째 되던 무렵, 연이은 야근과 철야로 두 눈은 충혈되고 사흘 연속 감지 않은 머리칼에서는 땀에 전 불쾌한 냄새가 나던 때, 엘리베이터 안에서 우연히 윤희와 마주치게 된 것이다. 2층에서 멈춘 엘리베이터에 윤희가 올라탄 순간, 연진은 거의 본능적으로 고개를 숙여 인사부터 했다. 윤희는 연진의 인사를 받지 않은 채 엘리베이터 출입문을 향해 비스듬히 서 있었고, 윤희 뒤에서 연진은 두 손을 있는 힘껏 맞잡고만 있었다. 너무 힘이 들어간 탓에 손등이 창백하게 표백되고 손등의 심줄은 유독 파랗게 보였던 걸 연진은 지금도 기억하고 있었다. 윤희는 연진을 수습기자 무리 중 한 명으로만 알고 있었겠지만 연진은 아니었다. 연진에게 윤희는 오랜 세월 차근차근 읽어온 문장 속의 사람, 그 누구보다 고유하고도 특별한 존재였다. 대학 때 학보사에서 활동했던 시절, 연진은 학보사 책상에 앉아 인스턴트커피를 타 마시며 배달된 신문들을 뒤적여보는 시간을 가장 사랑했는데 그때 윤희의 기사만큼은 절대로 빼놓지 않고 읽었다. 그의 기사를 한 줄 한 줄 읽다 보면 처음엔 존경심이 생겼고 그다음엔 질투와 조바심이 빚어졌으며 최종적으로는 그가 그의 문장으로 기사를 쓴다는 것 자체에 그저 고마운 마음을 갖게 되었다. 윤희는 사회부에서 기자 생활을 시작했고 그 뒤 정치부를 거쳐 문화부에 정착했는데, 연진이 수습기자 지원서에 문화부를 선호한다고 밝힌 건 조금이라도 윤희와 가까워지고 싶어서이기도 했다. 시위에 참여하고 있던 윤희가 자신과 같은 처지의 수습기자와는 말 한마디 섞지 않으리란 걸 짐작했으면서도 그때는 아득할 만큼 간절했다. 정치부나 사회부에 있을 때는 날카로웠던 윤희의 문장이 문화부로 이동하자 투명하고 풍부해졌다. 연진이 아는 한 윤희는 토막 기사 하나도 책이나 공연, 영화를 꿰뚫어본 뒤 자신의 의견을 넣어 마무리했다. 재능이란 열정과

성실이 합쳐진 단어란 것을 연진은 윤희의 기사를 읽으면서 배웠다. 아무도, 윤희조차 모르게……

"선배님, 수습기자들은 시위에 참여하지 않겠다는 조건으로 입사한 거, 아세요?"

선배님, 윤희 선배님, 부른 뒤 연진이 용기를 내어 그렇게 말하자 윤희가 얼핏 고개를 돌려 연진 쪽을 보았다. 연진과 시선을 맞추지는 않은 채, 그녀는 그저 연진의 때 탄 운동화를 지그시 내려다보기만 했다. 시위에 참여하는 순간 잘린다고요,라는 뒷말은 연진의 귀에도 가까스로 들릴 정도로 낮았지만 연진은 그녀의 옆얼굴에 스치는 곤혹스러움을 놓치지 않고 보았다. 엘리베이터에서 먼저 내린 사람은 윤희였다. 그날 연진은 윤희에게서 아무런 말도 듣지 못했지만, 그 만남이 있고 며칠 뒤 윤희가 자발적으로 사직서를 낸 건 분명한 사실이었다.

이럴 때일수록 침착해야 합니다. 다른 것도 아니고 생존이 달렸는데 어떻게 침착할 수 있죠? 저랑 같이 언론 고시 준비하다가 방송국이 파업할 때 아나운서로 입사한 사람이 있는데요, 그 사람은 전 정권 내내 윗선 입맛에 맞는 편파적인 방송을 앞장서서 내보냈는데도 처음부터 정식 아나운서로 계약서를 써서 잘릴 일은 없다고 하더라고요. 하긴, 방송국이야 프로그램을 맡지 않아도 자료실이든 송출실이든, 아니면 지방 방송국이든 자기 책상 하나 갖다 놓을 곳은 많을 테니 수치감만 참으면 뭐, 잘리진 않겠네요. 뭔가 불공평해요, 우리는 여기서 잘리면 갈 데가 없는데. 문제는 여기 신문사에서 잘리는 거, 그 정도가 아니에요, 진짜 문제는 전국의 신문사 인사과에 우리 이름이 올라가 있을지도 모른다는 거예요. 밤새워가면서 시키는 대로 일한 것밖에 없는데, 대체 우리가 왜요? 그거, 정말 몰라서 묻는 건 아니죠?

동기들의 말은 속도가 붙은 작고 딱딱한 공처럼 빠르게 오갔고 신음에 가까운 한숨 소리가 간간이 끼어들었다. 연진 역시 무슨 말이라도 보태고 싶었지만, 그래야 이 무리에 속한 사람이라는 표식을 얻게 된다는 걸 알고 있었지만, 좀처럼 목소리를 낼 수 없었다. 그들이 하는 말이 낱낱으로 헤쳐진 뒤 보이지 않는 바늘이 되어 살갗에 박히는 것 같았고, 연진은 적어도 지금은 피를 흘리는 것이 화를 내는 것보다는 편했다.

"너무해, 우리가 뭘 어쨌다고."

연진 옆자리에 앉아 있던 사회부 기자가 울먹이듯 말하자 순식간에 견고한 침묵이 술자리를 에워쌌다. 연진은 맥주를 마시다 말고 동기들 얼굴을 찬찬히 둘러보았다. 자세히 보면 하나같이 앳된 얼굴들이었다. 상대에게 잽 한번 날리지 못한 채 무방비로 맞기만 하다가 코너에 주저앉아버리는 풋내기

복서가 저런 얼굴이지 않을까, 연진은 생각했다. 우리는 누구인가. 연진은 문득 그 자리에 있는 누구라도 붙잡고 묻고 싶었다. 사회생활을 시작한 지 겨우 1년밖에 되지 않은, 이곳에서도 환영받지 못했고 다른 언론기관으로 이직하기엔 경력이 변변찮은, 심지어 기자로서의 진심마저 의심받을 수밖에 없는 우리는 과연 누구인가. 의지도 신념도 없이 굴러온 돌이자 남의 둥지를 탐내는 뻐꾸기일 뿐이라는 말이 깊이 우리를 베고 지나간다 해도 어쩌면 회복할 수 없을 만큼의 상처는 아닐 수도 있었다. 사람들은 그런 부류의 기대를 희망이라고 부르는 것인지도 모른다. 그런 희망이 대체 누구를 위한 것인지, 그러나 연진은 알 수 없었다.

술자리는 곧 정리됐다. 내일도 출근은 해야 하고 써야 할 기사는 있는 것이다. 점원이 계산서를 갖다주자 누군가 휴대전화를 꺼내 계산기를 두드렸고 각자가 감당해야 하는 n분의 1만큼의 액수를 알려주었다. 연진을 포함해서 네 명의 또래 기자들이 계산대 앞에 일렬로 서서 한 명씩 신용카드로 결제를 하는 동안, 현금으로 계산을 마치고 술집 밖으로 나간 나머지 세 명의 동기들은 하나같이 심각한 얼굴로 저마다의 휴대전화를 들여다보고 있었다. 줄 끝에 서 있던 연진은 유리문 너머 동기들 옆에 정차해 있는 트럭을 물끄러미 바라보았다. 그 트럭 뒤편에서 누군가 오줌을 누며 흥얼거리고 있을지도 모른다는 상상은 연진을 잠시 웃게 했다. 점원에게 신용카드를 건네고 패드에 사인을 하고 영수증을 받으면서도 연진은 붉어진 눈으로 틈틈이 트럭 쪽을 돌아보았다.

*

엄마는 제가 초등학교 들어갈 무렵부터 서초구에 있는 32층짜리 빌딩 화장실로 출근하기 시작했고, 20년 가까이 그 일을 한 번도 쉬지 않았어요. 참 이상하죠? 엄마는 하루 평균 여덟 시간만 공용 화장실에 머물렀고 그 시간을 제외하면 엄마 역시 다른 사람들처럼, 아니 다른 누구보다 알뜰하게 일상을 운영했다는 걸 저는 세상 어느 법정에서라도 증언할 수 있지만 엄마에게서 화장실 냄새가 아닌 것, 그러니까 밥냄새나 화장품 냄새, 혹은 다른 사람의 체취를 맡아본 적이 있느냐고 묻는다면 자신 있게 그렇다는 대답을 내놓지는 못할 것 같아요. 귀가해서 현관문을 여는 순간부터 저는 타인의 배설물 냄새에 편입되는 기분이 들었고 언제나 그 냄새로부터 가능한 한 멀리 도망가고 싶었습니다. 그렇다고 엄마와 사이가 나빴던 건 절대 아니에요. 엄마와 저는 서로에게 유일한 가족이었고 또 가장 가까운 친구이기도 했으니까요. 엄마가 술에 취했을 때만 제외하면 늘 사이가 좋았죠. 엄마는 천성적으로 씩씩해서 식당뿐 아니라 술집도 혼자 잘 다녔는데, 한번 술을 마시기 시작하면 꼭 취할 때까지 마셔야 했고 일단 취하게 되면 보통 사람은 이해하기 힘든 주사를 부렸어요. 주차된 트럭 뒤로 가서 오줌을 누며 흥얼거리는 것, 그것이 엄마의 주사였죠. 오줌이 끊기면 엄마의 흥얼거림도 뚝 멈추었고, 그러고 난 뒤 엄마는 몸을 작게 만 채 아주 짧게 울곤 했습니다.

엄마는 제가 대학 졸업을 앞둔 때 일하던 빌딩 3층 남자 화장실에서 뇌출혈로 쓰러졌고 석 달 동안 중환자실에 있다가 숨을 거두었어요. 알고 보니 그즈음 빌딩 관리소 측에서 청소 용역을 감축한 탓에 노동량이 늘었고, 별도의 휴게실을 제공하지 않아서 그 추운 날에도 난방이 들어오지 않는 작은 창고 같은 데서 점심을 먹거나 잠시 눈을 붙이곤 했더라고요. 용역 업체와 빌딩 관리소는 엄마가 주기적으로 술을 마셔왔다는 것을 빌미로 산업재해를 인정하지 않았고, 저는 급하게 휴학을 한 뒤 꼬박 1년 동안 근로복지공단과 서울지방법원의 행정소송과, 노무변호사 사무실을 들락거리며 신청서를 쓰고 증명서를 떼고 상담을 받았습니다. 산업재해는 결국 승인되지 않았어요. 엄마는 그저 절제 없이 술을 마시다가 뇌출혈로 사망한 청소 용역이 된 거죠. 세상이 엄마를 그렇게 기억하게 되리란 걸 도무지 용납할 수 없었어요. 저는 끝까지 싸우고 싶었고 그래야 한다고 생각했어요. 무작정 텔레비전 고발 프로그램에 사연을 보내기도 했고 빌딩 앞에서 게릴라식 1인 시위를 하기도 했죠. 어느 날 빌딩 관리소 측에서 위로금을 보내오더군요. 위로금을 돌려주려 했는데, 뇌출혈은 산업재해로 인정되기 어렵고 주기적인 음주는 실제로 뇌출혈에 치명적이라고, 그때 도움을 주던 노무변호사가 거의 애걸하듯 말리더라고요. 저는 결국 거기에서 포기했어요. 위로금은 남아 있던 병원비를 완납하는 데 썼고요. 고등학생 때부터 기자가 장래 희망이긴 했는데, 엄마가 돌아가신 뒤부터는 다른 의미의 기자가 되고 싶었어요. 뭐랄까, 이전까지는 멋진 기자였다면 그 후론 인내심 있는 기자? 사회부에서 기자 생활을 시작했는데, 그때 제가 처음 쓴 기사가 산업재해의 사각지대에 관한 거였죠. 그 기사는 편집회의에서 감상적이라는 이유로 잘렸어요. 근데 그 주제로 또다시 기사를 쓸 수는 없겠더라고요. 지면에 실리지 못한 그 폐기된 기사를 집에 가져와 읽으면서 깨달았거든요. 저는 엄마가 술에 취하면 왜 트럭 뒤에서 노상 방뇨를 했는지, 뭐가 슬퍼서 울었던 건지 알지 못한다는 것을요. 그런 엄마가 너무 싫어서, 단순히 싫은 것이 아니라 부정하고 싶을 만큼 부끄러워서, 단 한 번도 제대로 물은 적이 없었죠. 제게는 산업재해의 사각지대에 있는 노동자의 표본이 바로 엄마인데, 저는 엄마가 어떤 사람인지 알지 못했고 알려 하지도 않았던 거예요. 이런 제가 무슨 자격으로 그 기사를 다시 쓸 수 있겠어요?

거기까지 보고 연진은 휴대전화에서 재생되던 유튜브 영상을 껐다. 2년 전 '올해의 기자상'을 받은 윤희가 모교에서 진행한 강연을 비공식적으로 촬영한 영상이었는데, 언론 고시를 준비할 때부터 연진은 유독 피곤한 날이나 불안한 날이면 매번 새로운 마음으로 그 영상을 보곤 했다.

연진은 휴대전화를 도로 가방에 넣은 뒤 출국장으로 이어지는 에스컬레이터에 두 발을 올려놓았다. 처음부터 인천공항으로 올 생각은 없었다. 소격동에서 동기들과 헤어진 뒤 지하철역으로 걸어가면서 유찬의 인스타그램에 접속한 순간 발길을 돌려 인천공항행 리무진에 오른 건, 윤희의 메시지로 읽히는 해시태그 때문이었다.

#국경 #시차 #날짜변경선 #위도 #적도 #감각되지않지만 #존재하는경계선 #공항출국장에서 #친구의메시지 #윤희

해시태그와 함께 올라온 사진은 몇 시간 전에 테러가 일어난 런던 외곽의 난민 수용소였고, 노란색 폴리스 라인에 카메라의 포커스가 맞춰져 있었다. 유찬이 카메라 셔터를 누른 순간 햇빛이 많이 들어갔는지 폴리스 라인 너머가 뿌옜다. 원한이 반복되는 현장이자 무수한 경계선이 겹쳐지는 그곳은 모여든 햇빛 때문인지 외려 숨어 있어도 나쁘지 않을 것 같은 피난처처럼 보였다.

주위를 두리번거리며 출국장 이곳저곳을 헤매던 연진이 어느 순간 걸음을 멈추었다. 방금 영업을 종료한 출국장 안의 커피숍에서 윤희가 걸어 나오고 있었다. 왜였을까. 막상 윤희를 보자 연진은 고개를 숙인 채 돌아섰고 최대한 빨리 윤희의 시야에서 사라지겠다는 듯, 아니 거의 삭제되고 싶다는 마음으로 비틀거리면서 재게 걷기 시작했다. 멀리 가지는 못했다. 겨우 열 걸음 정도 떼다가 멈춰 선 연진은 천천히 뒤를 돌아봤다. 윤희는 다른 곳으로 가지 않고 그 자리에 그대로 서서, 이번엔 연진의 얼굴을 지그시 바라보고 있었다. 이곳에 온 이유를 잊지 말자고 연진은 생각했다. 작년 여름 엘리베이터에서의 일 때문에 사직서를 낸 것이 맞는지, 그러니까 연진의 말 한마디가 윤희로 하여금 싸움의 공간을 떠나게 한 것이 맞는지 확인할 때가 된 것이다. 연진은 윤희 쪽으로 천천히 걸어갔다. 윤희에게 다가갈수록, 그러나 연진은 윤희와 다른 종류의 대화를 하고 싶어 조바심이 났다. 간절하게, 그 어느 때보다 절박한 마음으로, 감각되지 않지만 존재하는 경계선에 대해 이야기를 나누고 싶었다. 연진도 그런 종류의 경계선이라면 다른 사람 못지않게 잘 알고 있었다. 계절이 바뀌는 시기를 분명하게 의식하게 했던 몸 안의 특별한 선도 그중 하나였다. 비록 이제는 사라졌지만 남들에게는 없는 그

선을 갖고 있던 시절에는 학보사 책상에 쌓인 신문과 잡지들, 인스턴트커피의 달콤한 냄새와 형광펜으로 밑줄을 친 윤희의 문장, 그리고 먼지 낀 학보사 유리창을 통해 들어오는 햇빛으로 낡은 책상 주변이 갑작스럽게 환해지던 순간이 연진의 세계를 구성했다. 그 풍경부터, 연진은 말하고 싶었다. 그해, 여름에서 가을로 계절이 바뀌던 공항의 한산한 출국장에서 연진은 그렇게 삶의 한 절기를 지나가고 있었다. 그날에 대해서라면 숨소리가 들릴 정도로 바투 선 채 연진의 이야기를 들어주던 윤희의 섬세하게 주름진 얼굴이 지금도 가장 먼저 떠오른다는 것을, 그러나 연진은 지난 3년 동안 아무에게도 말하지 않았다.

파종하는 밤

모서리를 돌자 공장 정문이 보였다.

　공장은 폐쇄됐고 현판도 사라지고 없었지만 외관은 다큐멘터리에서 본 그대로였다. 공장 둘레를 천천히 돌아보았다. 공장 뒤편엔 철망에 둘러싸인 공터가 있었는데, 고철을 모아놓는 곳인지 버려진 구식 가전제품이 여럿 보였다. 그중엔 바퀴가 떨어져 나간 자전거도 있었고 찌그러진 공중전화박스도 있었다. 공중전화박스 안엔 선이 끊긴 초록색 전화기가 먼지를 뒤집어쓴 골동품처럼 놓여 있어서 시선이 갔다. 시선을 더 멀리 보내자 실종자를 찾는 빛바랜 현수막이 철망 끝에서 펄럭이는 게 보였다. 누가 이곳까지 와서 현수막을 볼지 의아했지만 현수막은 한순간도 멈추지 않고 부지런히 펄

력였다. 머릿속으로는 2주 전에 본 다큐멘터리 내용이 천천히 복기되고 있었다. 다큐멘터리에 따르면, 공장은 20년 넘게 업종을 바꿔가며 운영되다가 10년 전에 완전히 파산했다. 공장의 맨 처음 이름은 화정계공이었다. 1980년대 중반 보리밭을 밀어내고 세워진 화정계공은 온도계 제조사였는데, 환기 시설이나 배기 시설에 대한 지식이 없던 초반 1, 2년 사이 다섯 명의 노동자가 그곳에서 수은중독으로 죽었다. 그들은 공장에서 숙식을 해결하던 지방 출신으로 만 스무 살이 채 안 된 소년들이었다. 소년들이 죽은 뒤에야 공장의 책임을 묻는 재판이 시작되었고 드물게도 노동자의 유가족이 승소했다. 그러나 화정계공은 패소 후에도 바로 문을 닫지 않고 10년 가까이 운영되다가 2000년대가 시작될 무렵 헤드폰 조립으로 업종을 바꾸면서 상호를 변경했다.

이 공장을 알려준 사람은 경수였다. 다큐멘터리 촬영 팀의 일원으로 공장에 들어선 순간 기시감이 들었노라고, 한 달 전 불쑥 전화를 걸어온 경수는 말했었다. 경수는 스물여덟 살의 내가 미디어 아티스트로서 첫 전시회를 열 때부터 내 작품의 사운드를 담당해주던 대학 후배였다. 내가 결혼을 하고 그가 방송국에 음향 스태프로 취업하면서 사이가 멀어지긴 했지만, 각종 지원금을 받으며 쉼 없이 작품을 생산해내던 어느 한 시절의 나를 가장 잘 아는 사람이기도 했다.

"그 기시감이 어디에서 왔나 곰곰이 생각해보니, 바로 선배 작품이었어요."

경수가 이어서 말했다. 먼지로 뿌연 바닥, 창문을 막은 판자 틈새로 들어오는 원통 모양의 햇빛과 흩어지는 먼지, 녹슨 배관에서 떨어지는 작은 물방울, 물방울이 부서질 때마다 연상되는 은빛 파편, 경수는 그렇게 공장 내부를 묘사해갔다. 경수의 기시감을 이해할 수 있었다. 한때 내 카메라엔 오래된 상점과 쇠락한 철공소, 수몰되기 직전의 버려진 마을 같은 곳이 담겼고 그 공간에서 내가 찾았던 건 이름 없는 죽음의 흔적이었으니까. 폐허 속 익명의 죽음을 주제로 한 내 작품은 카메라가 보여줄 수 있는 하나의 정직한 시선이라는 평가를 받았고, 그 평가는 그 시절의 내 정체성이었다. 그것 외에, 나는 아무것도 아니었다.

"그러니까 내 말은, 작품 한번 만들어볼 생각 없냐고요. 사운드야 내가 맡으면 되니까 그건 걱정 말고요."

내가 5년 넘게 작품을 발표하지 않았고 내게 작품을 의뢰하는 갤러리도 더 이상 없다는 걸 모를 리 없는데도 경수의 목소리는 태연했다. 확답 없이 전화를 끊긴 했지만 그날 밤 나는 새벽까지 잠들지 못하고 뒤척였다. 다큐멘터리가 방영되던 날엔, 잠든 준희 곁에서 이어폰을 연결한 노트북으로 다큐멘터리를 시청했다. 다큐멘터리가 끝나갈 무렵부터 바람에 물결치는 푸른 보리밭 영상에 공장의 역사를 자막으로 넣는 작품의 도입부를 나는 구상하기 시작했다. 보리밭 영상이 다 지나가면 공장 안의 풍경이 자연스럽게 이어질 터였다. 본 적도 없는 공장 안의 풍경은 아웃포커스한 화면처럼 흐릿해지기도 했고 패닝 기법으로 찍은 듯 흔들려 보이기도 했다. 습관이었다. 내게 풍경은 갤러리에 전시되는 영상으로 재구성될 때가 많았고, 그건 직접 보지 않은 공간을 상상할 때도 마찬가지였다.

어느새 나는 공장 정문 앞에 되돌아와 있었다.

쇠창살로 된 정문의 잠금장치는 날카로운 철끈으로 몇 번에 걸쳐 감겨 있어서 무단으로 그 안에 들어가는 건 불가능해 보였다. 아마도 방송국은 구청이나 공장 관계자의 허가를 받고 촬영을 했을 것이다. 쇠창살 사이로 보이는 우람하고 키가 큰 나무 한 그루에 내 시선은 고정됐다. 부식된 시멘트와 부서진 벽돌, 녹슨 철로만 구성된 공장 안에서 초봄의 햇살을 받아 어린 잎을 틔운 나무는 눈에 띌 수밖에 없었다. 수많은 벌레와 곤충이 태어나고 번식하다가 죽음을 맞이하는 살아 있는 거주지…… 나무는 언제부터 저곳에 있었을까. 나무의 수령이 30년 이상이라면 공장이 직장이자 집이었던 다섯 명의 소년들도 저 나무를 보았을 것이다. 보면서, 일하고 먹고 잠들었을 터였다. 아침에는 나뭇잎 사이로 흘러나오는 새소리에 눈을 떴을지도 모른다. 병세가 깊어지면서 환각 증상에 시달리던 무렵에는 어땠을까. 그땐 저 나무가 죽음의 영역을 알리는 기이하고도 음험한 설치물처럼 보이지는 않았을까. 아니면 삶의 의지를 불러오는 한 줌의 생기로 각인되었던가. 알 수 없었다. 설혹 나무의 수령이 30년이 넘더라도, 소년들이 바라보던 그 시절의 나무는 이제는 부재하는 풍경 속에 있었다.

문득 나무의 표면을 만져보고 싶다는 욕망이 일었다. 가능하다면 두 팔로 부둥켜안고도 싶었다. 소년들과 나 사이엔 긴 세월이 놓여 있었지만 나무를 만지는, 그 성분과 구조가 똑같은 그들과 나의 손은 시간의 바깥에서 교차하거나 겹쳐질지 몰랐다. 공장 정문에 바짝 붙어 선 뒤 쇠창살 사이로 손을 집어넣어 잠금장치를 흔드는데 손끝에서 시작된 날카로운 감각이 한순간 온몸으로 퍼져갔다. 오른손 검지에 맺힌 굵은 핏방울을 반사적으로 흡입하자 산화된 광물의 탁한 맛이 났다. 약국이나 병원에 가서 소독하지 않으면 깊어질 상처였다. 곧 준희가 어린이집에서 돌아올 시간이기도 했다. 발길을 돌려야 했지만, 나는 어느새 손가락에서 입술을 떼고는 고개를 뒤로 젖혀 하늘을 올려다봤다. 검은 새 한 마리가 내 머리 위를 빙빙 돌고 있었다. 새의 시선으로 공장 전체를 풀숏으로 찍는 영상을 나는 상상하기 시작했고, 그 숏에는 공장 마당에서 공놀이를 하거나 나무에 느슨하게 등을 기대고 앉은 다섯 명의 소년들이 담겨 있었다. 무성한 나뭇잎을 통과한 햇빛이 땅바닥에 방사형으로 쏟아져 크고 작은 조각으로 일렁이던 어느 여름날이었다. 아마도.

★

버스가 아파트 단지 앞 사거리에서 신호에 걸려 정차했을 때, 차창 밖으로 큰 배낭을 메고 걸어가는 왼팔 청년이 보였다. 늘 왼팔을 귀에 바짝 붙인 채 끊임없이 좌우를 살피며 다니는 그를 아파트 단지에서 모르는 사람은 없었다. 어쩌면 그에게 세상은, 신호등과 횡단보도뿐 아니라 함께 길을 건너는 보행자 한 명 없는 황량한 차도의 확대판에 불과한지도 모른다. 그렇다면 그는 그 차도에 갇힌 채 고작 왼팔 하나로 스스로를 지킬 수 있다 믿으며 지금껏 살아온 셈이다. 그런데…… 나는 궁금해졌다. 그런데 그는, 최근에 자신에게 쏟아지는 사람들의 시선이 이전보다 더 배타적으로 변했다는 걸 알고 있을까.

아파트 단지 안에선 두 달 사이 세 명의 미취학 아동 — 두 명은 여자아이였고 나머지 한 명은 남자아이였다 — 이 성추행을 당했는데, 범인은 교묘하게도 CCTV의 사각지대를 선택했고 마스크와 모자를 착용하여 피해 아동조차 그 얼굴을 제대로 확인하지 못하게 했다. 범인의 몽타주도 나오지 않은 데다 왼팔 청년의 지적 능력이 완전범죄와는 거리가 멀다는 걸 모를 리 없는데도 예민해진 사람들은 그에게 부당한 분풀이를 하고 있었다. 적어도 내겐, 그렇게 보였다. 그의 곁을 지나가는 승용차에선 이유 없이 클랙슨이 울릴 때가 많았고, 그가 마트나 식당에 들어서면 점원과 손님 들은 대놓고 인상을 찌푸렸다. 신호가 바뀌고 버스가 움직이면서 차창밖 왼팔 청년은 조금씩 뒤로 물러났다. 여행을 떠나려는 것일까. 시야에서 사라져가는 그와 그의 큰 배낭을 끝까지 눈으로 좇으며 나는 속으로 중얼거렸다. 그가 드디어 차도에서 벗어나 다시는 돌아오지 않을 망명에 가까운 여행을 떠나게 되었다는 그 상상은, 뜻밖에도 나를 웃게 했다. 그가 가능한 멀리 가기를, 멀리멀리 가서 이곳을 잊는 것으로 복수를 완성해주길, 어느새 나는 응원이라도 하고 싶은 심정이었다.

버스에서 내려 아파트 단지 안으로 들어서자 마침 준희가 다니는 어린이집의 봉고차가 눈에 들어왔다. 준희는 세 명의 아이들 중 가장 마지막으로 봉고차에서 내렸다. 반가운 마음에 준희 쪽으로 빠르게 걷던 나는 어느 순간 그대로 멈춰섰다. 봉고차가 아파트 정문을 빠져나가자마자 준희를 제외한 두 아이는 준희에게 눈길 한번 주지 않은 채 그들끼리 아파트 안으로 들어가버렸고, 혼자 남겨진 준희는 주눅 든 모습으로 땅바닥만 내려다봤다. 바람이 찼다. 정상인가. 언제부터인가 준희를 바라보는 내 시선엔 정상과 비정상이라는 이분법만이 작동했다. 준희를 병원에 데려가려 한 적도 있었다. 그러나 막상 예약해놓은 검사 날짜가 다가오면 준희는 그저 내성적인 성격일 뿐, 정상 범주에 속하는 건강한 아이라는 확신이 생겼다. 아프면 울고 가끔이나마 웃기도 하며 글자의 일부도 읽을 줄 아는 아이를 발달장애로 의심한 것이 미안했고, 성인이 된 준희가 사람들의 말을 알아듣지 못하거나 감정을 공유하지 못해 공동체에서 배척되는 모습을 상상했던 것에는 죄책감을 느끼기도 했다. 인간이 눈금이 새겨진 투명한 컵도 아닌데 그 내면의 상태를 의사의 진단과 의학적인 장비로 추출해내어 정상의 기준에 부합하는지 판단하는 과정을 신뢰할 수 없다는 생각도 들었다. 준희의 발달장애 검사를 예약하고 다시 그 예약을 취소하는 것이, 지난 몇 달 동안 내가 몰두해 있던 일이었다.

다시 걸음에 속도를 냈다. 준희는 내가 눈앞에 나타나자 잠시 나를 올려다보더니 이내 내 오른손 검지로 시선을 옮겼다. 약국에서 급하게 연고를 바른 뒤 대충 붙여놓은 밴드 위로 피가 배어 나와 있었다.

"야옹이 봤어. 엄마, 야옹이 아파."

준희가 밴드를 빤히 바라보며 말했다. 어린이집 뒤뜰에 하루에 한 번씩 출몰한다는 고양이에 대해서라면 이미 수십 번도 더 들었을 것이다. 아픈 고양이 이야기는 엄마의 피 흘린 상처를 보고 나온 일차적 반응으로는 적합하지 않은 듯했으나 나는 불안하지 않았다. 불안해하지 않기 위해 노력했다. 아무것도, 그렇게 할 수는 없었다. 야옹이는 어디에나 있어, 말하며 나는 준희를 안아 올린 뒤 아파트 쪽으로 걸어갔다.

엘리베이터 안에는 최근 아파트 단지 내에서 불미스러운 일이 연달아 발생했으니 미취학 아동이 있는 세대는 각별히 신경을 써달라는 공고문이 붙어 있었다. 공고문 여백에는 누가 봐도 왼팔 청년을 묘사한 캐리커처가 그려져 있었고 혐오의 욕설도 낙서되어 있었다. 준희를 안고 있던 두 팔에 저절로 힘이 들어갔다.

802호에선 평소와 같은 오후와 저녁이 흘러갔다.

준희가 거실에서 장난감을 갖고 노는 동안, 나는 청소와 빨래를 하는 틈틈이 소시지를 굽고 된장국을 끓여 저녁 식탁을 차렸다. 준희는 늘 그랬듯 내 기대보다 적게 먹었다. 팍팍 좀 먹어라, 사내자식이. 남편이 곁에 있었다면 분명 그렇게 말했을 것이다. 그는 거의 무의식적으로 준희를 통제하려 했는데, 나는 남편의 그런 태도가 일종의 보상 심리에서 비롯되었다는 걸 잘 알고 있었다. 여러 번 그 문제를 지적해봤지만 진지한 대화로 이어지지는 못했다. 내가 그의 비뚤어진 보상 심리를 언급할 때마다 그는 준희의 발달장애를 의심하는 내가 외려 병적이라고 언성을 높였다. 그런 날도 있었다. 불쌍하게 죽은 사람들을 찍는 것으로 위안 삼다가 이제는 그러지 못하니 무용한 의심이라도 필요한 거냐며 그가 비아냥거린 날, 나는 패닉 상태에 빠져 벽과 가구에 몸을 부딪쳐가며 아무 소리나 마구 내질렀기 때문에 그 순간에 남편이나 준희가 어떤 얼굴로 나를 지켜봤는지는 기억하지 못한다. 정신을 차렸을 땐 남편도, 준희도 보이지 않았다. 남편과 나는 서로의 어리석음을 인정하게 하는 것에 실패한 셈이다. 어쩌면 우리의 모든 것이 실패했는지도 모른다.

식사를 마친 준희를 씻기고 재운 다음엔 준희가 남긴 밥과 반찬을 한데 모아 입안으로 밀어 넣는 것으로 내 몫의 저녁 식사를 해결했다. 남편은 자정이 다 되어서야 돌아왔다. 그가 늦은 밤에 귀가했다는 건 개인 교습을 하고 왔다는 의미였다. 그는 오랫동안 화가로 불리며 살았고 한때는 거의 매해 개인전을 열기도 했지만, 준희가 태어날 즈음엔 나처럼 작업을 중단했고 빚을 내어 미술 입시 학원을 개업했다. 작업 중단과 학원 개업 사이의 인과관계는 뚜렷하지 않지만 우리의 필모그래피가 단절된 것에 서로의 강요가 없었다는 건 분명하다. 작년 여름에 그는 동료 화가들과 공동으로 임대한 컨테이너 창고에서 자신의 유화 작품을 모두 꺼내 처분하기도 했다. 그는 그림을 공짜로 선물하는 것을 혐오하는 부류이니 학원에 걸린 작품을 제외한 나머지는 모두 소각됐을 가능성이 높다. 학원은 사정이 나아질 때도 있었으나 대체로 적자였고, 그는 그 적자를 개인 교습으로 메우고 있었다.

간단하게 씻고 나온 남편은 잠든 준희를 확인하자마자 주방으로 가더니 냉장고에서 맥주를 꺼내 마시기 시작했다. 한 캔, 두 캔, 안주도 없이 맥주만 벌컥벌컥 들이켜는 그를 나는 소파에 웅크리고 앉아 가만히 바라봤다.

"너도 와서 마셔."

그는 몇 번에 걸쳐 내게 권유했지만 그때마다 나는 말없이 고개만 저어 보일 뿐, 그에게 다가가지 않았다. 그와 대화를 할 수는 없었다. 그가 이 전세 아파트와 학원을 정리한 돈으로 빚을 갚자고, 모든 것이 지겹다고, 그 이후엔 실업급여와 아동수당으로 연명해야 할 거라고 고백할까 봐 나는 겁이 났다. 우리의 계급이 추락했고 우리는 이미 오래전부터 예술가가 아니라는 선고가 그 고백에 이어질지도 몰랐다. 불안이 실체가 되지 않도록 그의 고백을 차단하여 침묵의 공유지를 유지해야 한다. 나는 그렇게 생각했고, 할 수 있는 것도 그뿐이었다. 고개가 점점 더 옆으로 기울고 어깨의 선이 안으로 말려가는 그를 두 눈을 끔벅이며 한참을 바라보다가 나는 새벽 1시가 다 되어서야 소파에서 일어나 방으로 들어갔다. 문을 닫은 뒤엔 붙박이장을 뒤져 카메라를 꺼냈다. 다큐멘터리를 본 뒤로 카메라를 꺼내보는 횟수는 확연히 잦아져 있었다. 카메라는 여전히 묵직했고 특별히 고장 난 데도 없었지만 5년 사이 구식이 되어버린 건 어쩔 수 없는 사실이었다. 작업을 하게 된다면 나는 이 구식 카메라로 촬영을 해야 할 것이다. 이제 내게 지원금을 대줄 곳은 없었고, 하나의 작품을 완성하려면 카메라 외에도 돈 쓸 곳은 많다. 촬영 장비를 빌려야 하고 그 장비를 사용할 줄 아는 스태프를 구해야 하며 그들에게 인건비와 식사비를 정산해주어야 하는 것이다. 그리고 그 액수의 총합은 현재 내게는 불가능한 숫자였다. 그건, 누구보다 내가 가장 잘 알았다.

*

잠들었던가.

거실에서 울리는 전화벨 소리에 눈이 떠졌다. 벨소리는 무시할 수 없을 만큼 집요하게 울렸으므로 나는 침대에서 몸을 일으켜 거실로 나갈 수밖에 없었다. 방문을 연 순간, 놀랍도록 찬 공기가 온몸을 관통했다. 평범한 추위는 아니었다. 공기가 그대로 얼어붙어서 파편으로 부서질 것만 같은 위태롭고도 비현실적인 추위였다. 난방을 최소화한 지 오래되긴 했지만 초봄의 실내가 이토록 추울 수 있다는 건 도무지 납득되지 않았다. 조명을 켤 생각도 못 한 채 오들오들 떨며 얼음덩어리 같은 차가운 수화기를 들었다. 여보세요, 말한 순간 입에서 하얀 입김이 뭉텅뭉텅 새어 나오더니 어둠 속으로 스며들었다. 아니, 어둠 속에서 소멸했다.

사람이 죽었을 뿐이에요.

수화기 저편에서 남자가 말했다. 처음 듣는 목소리였지만 이유 없이 친숙하기도 했다. 오래전 친구일까. 그러나 내 또래의 남자를 대입하기엔 그 목소리가 지나치게 미성이었다.

누구시죠?

처음엔 하나도 아프지 않았어요. 그게 나를 아프게 할 수도 있다는 건 상상도 해본 적 없는걸요. 그건 나쁜 냄새도 안 났고 불쾌하게 끈적이지도 않았죠. 형들도 그걸 무서워하지 않았으니까, 나는 형들을 믿었으니까, 그냥 형들이 하는 대로 했던 거예요.

죄송하지만, 지금 무슨 말씀을 하는 건지……

그걸 온도계에 주입하면 호스에서 칙칙 소리가 나면서 뿌연 증기가 흘러나왔는데, 꼭 엷은 구름 같기도 하고 풀어진 솜사탕 같기도 해서 숨 쉬면서도 먹고 말하면서도 먹었어요. 막 먹었어요, 막. 바닥엔 그게 물방울처럼 굴러다녔죠. 그걸 아무렇지도 않게 밟고 지나다녔고, 손등이나 팔뚝에 묻으면 바지에 쓱 문질러 닦곤 했어요. 그게 위험하단 걸 누구도 일러주지 않았고, 나는 내가 왜 아픈지도 모른 채 아프기 시작했어요.

온도계, 호스, 증기…… 그제야 나는 남자가 온도계 공장에서 죽은 소년들 중 한 명이란 걸 알 수 있었다. 그렇다면 그가 반복적으로 언급한 '그것'은 수은일 것이다. 기이한 일이었다. 오래전에 죽은 자와 이렇게 전화선으로 연결되는 건 불가능한 일이니까. 불가능해, 중얼거리자 뼛속까지 얼 것 같은 추위가 다시 시작됐다. 의식할 때만 감각되는 농담 같은 추위를 느끼며, 나는 내가 꿈속에서 전화를 받았다는 걸 느리게 깨달았다. 그렇다면 남자는 죽음과 삶 사이, 과거와 현재 사이, 그리고 내 꿈의 입구에 세워진 여러 겹의 비물질적인 장막을 뚫고 전파도 흐르지 않는 이곳으로 전화를 걸어온 셈이다.

너무 자고 싶었는데, 잠만 자면 다 나을 것 같았는데, 잠이 오지 않는 거예요. 나중엔 한순간도 잘 수 없었어, 단 한순간도. 얼마나 끔찍했는지 알아요, 그때? 병원으로 옮겨 간 뒤론 대소변도 못 가렸고, 혀가 굳고 잇몸이 상해서 밥 한 톨 씹지 못했고, 온몸은 까맣게 손톱독이 오를 때까지 긁어대야 할 만큼 안 가려운 데가 없었는데, 깨어서, 깨어 있는 상태로,

그 고통을 다 느꼈어, 고스란히 다.

마음의 결이 헝클어졌는지 이어지는 그의 목소리는 높게 떨렸다. 알고 있었다. 재판에 증거자료로 채택된 병원 진단서와 동료들의 증언, 유가족 진술서 등에는 공통적으로 소년들이 겪은 불면의 고통이 기록되어 있었다. 병원에서 소년들은 통증과 가려움증으로 헛소리를 하면서도 잠에 들지 못했다고, 그들을 잠들게 할 수만 있다면 지옥에라도 가서 약을 구해 오고 싶었다고, 차라리 그들이 기절이라도 하길 기도해야 했다고, 그들의 담당의와 동료들과 가족은 말했다. 고작 아스피린 따위에 의탁하다가 죽음의 문턱에서야 병원 진료를 받게 된 소년들은, 여러 경로를 거쳐 가까스로 수은중독이라는 병명을 알아냈지만 제대로 된 치료를 받아보지 못한 채 한두 달 새에 모두 사망에 이르렀다. 공장에서 일하며 야간 고등학교에 다니겠다는 포부를 안고 고향을 떠나온 열일곱 살의 M도 마찬가지였다. M은 희생자 중 가장 어렸고 아직 성장기여서 체격도 작았다. 지금 전화기 저편에 있는 남자는 M일 가능성이 높다. 다큐멘터리를 보고 난 뒤 시립 도서관과 법원 자료실을 드나들며 찾아본 자료 중에서 나는 M과 관련된 것을 가장 열심히 들여다봤고, 더욱이 M의 시점으로 구성되는 영상을 계획하고 있었으니까. M이 남긴 편지도 찾아서 읽었는데, 그건 재판에 제출된 유일한 사적 기록물이었다. 수은에 조금씩 중독되어갈 무렵, 그러니까 아직 병명도 모르던 때, M은 누나에게 편지를 썼다. 기숙사로 이용되던 빈 작업장—서너 평도 안 되는 그곳에서 그 다섯 명의 소년들이 한데 엉켜 잤다—에 석유곤로를 켜놓고 이불을 깐 채, 자꾸 멀미가 나, 그렇게 첫 문장을 썼다. 멀미가 나서 똑바로 걷는 것도 힘들다고, 그럴 리 없는데도 공장 바닥이 기울어진 느낌도 든다고, 무섭다고, 가끔은 물에 빠진 악몽을 꾼다고, M의 문장은 그렇게 이어졌다. 근데 다 포기하고 공장에서 나가면 내가 정말 아픈 사람이 될 것 같아. 겨울 지나서 입학하기로 한 야간 고등학교는 어떡하고. 그래서…… 그래서, 이후의 문장은 후략으로 처리되어 있었다. 아마도 재판과 상관없는 개인적인 이야기여서 그랬을 것이다. 소년들의 사진, 그들 각자의 습관과 미래의 계획, 먹고 싶은 것과 갖고 싶은 것, 어른이 되면 가보려 했던 도시들, 만나고 싶어 하던 이성의 유형 같은 것도 자료에는 기록되어 있지 않았다.

돌연 수화기 저편이 잠잠해졌다. 눈을 감고 M이 있는 곳을 상상하자, 공장 뒤편 공터에서 보았던 공중전화박스와 초록색 전화기가 흑백으로 처리된 영상 속에서 유일하게 색채를 띠며 클로즈업됐다. 나는 이 추위가 어디에서 온 건지 짐작할 수 있었다. 눈이 번쩍 떠졌고, 어느새 나는 밤거리에 우두커니 서 있었다. 아마도 M이 있는 곳으로 가야 한다는 생각이 내 몸을 순식간에 거리로 옮겨놓았을 것이다. 꿈속에 입력되었던 그 강렬한 추위는 그새 삭제된 모양인지 외투도 없이 잠옷 차림 그대로였지만 전혀 춥지 않았고, 맨발 역시 시리지 않았다. 한참을 정신없이 걷는데 맞은편에서 왼팔 청년이 다가오는 게 보였다. 주위를 둘러봤다. 거리의 조명은 전부 꺼져 있었고 상점들은 닫혀 있었으며 행인은 한 명도 보이지 않았다. 다시 집으로 돌아가고 싶었지만 누군가 정지 버튼이라도 누른 듯, 사각형의 어둠 속에서 나는 꼼짝도 할 수 없었다. 유난히 큰 발소리를 내며 걸어온 그가 내 앞에서 멈춰 서더니 물끄러미 나를 건너다봤다. 그가 아이들을 추행한 사람일지 모른다고 실은 늘 의심했던가. 남몰래 비웃곤 했던 그 허구의 공포가 내 갈비뼈 안쪽을 서늘하게 베고 지나가는 것 같았고, 나는 그 감각을 가만히 견뎌야 했다.

안녕하세요.

그가 인사했다. 차분한 목소리에 발음은 정확했다. 안녕하세요, 얼결에 나 역시 인사하고 난 뒤에야, 비록 꿈속이긴 하지만 왼팔 청년의 목소리를 들은 것이나 그와 눈을 맞추며 인사를 나눈 것이 내게는 모두 처음 있는 일이란 걸 깨달았다. 모든 것이 낯설었지만, 그의 왼팔이 얌전히 내려와 있는 것이 그중에서도 가장 낯설었다. 이제 그는 평균 이상으로 단정한 사람처럼 보였다. 때 묻은 맨발을 꼼지락거리며 풀려 있던 잠옷의 단추를 목 끝까지 잠그는데 그가 저것 봐요, 말하더니 한곳을 가리켰다. 그의 손이 가리키는 곳에선 작고 둥근 입자들이 한밤의 대기를 가로지르는 중이었다. 눈송이도 아니었고 먼지 뭉치는 더더욱 아니었다. 입자는 땅으로 떨어지거나 바람에 흩어지지도 않은 채, 마치 소풍이라도 가는 정령들인 양 무리를 이루어 그와 내가 있는 쪽으로 점점이 다가왔다.

씨앗의 씨앗이에요.

하염없이 입자를 바라보는데 그가 설명했다. 씨앗의 씨앗이란 꽃을 피우게 하는 나무의 호르몬 같은 거라고, 어떤 나무들은 꼭 이 시간에 씨앗의 씨앗을 내뿜는다고도 했다. 씨앗의 씨앗이란 표현을 들어본 적이 없고 호르몬 같은 게 눈에 보일 리 없는데도, 나는 그의 말을 의심할 수 없었다. 입자, 아니 씨앗의 씨앗이 나타나면서 어둠의 가운데서부터 희붐한 빛이 흘러나왔고 생명이 배태되는 소란스러운 소리가 들려왔던 것이다. 문득 공장의 나무가 떠올랐다. 지금쯤 그 나무도 삭막한 공장 마당에서 고요하게 씨앗의 씨앗을 내뿜고 있을 거라고 생각하자 내가 거리에 나와 있는 이유가 새삼 환기됐다. 나는 왼팔 청년을 그대로 지나쳐 무작정 앞을 향해 걷기 시작했다. M만을 생각했다. 밤은 이렇게 분주히 생명을 증식하며 생동하는데, 여전히 잠에 들지 못한 M은 고작 찌그러진 플라스틱으로 세상과 분리된 공중전화박스 안에서 그 끔찍한 추위를 견디고 있을 터였다. 어서 M을 만나고 싶었지만 그럴 수 없었다. 몇 걸음 걷기도 전에, 나는 이미 잠에서 깨버렸던 것이다.

*

씨앗의 씨앗……

치킨샐러드에 뿌려진 통후추를 골똘히 들여다보며 나는 그렇게 되뇌었다. 일주일 전의 그 꿈 이후로 작고 둥근 것을 볼 때마다 외팔 청년이 일러준 씨앗의 씨앗이 연상됐다. 마침 인기척이 느껴져 고개를 들자 맞은편의 큐레이터가 맥주를 권하는 자세로 서 있었다. 그녀가 따라주는 맥주를 받으며 얼핏 벽시계를 보니 시간은 이미 8시가 다 되어가고 있었다. 어두워지기 전에 자리에서 일어나려 했던 애초의 계획은 틀어진 것이다. 다섯 명이 둥글게 앉은 중국식당 테이블엔 연태고량주와 칭따오 술병이 늘어가고 있었고, 대화의 범위는 사적인 영역으로 확대되고 있었다. 회화와 판화, 설치미술과 미디어아트 네 분야에서 선정된 작가들, 그리고 갤러리의 큐레이터로 구성된 자리였다.

큐레이터의 전화를 받은 건 이틀 전이었다. 그녀는 다가오는 여름 기획전에 내 예전 작품 한 편을 전시하고 싶다고 했다. 비록 개인전이 아닌 그룹전이긴 하지만, 성사된다면 5년 만의 전시였다. 내가 동참 의사를 밝히자 큐레이터는 흡족해했고 그룹전에 참여하는 작가들과의 저녁 식사 자리도 일러주었다. 전화를 끊고 나서 내 메모를 보니 글자와 숫자가 심하게 휘갈겨져 있었다. 나는 꽤나 흥분한 상태로 큐레이터와 통화했던 것이다.

큐레이터가 함께 원샷을 하자고 제안했지만 나는 가까스로 웃어 보이며 거품이 빠진 미지근한 맥주를 딱 한 모금만 마셨다. 여기저기서 야유가 쏟아졌지만 더 마실 수는 없다. 남편에게선 아직 한 통의 메시지도 오지 않았다. 남편과의 카카오톡 대화창에는 열두 번에 걸쳐 발송한 내 메시지만 숫자 1과 함께 떠 있을 뿐이었다. 그가 어린이집 봉고차에서 내린 준희를 픽업하여 보살피고 있는 것이 맞는지, 대체 어디에 있기에 내 메시지를 읽지도 않는 건지 도무지 알 수 없는 상황이었다. 불안할 땐 대개 그렇듯, 가장 보고 싶지 않은 장면만 자꾸 상상됐다. 가스레인지를 켜보는 준희의 호기심어린 얼굴이라든지 베란다 창문 밖으로 상체를 내미는 그 애의 작은 뒷모습이 머릿속에서 영상화되는 것을 제어할 수 없었다. 급기야 현관문을 열고 밖으로 나간 준희가 어둠이 내린 아파트 근처를 혼자 걷는 모습이 가상의 프레임 안에 들어온 순간, 나는 거의 무의식적으로 의자에서 벌떡 일어나고 말았다. 아동 성추행범은 아직 잡히지 않았고, 준희는 보통의 아이들과 달랐다. 아니, 다를지도 몰랐다. 의자 옆에 내려놓았던 가방을 어깨에 메자 사람들이 한순간 말을 끊고 일제히 내 쪽을 쳐다봤다.

"송 작가님, 가시게요?"

큐레이터가 날 올려다보며 물었다. 취한 줄 알았는데 눈빛이 맑았고, 얼핏 날카로워 보이기까지 했다.

"아뇨, 화장실 좀 다녀올게요."

대답했지만, 내 말을 믿는 사람은 없는 것 같았다. 내가 식당을 나가면 둥근 테이블의 화제는 나와 내 작품이 될 거라는 생각을 멈출 수 없었다. 한물간 작가를 기껏 생각해서 불러주었더니 고마운 줄 모른다고, 저래서 애 엄마와는 함께 작업하면 안 된다고, 그렇게 한마디씩 나눈 뒤 같은 표정과 같은 성량으로 불쾌하게 웃을지도 몰랐다. 나는 컵을 들어 남은 맥주를 한번에 들이켠 뒤, 가벼운 목례를 하고는 굳은 얼굴로 돌아섰다. 허둥대며 식당에서 나와 바람을 쐬자 상황이 분명해졌다. 내가 결혼한 여자이며 육아에 얽매어 있다는 걸 빌미로 그들이 내게 무례한 발언을 한 적이 없다는 것, 마치 시위하듯 남은 맥주를 벌컥벌컥 들이켜서 유쾌한 분위기를 망친 쪽은 그 누구도 아닌 나라는 것도. 그러고 보니 나는, 큐레이터와 식사를 하면서 차기작 지원에 대해 상의를 해보겠다는 야심 찬 계획도 세웠었다. 실소가 터졌다. 아니, 스스로에게 욕을 하고 싶은 건지도 몰랐다. 자꾸만 헛웃음이 새어 나오는 입을 한 손으로 틀어막은 채 택시를 잡기 위해 큰길 쪽으로 걷는데 큐레이터가 송 작가님, 부르며 잰걸음으로 다가왔다. 그녀의 손에 내 휴대전화가 들려 있었다. 당혹스러워하며 휴대전화를 받자 아쉽네요, 그녀가 말했다.

"김현우 화가랑 결혼하셨잖아요. 5년 전쯤 두 분 결혼할 때 젊은 예술가 커플이 탄생했다는 기사들, 관심 있게 읽고 그랬는데."

"아, 네. 근데……"

"……"

"근데, 뭐가 아쉽다는 말씀인지……"

"궁금했거든요, 예술가한테 결혼이 정말로 무덤인 건지…… 실은 제가 다음 달에 결혼을 해요. 산증인의 조언을 듣고 싶어서 작가님이랑 이야기할 기회를 노리고 있었는데, 이렇게 먼저 가시니 아쉽지 않겠어요?"

"……"

연하게 미소 짓는 그녀를 나는 고요히 바라봤다. 그녀에게 무슨 말인가를 하고 싶었는데, 실은 그건 오늘 아침에 남편에게 할 뻔한 말이기도 했다. 남편은 화장실에 있었다. 내가 화장실 문턱에 서서 준희의 픽업을 부탁하자 그는 건성으로 알았다고 대답한 뒤 기계적으로 칫솔질을 시작했다. 내가 계속해서 문턱에 서 있었던 탓인지 입안을 헹구던 그가 할 말이 또 있느냐고 물었고, 나는 기다렸다는 듯 오후에 큐레이터와 미팅이 있으며 갤러리로부터 지원을 받게 될지도 모른다고 한순간에 말해버렸다. 남편은 아무런 대꾸도 하지 않았다. 그가 반응을 보였다면 나는 한 톤 높아진 목소리로 더, 더, 말했을 것이다. 나는 어떤 일이 있어도 M의 이야기를 작품으로 완성할 것이며 계속해서 익명의 죽음을 카메라에 담을 거라고, 산 자의 기억은 죽은 자의 유일한 특권이기 때문에, 내게는 그것이 위안이 맞으며 절실하게 필요하다고도. 그때쯤이면 남편은 조금은 질린 얼굴로 변해 있을 것이고, 나는 차가운 침묵 속에서 내게 남은 정상인의 함량이 과연 평균치인지 고민했을지 모른다.

"……아셨죠?"

큐레이터가 말했다. 그사이에 귓속으로 시끄러운 한 시절이 다 지나가버린 듯 그녀가 무슨 말 끝에서 알았느냐고 물은 건지 나는 듣지 못했다. 이번 그룹전에서 조용히 빠지라는 통고일 수도 있었고 새 작품을 기다린다는 응원일 수도 있었다. 확인할 기회는 없었다. 그녀에게 다시 한번 말해달라고 부탁하기 위해 어렵게 입술을 뗀 순간 손안에 있던 휴대전화가 울렸고, 액정엔 남편의 이름이 떠 있었다.

*

준희는 집에 없었다.

처음엔 아주 천천히 방과 거실을 오갔다. 서둘러야 한다고 생각하면서도 그렇게 움직이지 못하는 건 그 생각의 형태가 이미 허물어진 탓이었을까. 남편은 준희를 픽업하지 않았고 하루 종일 나와의 약속을 까맣게 잊고 있었으며 현재 준희의 행방을 알지 못한다. 전화를 걸어온 남편은 그렇게 말했다. 생각을 하자, 생각을, 중얼거리며 나는 주먹으로 내 머리를 힘껏 내리쳤고 그때부터 눈에 보이는 모든 문을 열어보기 시작했다. 준희가 숨어 있을 리 없는 장롱과 싱크대와 냉장고 문까지 나는 열어보았고 그때마다 같은 분량으로 절망했다. 휴대전화가 다시 울렸다. 남편이었다. 그는 크게 한숨을 내쉬고는 어린이집 문이 잠겨 있어서 지금은 경찰서로 가는 중이라고 말했다. 아무런 대꾸 없이 통화 종료 버튼을 신경질적으로 여러 번 누른 뒤 온 정신을 집중해서 어린이집 선생들의 전화번호를 찾고 있는데, 휴대전화 화면 위에서 쉼 없이 움직이는 오른손 검지에 잠시 시선이 머물렀다. 철끈에 찢겼던 부위는 다 아물어서 흔적도 찾을 수 없었지만, 시간의 필름을 되돌린다면 엷게 피가 배어 나온 밴드가 복원될 터였다. 그리고 그때 준희는 내 곁에서 그 작은 입술을 움직여 무슨 말인가를 했다. 기억장치 속 볼륨을 높이자 이내 준희의 목소리가 들려왔다.

나는 그대로 현관문을 밀고 나가 엘리베이터를 탔고 아파트에서 빠져나온 뒤엔 맹목적으로 뛰기 시작했다. 구겨 신은 운동화가 자꾸 벗겨지려 했지만 잠시도 멈춰 설 여유가 없었다. 세번째로 접어든 골목에서는 뜻하지 않게도 왼팔 청년 앞을 지나가게 되었다. 그는 혼자가 아니었다. 고등학생으로 보이는 남자아이들 네 명이 그를 에워싸고 있었는데, 그중에 한 명은 왼팔 청년의 배낭을 뒤지고 있었고 또 다른 한 명은 바닥에 침을 뱉으며 담배를 피우고 있었으며 나머지 두 명은 그의 왼팔을 붙잡고 있었다. 완력으로 그 팔을 내리려는 남학생들은 고장 난 장난감 병정을 다루듯 천진하게 웃고 있었지만, 필사적으로 팔의 상태를 유지하려는 왼팔 청년은 이를 악물고 있었고 목에는 핏대가 돋아나 있었다. 골목을 다 빠져나갈 때까지 그들의 실랑이는 계속됐지만 나는 달릴 수밖에 없었다.

남편의 말대로 어린이집 문은 잠겨 있었지만 다행히 담장이 그리 높지 않았다. 나는 담장을 넘어 그 안으로 들어간 뒤

곧바로 뒤뜰로 갔다. 뒤뜰엔 화분들과 토끼 우리가 있었고, 파스텔 색깔의 미끄럼틀과 그네도 보였다. 준희는 그네에 혼자 앉아 있었다. 준희야, 부른 순간 무릎이 꺾였다. 준희가 내 쪽을 돌아봤다. 준희의 품에 아픈 새끼 고양이가 안겨 있다는 건 확인하지 않아도 알 수 있었다.

나는 치즈 색깔 고양이를 안은 준희를 데리고 곧 어린이집에서 나왔다. 집까지 가는 길은 길었다. 봉고차에서 내린 다음 다시 어린이집까지 혼자 걸어간 거야? 응. 아무도 없는 데서, 안 무서웠니? 별로. 배도 안 고팠고? 응, 괜찮아. 엄마…… 왜? 야옹이 아파. 내가 돌봐줘도 돼? 그러고 싶어? 응. 그래, 그럼. 진짜? 대신 야옹이가 떠나고 싶어 하면 언제라도 보내줄 거야, 알았지? 응. 준희와 나의 대화는 그렇게 계속 이어졌고, 나는 이 순간이 훗날 소리로만 기억되어도 충분할 것 같다고 생각했다.

아파트 근처에서 왼팔 청년을 다시 보게 되었다. 그는 어김없이 왼팔을 든 채 벚꽃나무를 올려다보고 있었는데, 내 눈에는 그 모습이 나무와 비밀스럽게 교신하는 샤먼처럼 보였다. 그의 곁을 지나갈 때 마침 우리 쪽으로 돌아선 그는 준희가 안고 있는 고양이를 커다래진 눈으로 바라봤고, 은근슬쩍 우리를 따라오기 시작했다. 내가 옆으로 비켜서주자 그는 자연스럽게 준희 곁으로 차근차근 다가갔다. 고양이를 내

162

려다보는 그의 눈빛은 검게 일렁였고, 준희는 고양이가 다른 사람에게서 사랑받고 있다는 걸 눈치챘는지 짐짓 뿌듯해했다. 허공에서는 하얀 꽃잎들이 빙글빙글 돌며 흩날리고 있었다. 이제 나무들은 씨앗의 씨앗이 아니라 꽃잎을 내뿜는 시기를 맞이한 모양이라고 나는 왼팔 청년에게 말했다. 꽃이 진 자리에선 열매가 자라날 것이고 그 열매가 떨어지면 다시 씨앗의 씨앗이 돌아올 거라고도. 왼팔 청년은 여전히 고양이에게 빠져 있을 뿐, 내 말은 듣지도 않은 듯했다. 상관없었다. 나는 잠시 걸음을 멈추고 크게 숨을 들이켰다. 순환하며 팽창하는 밤의 한 조각이 내 안으로 들어오자, 예측 밖의 화학작용이라도 일어난 것처럼 마음 한쪽이 무너지듯 아파왔다. 나는 더 걷지 못하고 잠시 앞섶을 움켜쥔 채 호흡을 골라야 했다. 준희와 왼팔 청년은 이제 한참을 앞서가고 있었다. 길을 잃을 걱정은 없었다. 삐죽 뻗어 나온 한 사람의 왼팔이 저 멀리서 깃발처럼 내게 손짓하고 있었으니까.

*

두 달 만에 전화를 걸어온 경수가 공장의 철거 소식을 전해주었다. 폐쇄된 공장이 아직까지 철거되지 않은 건 공장주가 빚을 많이 지고 죽는 바람에 자녀들이 상속을 포기해서였는데, 이번에 해당 구청에서 그 부지를 샀다고 경수는 설명했다. 공장이 철거된 자리엔 치매 노인들을 위한 요양원이 들어설 예정인가 보았다. 경수의 설명을 모두 들은 뒤, 그럼 나무는 어떻게 되는 거냐고 조심스럽게 묻자 모른다는 대답이 돌아왔다. 나무의 이식이나 벌목 여부가 아니라 나무가 있었다는 것 자체를 그는 기억하지 못했다. 이제 그곳에서 영상을 찍는 건 불가능할 거라고, 이미 공장 안으로 공사 장비가 꽤 들어간 것 같다고, 경수가 이어서 말했다. 하필이면 가난한 내가 M의 이야기를 알게 되어 작품으로 만들어지기도 전에 시멘트와 철근에 묻히게 된 것이다. 미안하다는 내 말을, 그러나 경수는 통화가 끝날 때까지 이해하지 못했다.

그날 이후 몇 번에 걸쳐 비가 내렸다. 비가 지나간 뒤 세상에 고루 퍼져 있던 녹색의 농도가 짙어질 무렵에야 나는 다시 공장에 가게 되었다. 사람들의 눈을 피하고 싶어서 저녁 시간을 택한 덕분에 인부들과 마주칠 일은 없었다. 쇠창살로 된 위압적인 정문은 사라지고 없었지만 공장 건물과 나무 역시 남아 있지 않아서 그 안으로 들어가는 건 의미가 없었다. 예상했던 일이었으므로 놀라거나 실망하지는 않았다. 나는 곧장 공장 뒤편으로 걸어갔다. 공터 역시 요양원의 일부로 편입되는지, 철망은 그새 제거되고 대신 노란색의 공사용 펜스가 그 주위에 둘러쳐져 있었다. 공터 안은 아직 파헤쳐지지 않았고 공중전화박스도 제자리를 지키고 있었다. 펜스를 넘어 공중전화박스 앞으로 걸어갔다. 가까이서 보니, 과거로부터 잘못 배달된 상자 같기도 했고 단 한 사람을 위한 대합실 같기도 했다. 문짝도 따로 없고 형체도 온전하지 않은 공중전화박스 안으로 들어가 몸을 웅크리고 앉아보았다. 지금 머리 위로 새가 빙빙 돌고 있다면 좋겠다고, 처음 이곳에 왔을 때 목격한 그 검은 새라면 더 완벽할 거라고 나는 생각했다. 새의 시선으로 내려다본다면 소년들이 다시 보일지도 몰랐다. 다섯 명의 소년들, 그리고 그 속의 M, 지금도 공놀이를 하거나 나무에 기대앉아 있을…… 내 머릿속 갤러리에서 오래오래 상영하고 싶은 영상이었지만, 이곳을 떠난 순간부터 그 화면의 색감은 옅어지고 소년들의 실루엣도 희미해지리란 걸 모를 수는 없었다. 도래하는 밤에, 어쩌면 M이 또 다른 이야기를 전해주기 위해 시간의 바깥을 에돌아 이곳으로 올지도 모른다고 생각하니 위안이 되었다.

　고통스러운 위안이었다.

눈 속의 사람

30분 뒤에 출발하는 태백행 버스표 두 장을 사서 손목시계를 내려다보는데, 이곳 고속버스 터미널 대합실에서 막연히 여진을 기다렸던 7년 전의 겨울이 떠올랐다. 그때 내 시계엔 숫자와 눈금이 없었다. 나에게 아무것도 없던 시절이었다. 주위를 둘러봤다. 터미널 내부의 풍경은 애초에 변형이 가능한 질료였던 듯 무너졌다가 다시 세워지길 반복하며 7년 전의 그날로 재구성되어 있었다. 그러고 보니 지금 나는 7년 전과 같은 공간에서 같은 사람을 기다리고 있는 것이다. 마음이 무거웠다. 눈에 들어오는 모든 사물들, 그러니까 대합실의 플라스틱 의자들과 광고용 전광판, 멀거나 가까운 곳에 있는 여행자들의 캐리어는 그런 내 마음의 대변인을 자청

하는 듯했다.

여진의 전화를 받은 건 오늘 아침이었다. 오랜만의 휴일이라 일어날 생각도 없이 이불 속에서 뭉그적거리고 있는데 휴대전화가 울렸다. 머리맡에 두었던 휴대전화를 확인한 순간부터 나는 허둥댔을 것이다. 액정에 찍히는 다섯 글자가 과거에서 소환된 은밀한 암호처럼 보였던 것일까. 아니, 그 다섯 글자에 은밀함은 없었다. '구술팀와이'로 저장된 사람이 여진이라는 건 되새겨볼 필요가 없었고, 우리 각자의 휴대전화에 서로의 번호가 삭제되지 않은 채 그대로 남아 있었다는 것 또한 직접적이고도 자명한 정보였다. 은밀한 건 따로 있었다. 휴대전화를 켜고 열한 개의 숫자만 누르면 언제라도 서로의 세계에 접속하여 안부를 묻는 것이 가능한데도 우리 둘 다 7년의 세월 동안 그 정도의 작은 노력조차 하지 않았다는 것이 '구술팀와이' 안에 감춰진 진정한 은밀함이었다.

짧은 통화를 마치고 침대에서 내려온 순간, 마포의 한 술집이 어둠이 내린 텅 빈 거리 같던 망각의 영역에서 홀로 조명을 밝혔다. 출판사의 구술사 기획에 참여하는 사람들이 처음 만나 인사를 나누고 향후 일정에 대해 듣기 위해 그 술집에 모였었다. 그때 그녀는 내 맞은편에 앉아 있어서 수시로 시선이 마주칠 수밖에 없었다. 누군가 건배를 외치면 나머지 사람들이 미친 듯이 박수를 치던 그 소란스러운 술집에서 그녀와 나만이 감지할 수 있는 침묵의 공유지가 있었다고, 나는 지금도 그렇게 믿는다. 주변 사람들이 대화에 집중하고 있는 틈을 타서 나는 그녀에게 이름과 휴대전화 번호를 물었다. 번호는 제대로 입력했는데 이름의 첫음절이 여인지 유인지 헷갈렸다. 그사이 그녀는 이미 다른 사람에게 붙들려 의례적인 소개의 인사를 나누고 있었으므로 나는 다시 이름을 묻지 못한 채 일단 '구술팀와이'로 그 번호를 저장했다. 그 뒤 그녀와 같은 팀이 되어 책 한 권을 함께 완성했던 1년여 동안에도 나는 '구술팀와이'를 '여진'으로 수정하지 않았다. 게으른 내 성격 탓도 있었고 '구술팀와이'가 익숙해서이기도 했다.

여진이 왔다.

나를 찾는지 주위를 살피고 있는 그녀는 검은색 코트에 체크무늬 스커트를 받쳐 입고 밤색 앵클부츠를 신은 모습이었는데, 얼굴은 그대로인 듯했지만 누군가 그녀가 아니라고 우겨도 믿을 수 있을 만큼 낯설기도 했다. 체형의 변화 때문인지도 몰랐다. 예전보다 훨씬 살이 붙은 그녀를 보자 그동안의 시간이 차곡차곡 쌓인 실타래나 장작더미 같은 실체로 느껴졌다. 숫자와 눈금을 배반하지 않는 어떤 집요한 집적……
여진과 눈이 마주쳤다. 나는 그제야 그녀를 발견했다는 듯 살짝 손을 들어 보였다. 우리는 잠시 제자리에 서서 서로를 마주 보며 가벼운 목례를 했고, 나는 곧 그녀 쪽으로 한 발한 발 걸어갔다.

*

최길남 님의 장례식에 함께 가자 했다.

오늘 아침, 여진은 그렇게 말했다. 마치 그녀의 세계에선 7년의 세월이 눈을 한 번 감았다가 뜨는 찰나와도 같다는 듯, 그동안 내 삶에 일어난 변화에 대해선 아무런 질문도 하지 않은 채였다. 나는 몇 초간 말없이 인상만 쓰고 있었다. 전쟁, 정찰병, 셰퍼드, 설산…… 최길남이라는 이름에서 연상되는 단어들이 하나같이 어둡고 쓸쓸했던 것이다. 그분이 돌아가셨어요? 마음을 다잡고 최대한 태연을 가장하며 조심스럽게 묻자 연세가 있으니까요, 그녀가 낮은 목소리로 대답했다. 장례식은 최길남 님 집에서 약식으로 치러지며 내일 바로 발인을 하기 때문에 오늘밤에 문상할 기회가 없다고 그녀는 덧붙여 말했다. 곤혹스러웠다. 7년 만에 느닷없이 전화를 걸어온 그녀와 일 때문에 단 한 번 만난 사람의 장례식에 참석하기 위해 토요일 오후를 태백을 오가는 데 쓰는 것이 상식적인지 판단이 서지 않았다. 그럼에도 내가 그녀의 제안을 거절하지 못한 건 한 번은 그녀를 보고 싶다는, 부정할 수 없고 부정하고 싶지도 않은 마음 때문이었다.

우리는 정오에 동서울 터미널에서 만나기로 했다.

"잘 지냈어요?"

다가선 내게 그녀가 그렇게 인사했다.

"그럭저럭요. 여진 씨는요?"

"늘 그렇죠, 뭐."

시시한 대화였다. 우리는 고작 그 정도의 대화 외에는 아무런 지문을 전달받지 못한 배우들인 양 조금은 난처한 얼굴로 잠시 서로를 마주 보다가 승차장 쪽으로 나란히 걸어갔다. 걸으면서 그녀는 돌아오는 버스표는 자신이 사겠다고 말했고, 나는 편한 대로 하면 된다고 대답했다.

태백행 버스엔 이미 시동이 걸려 있었다.

그녀는 창가 자리에 앉아 핸드백에서 휴대전화를 꺼냈고, 가방을 선반에 올리던 나는 그 휴대전화 화면을 채우는 남자아이의 사진을 언뜻 보았다. 그녀의 아이일 터였다. 이제 우리는 결혼이라는 제도를 통과하여 아이의 부모가 되는 것이 이상하지 않은 삼십대 후반이었다. 이상한 건 그녀가 한 남자와 섹스를 하고 함께 아이를 낳아 키우고 시시콜콜한 일상을 공유하는 장면 속에 있었다. 7년 전의 그녀에게는 도무지 현실감각이란 게 없었다. 하긴, 나도 별반 다르지 않긴 했다. 지도교수와의 갈등 때문에 박사학위논문 심사를 유보하고 있던 그녀나 계약직 피디로 일했던 케이블 방송국이 장기 파업에 들어가면서 백수나 다름없던 나는, 그 어떤 현실적인 계획이나 대응 방식을 갖고 있지 않았다. 돌이켜보면 그 책의 기획 자체가 그러했다. 전쟁과 독재와 혁명의 역사 ──그 녀와 나는 한국전쟁을 맡았다──를 현장에서 경험한, 아직 생존해 있는 사람들의 언어로 새로 쓰겠다는 출판사의 기획 의도는 그럴듯해 보였지만 책 판매량이 보장되지 않은 상황에선 도박에 가까운 투자였다. 게다가 그 기획에 참여한 사람들 중에 저명한 인사는 없었다. 여진처럼 역사를 전공하는 박사급 대학원생이 대부분이긴 했지만 학자라 하기엔 다들 이력이 빈약했고, 출판사 편집장과의 친분으로 얼떨결에 투입된 나 같은 어중이도 있었다. 그 이듬해 봄에 출간된 구술사 시리즈가 별다른 주목을 받지 못한 건 당연한 일이었을 것이다. 시리즈 중 베스트셀러는 없었고 팀은 해체됐으며 출판사는 결국 파산했다.

좌석 위 선반의 뚜껑을 닫고 그녀 곁에 앉았다. 그녀에게서 어떤 냄새가 나는 것도 같았다. 밥을 짓고 욕실을 청소하고 쓰레기봉투를 채우고 아이의 침을 닦아주는 구체적인 동작들이 연상되는, 그래서 좋다거나 나쁘다는 말이 필요 없는 생활의 냄새였다. 버스가 조금씩 움직이면서 우리의 비스듬한 어깨는 닿을 듯 닿지 않으며 흔들거렸다. 태백까지 가는 내내 그러할 터였다.

"근데, 그때 구술받았던 분들하고 다 연락하고 지내는 거예요?"

버스가 톨게이트를 지날 때 나는 넌지시 물었다. 한낮이었지만 날이 흐려서인지 차창에는 작은 동작으로 고개를 젓는 그녀의 옆모습이 희미하게 비쳤다. 그럴 리가요. 고개를 충분히 저은 뒤에야 그녀는 대답했다.

"근데 최길남 님과는 의도치 않게 계속 인연이 이어지더라고요. 그러니까……"

그러니까 3년 전쯤이었다고 그녀는 말을 이어갔다. 어느 날 그녀는 연극 초대권 두 장—그중 한 장은 내 몫이었는지도 모르겠다—과 팸플릿이 동봉된 우편물을 받았다. 팸플릿의 연극 소개란에는 우리의 이름으로 출간된 구술사 책의 한 꼭지에서 모티프를 얻었다는 극작가의 글이 실려 있었다. 그야 물론 최길남의 꼭지였다. 묻힌 책을 누군가 읽고 연극 대본에까지 반영했다는 건 신기한 일이었지만 단지 그뿐, 그녀는 그 연극이 그리 궁금하지 않았고 보고 싶지도 않았다. 내내 외면하다가 마지막 공연 날이 되어서야 대학로에 위치한 소극장을 찾아간 건 일종의 부채감 때문이었을 거라고, 그로부터 몇 년이 흐른 지금 태백으로 가는 고속버스 안에서 그녀는 내게 말하며 깨닫는다. 어쨌든 그 연극을 가능하게 한 건 그녀가 듣고 기록하고 풀어 쓴 문장들이었다.

　책에는 이니셜 C로 등장했던 최길남 님이 연극에서는 김명철로 이름이 바뀌어 있었다. 이십대 초반의 중학교 선생이었던 그는 전쟁 이후 남과 북, 그 어느 군에도 징집되지 않기 위해 산속에 오두막을 짓고 은둔 생활을 하다가 수색 중이던 미군에 잡혀 심문을 받는다. 북으로 귀환하지 못하고 산에 숨어든 적군과 적군의 동조자를 찾아내려는 미군 입장에서 그 지역 산세에 훤하고 영어를 조금은 할 줄 아는 김명철은 최적의 정찰병으로 판단됐을 것이다. 젊은 미군들은 가혹하게 춥고 미로처럼 복잡한 한국의 동쪽 겨울 산과는 싸울 의향이 없었다. 그저 그해 겨울이 끝나기 전에 다치거나 죽는 일 없이 고향으로 돌아갈 생각뿐이었고 그들 대부분은 그것이 가능하다고 믿고 있었다. 공항에서의 환대와 어머니의 음식과 애인의 따뜻한 입맞춤이 있는 곳, 그 산만 진압하면 그 너머에 펼쳐져 있을 것만 같은 지구 반대편의 고향……김명철은 또 다른 한국인 정찰병—그는 자발적으로 정찰병에 지원한 임시 군인이었는데 영어를 전혀 할 줄 몰랐고, 스스로 열아홉 살이라고 주장했지만 누가 봐도 십대 초중반의 소년이었다—과 산을 탐색하다가 사람의 흔적을 발견하면 미군이 딸려 보낸 셰퍼드를 부대로 보내는 일을 떠맡게 되는데, 부대는 뒤편의 진영에서 대기하고 있다가 셰퍼드가 나타나면 바로 출동할 거라고 했다. 개를 믿다니, 그는 속으로 코웃음을 치면서도 한편으로는 개로 인해 자신의 임무가 실패할 가능성이 있다는 것에 남몰래 안도하기도 했다. 그러나 불 피운 흔적을 발견한 뒤 개를 보내자 부대는 정확하게 그곳을 찾아왔고 진압은 속전속결로 이루어졌다. 한동안 총소리가 울렸다. 그는 바위 뒤편에 쭈그리고 앉아 바들바들 떨리는 손으로 두 귀를 틀어막았지만 보이는 걸 보지 않을 도리는 없었다. 사람의 몸 일부에 구멍이 나면서 피범벅의 시체로 변해가는 과정을 직접 본 것은 그때가 처음이었다. 죽음은 물리적이었다, 모든 비극이 그러하듯이. 그날 산 아래 초소로 돌아온 그는 밤새 앓았다. 이가 딱딱 부딪힐 만큼 열이 오르고 시시각각 구토감이 치밀었다. 오랜 시간이 흐른 뒤 죄책감과 수치심으로, 혹은 통한이나 무참함으로, 아니 그 어떤 감정으로도 메워질 수 있는 구멍이 그의 몸 안에서 만들어지는 진통의 시간이었다. 그러나 그때 그는 그것의 질긴 수명을 짐작조차 하지 못했다.

정찰과 진압은 열흘 동안 딱 세 번 있었다. 단 세 번이었지만, 그 경험은 한 사람을 괴물로 만들기에 충분했다. 아니, 괴물도 아니었다. 그는 자신이 또 한 마리의 셰퍼드에 지나지 않는다는 자조적인 생각에 스스로 무력해졌다. 고통조차 허물 같던 지독한 무력감 속에서 가까스로 열흘을 버텼지만 열흘 뒤에도 전쟁은 끝나지 않았다. 고향이 아니라 임시 국경 너머 북쪽으로 가게 된 미군 부대는 김명철에게 쌀자루 하나를 안겨주고 그 겨울 산을 떠났다. 초소는 깨끗하게 철거되었고 눈은 그 흔적마저 지우려는 듯 맹렬하게 쏟아지기 시작했다. 설산에 혼자 남겨진 김명철은 어깨에 쌀자루를 멘 채 묵묵히 그 눈을 맞을 뿐, 미동도 하지 않았다. 마침내 그가 눈에 파묻힌 나무나 바위와 구분되지 않을 만큼 완연히 백색의 눈덩이가 되었을 때 조명이 꺼지면서 연극은 끝났다.

객석에 앉아 있던 그녀는 숨이 막혀왔다. 잊고 있던 한 사람의 터무니없는 비극을 되새기는 것은 생각보다 괴로운 일이었다. 이름만 다를 뿐, 극작가는 최길남이 구술한 내용을 거의 그대로 대본에 썼고 상황에 따른 구체적인 대사 정도만 상상으로 채운 듯했다. 커튼콜이 끝나기도 전에 서둘러 극장을 빠져나온 그녀는 땅만 보며 걸었다. 한참을 정신없이 걷다가 고개를 들어보니 어느새 집 앞이었다. 대학로에서 수유리까지, 두세 시간을 쉬지 않고 내처 걸은 것이다.

"그 연극을 보고 며칠 뒤 그분께 전화를 걸어봤어요. 연극에 대해선 모르시는 눈치여서 저도 아무 말 안 했고요. 하긴, 극작가는 이니셜 C의 본명도 몰랐을 테니 연락할 생각도 못 했겠죠."

긴 이야기 끝에서 그녀는 덧붙여 말했고 나는 마음으로 그녀의 함구에 동의했다. 과거를 증언하는 일은 의무감으로 가능했겠지만 그 과거가 극적으로 기억되는 걸 묵인하는 것은 훨씬 더 순도 높은 용서가 전제되어야 할 터이다. 용서라니, 그러면 연극 속 자신의 분신을 차라리 혐오했을 것이다.

"아무튼 그날을 계기로 간간이 연락이 오고 갔어요."

그녀가 다시 말했다.

"그리고 오늘 아침에 그분 조카라는 분한테서 전화가 온 거예요, 휴대전화에 번호가 저장된 사람들한테 전화를 걸어 임종을 전하는 중이라면서."

내게 전화한 것이 사적인 감정과는 무관하다는 걸 알아달라는 듯 그녀의 목소리가 돌연 건조해졌다. 서운하진 않았다. 어느 한 사람의 잘못으로 우리가 멀어진 건 아니었다.

버스는 이제 고속도로를 달리고 있었다. 그녀는 피곤한지 의자를 살짝 젖힌 채 뒷머리를 기대었고, 나는 차창 밖으로 하나씩 스쳐가는 이정표와 교통표지판을 무심히 바라봤다. 어느 순간부터 버스 차창에는 하나의 풍경이 전사되고 있었다. 지나가는 바람조차 그대로 얼어붙은 추운 설산에서 쌀자루를 멘 채 묵묵히 눈을 맞는 한 남자의 뒷모습을 나는 실제로 본 것만 같았다. 그 풍경 속 눈 한 송이가 수십 년을 통과하여 이곳에 당도한 듯 무모하게 차창에 부딪히더니 스르르 녹아내리는 게 보였다.

곧 눈발이 날릴 터였다.

★

증언은 객관적일 수 없다. 증언은 증언자의 기억 속에서 선택된 언어이고 증언자는 역사의 현장에서 가해자도 피해자도 아닌 구경꾼의 위치에 있으려 할 뿐, 자신의 과오나 잘못에 대해서는 날카롭게 의식하지 못하며 때로는 완전히 망각하기도 한다. 철원과 진주와 함양과 여수 등에서 만난 역사의 증언자들에게서 내가 본 것은 혼란이었다. 말해도 되는 것과 말해선 안 되는 것을 스스로 결정하지 못하는, 아니 어느 부분이 진실이고 진실이 아닌지조차 구분하지 못하는 혼란……

쉬운 적이 없었다. 단 한 번도, 그들의 이야기를 듣는 것이 쉽지 않았다. 대개 여든 살이 넘은 노인들이 부정확한 발음으로 풀어내는 이야기엔 명확한 진실도, 마땅히 존중해줘야 하는 정의로움도 없었다. 적어도 나는 그렇게 느꼈다. 그건 그 전쟁의 속성이자 한계 때문이었다는 걸 나도 모르진 않았다. 갑자기 닥친 전시 상황에 사람들은 명분이나 신념 없이 오로지 생존 욕구로, 때로는 원한과 복수심으로, 혹은 단지 무지했기 때문에 우르르 몰려다니며 학살했고 학살당했다.

머리로는 그런 사정을 알고 있었지만, 살아남은 자는 강한 것이 아니라 뻔뻔하다는 생각은 좀처럼 떨쳐지지 않았다. 한 번은 생각에 그치지 않고 무심결에 말로 내뱉은 적이 있었는데, 그때 내 앞에는 여진이 앉아 있었다. 우리는 이전에도 종종 그랬듯 직원들이 퇴근한 텅 빈 출판사의 접대용 테이블에 마주 앉아 받아온 구술 녹음을 각자의 노트북에 입력하던 중이었다. 정신없이 노트북 자판을 두드리던 그녀가 언뜻 고개를 들어 나를 건너다봤다. 틀어놓은 녹음기에서는 정찰병으로 처음 수색을 나갔던 날을 묘사하는 최길남 님의 목소리가 흘러나오고 있었다. 그녀는 이내 손을 뻗어 녹음기를 껐다.

"그래도 지금껏 괴로워하며 사시는 분이잖아요. 설마 그마저 뻔뻔하다고 여기는 거예요?"

그녀가 물었고, 나는 식은 차를 연거푸 마시며 대답을 회피했다.

그녀의 말이 틀린 건 아니었다. 그는 과거의 영토에 발이 묶인 채 최소한의 힘으로만 현재를 견디는 사람이었다. 그 시절에 대학 교육까지 받았지만 교직으로 돌아가지 않았을 뿐더러, 평생 뚜렷한 직업 없이 가난하게 살았다. 마흔이 넘어서야 결혼했고 자식은 낳지 않았으며 20여 년 전 아내와 사별한 뒤부터는 고향인 태백으로 돌아와 쭉 혼자 지냈다. 그래서인지 구술을 받으러 태백에 있는 그의 집을 방문했을 때, 나는 그 집이 그의 가난과 고독이 담긴, 그가 긴 세월에 걸쳐 짊어지고 온 또 하나의 자루 같다고 느꼈다. 폐가를 개조한 허름한 단층집엔 꼭 필요한 세간만 갖춰져 있었고 마을의 상점이라든지 인가와는 뚝 떨어져 있었다. 집 뒤편은 야산과 이어졌다. 그 집에 머무는 동안 나는, 어쩌면 그 야산이 그가 정찰병으로 활동했던 설산의 한 자락일지 모른다는 의구심을 품기도 했었다.

"무의미한 일 같을 때가 있긴 해요, 나도."

그녀가 테이블 구석에 시선을 고정한 채 속삭이듯 말했다.

"어차피 세상은 믿고 싶은 것만 믿잖아요, 편한 게 진실이 되기도 하니까."

그래도, 나는 얼결에 그녀의 말에 끼어들었다.

"그래도 여진 씨는 역사를 공부하는 사람인데, 나보단 의미 있게 이 일을 해야 하지 않겠어요?"

내 말이 너무 뻔했는지 그녀가 소리 내지 않고 입으로만 웃었다. 쓴웃음 같았지만, 달리 뭘 해야 할지 알 수 없어 나도 멋쩍게 따라 웃었다. 웃으며, 말했다. 책 나오면 한 권 들고 지도교수 연구실에 찾아가보라고, 와인 같은 거 사 가도 좋을 것 같다고, 그러고는 내가 좋아하는 와인 상표를 열거하기도 했었다. 짐짓 장난스럽게 목소리를 꾸몄지만 진심을 담아 한 말이었다. 지도교수와의 관계가 단순한 이유로 틀어진 거라고 추측하고 있던 나는 제자인 그녀 쪽에서 먼저 마음을 여는 것이 세상의 순리라고 생각했던 것이다.

와인이라, 좋네요,라고 침묵 끝에서 그렇게 무성의한 대답을 내놓으며 그녀는 어떤 표정을 지었던가. 기억나지 않는다. 작업을 마친 뒤 출판사를 나온 순간의 젖은 대기 냄새, 여름밤의 무성한 나뭇잎이 출렁이는 소리, 버스 정류장에 다다를 즈음 내리붓던 비의 차가운 촉감, 내 기억 속에 남은 건 그런 감각뿐이다. 나중에야, 그러니까 우리가 서로에게 전화한 통 거는 것조차 주저할 만큼 멀어지고 나서야, 나는 지금다니는 회사의 동료로부터 그녀의 대학 생활에 대한 이야기를 전해 듣게 되었다. 동료는 그녀와 대학뿐 아니라 학과도 같았는데, 회사 건물 옥상에서 담배를 나눠 피우다가 혹시 정여진을 아느냐고 넌지시 묻자 꽤 유명해서 이름은 알고 있다는 대답이 돌아왔었다. 지도교수를 학교에 신고했으니까요, 술자리에서 교수가 제자 중 한 명을 추행했다고. 그가 말했다. 하지만 그 술자리에 동석했던 어느 누구도 그녀의 말을 지지하지 않았고 피해자로 지목된 여학생마저 그 일을 부정했다. 동료 역시 그 일을 괜한 분란으로 단정하는 듯했다. 그녀와 내가 지방으로 구술을 받으러 다니기 시작할 무렵, 그 교수란 사람이 그녀를 명예훼손으로 고소했고 거액의 손해배상금까지 청구했다는 것도 나는 그 동료를 통해 알게 됐다. 소송은 시끄럽게 시작됐지만 어느 순간 취하되어 잠잠해졌고 그녀는 대학원에서 완전히 자취를 감추었다. 나는 어리둥절하기만 했다. 어째서 그녀를 만나던 시절엔 그런 사정을 알지 못했고 알려 하지도 않았던가. 이내 자책에 가까운 괴로움이 밀려왔지만 연락이 끊긴 그녀에게 무턱대고 전화를 걸어 서운하다거나 미안하다고 토로할 수는 없었다. 나만은 당신을 믿는다고, 출판사 접대용 테이블에서 한 말을 기억하고 있다고, 그런 고백 역시 멀어진 관계에선 부담만 될 게 뻔했다. 아무려나 그렇게라도 그녀의 소식을 접한 것도 벌써 5년 전의 일이다.

버스가 휴게소에 도착했다.

뿌연 유리창을 소매로 닦자 이제 막 태어난 치어 떼처럼 사방으로 흩어지는 눈송이가 보였다. 눈송이는 이르게 켜진 조명 주위에서 보다 더 생물처럼 움직였다. 그녀와 나는 버스에서 내려 각자 화장실을 이용한 뒤 커피숍 앞에서 만났다. 둘 다 우산을 챙겨 오지 않았으므로 머리칼과 외투에 금세 눈이 내려앉았다. 그녀가 커피를 샀다.

"버스가 오늘 안에 태백에 갈 수나 있을까요?"

커피를 건네며 그녀가 물었다. 휴게소까지 오는 데도 보통 때보다 곱절의 시간이 걸렸으니 우리가 가는 길이 태백과 연결이나 되는 건지 장담할 수 없는 상황이긴 했다. 가겠죠, 그러나 나는 심드렁하게 대꾸했다. 우리는 곧 커피숍 앞 차양 아래로 걸어가 한 모금씩 커피를 마시며 빠른 속도로 눈이 쌓여가는 휴게소 주차장을 가만히 바라봤다. 눈은 밤까지 내릴 기세였고 바람도 점점 거세지고 있었다.

"지금도 수유리에 살아요?"

"네. 참, 기홍 씨는 방송국으로 돌아갔어요?"

"다 해고됐는걸요, 계약직이야 1순위였고. 지금은 외주 프로덕션에서 일해요. 거기에서……"

거기에서 여진 씨의 대학 동창을 만났다고 이어 말하려다가 이내 입을 다물었다. 우리의 대화는 여전히 시시했다. 더이상 시시할 수 없을 만큼 시시해서 나는 다시 입을 열어 무언가에 떠밀리듯 묻고 말았다.

"아이는 몇 살이에요?"

그녀는 순간 당황한 듯했지만 이내 환해지는 표정으로 손가락 네 개를 펼쳐 보였다. 빈속이어선지 커피가 썼다. 두 모금 더 마시고 뚜껑을 닫는데, 갑자기 전화해서 불편했느냐고, 그녀가 불쑥 그렇게 물었다.

"근데, 그분을 조금이라도 알아서 함께 배웅해줄 만한 사람이 기홍 씨밖에 없더라고요."

나는 그녀의 옆얼굴을 흘끔 바라봤다. 그 말은 한 사람의 죽음을 의미 있게 봉합하고 싶다는 온기를 담고 있었지만,

동시에 최길남 님이 죽지 않았다면 우리가 다시 만날 일은 없었을 거라는 냉정한 전언이기도 했다. 잘했어요,라는 대답은 내 귀에도 차갑게 들렸다. 마저 마시고 천천히 오라고 한 뒤 나는 차양 밖으로 먼저 발을 내딛었다. 앞으로 내가 복기하게 될 우리의 마지막 순간이 방금 전 고속도로 휴게소의 차양 아래서 새롭게 형성되었다고 생각하니 안도감과 상실감이 동시에 밀려왔다. 나쁘지 않았다. 나쁘지 않아, 그녀에게 뒷모습을 보이며 버스 쪽으로 걸어가는 동안 나는 속으로 두어 번 중얼거렸다.

*

터널, 그리고 터널들이 반복됐다.

7년 전에도 나는 눈 내리는 고속도로의 터널들을 지나갔다. 구술을 받으러 지방과 서울을 오갈 때는 늘 그녀와 함께였지만 그날 여수에서 출발한 서울행 고속버스에선 나 혼자였다. 그녀에게 먼저 간다는 말도 없이 동이 트자마자 모텔을 빠져나와 무작정 터미널로 향했던 내 발걸음은 가벼웠던가, 무거웠던가. 망설임 없이 버스에 오르긴 했다. 간밤 한숨도 못 잤지만 다섯 시간의 여정 동안 내내 깨어 있었다는 것도 뒤미처 기억이 났다. 출발할 땐 맑겠던 하늘이 북쪽으로 올수록 흐려지면서 어느 순간부터 진눈깨비가 날리기 시작했다. 진눈깨비는 금세 굵은 눈송이로 변했다. 하나의 터널을 지날 때마다 풍경이 조금씩 지워졌다. 첫번째 터널을 지나자 먼 곳에 펼쳐진 산의 능선이 지워졌고 두번째 터널을 지났을 땐 산 아래 마을이 지워졌으며 세번째 터널을 빠져나온 순간엔 도로변의 나무들이 지워졌다. 네번째 터널 이후부터는 온통 눈뿐이었다. 도망자에게 어울리는 길이라고, 그 버스 안에서 나는 생각했다. 세상의 색과 형태가 사라지는 길, 눈에 파묻히면 그만이므로 잘못이나 실수를 따질 필요가 없고 진심의 무게 따위는 몰라도 상관없는 길…… 그러나 막상 서울에 도착했을 때 내게는 더 이상 갈 곳이 없었다. 뒤늦게 후회도 밀려왔다. 아니, 단순한 후회가 아니었다. 내 비겁함에 대한, 용서로부터 가장 먼 곳에 있는 어떤 비참한 감정이었다.

기껏 그녀로부터 도망쳐왔지만 나는 터미널 대합실을 벗어나지 못한 채 그녀를 기다릴 수밖에 없었다. 시간은 그 어리석음에 대한 형벌 같았다. 시간의 균일한 간격이 무의미해지자 금세라도 그녀가 나타날 것만 같아 조마조마하다가도 영원 속을 헤매는 맹인이라도 된 듯 끔찍하게 지루해졌다. 그녀는 나보다 여섯 시간 늦게 그 터널들을 지나 서울로 왔다. 여수발 버스에서 내려 대합실로 들어선 그녀는, 그러나 나를 못 본 척하며 그대로 내 앞을 지나쳐갔다. 반쯤 고개를 숙인 채 빠르게 걸어가는 그녀의 뒷모습을 나 역시 물끄러미 지켜보기만 했을 뿐, 다가가 붙잡지는 않았다. 아니, 그럴 수가 없었다. 우리 사이에 가로놓인 여섯 시간의 격차는 내가 만든 것이지만 내게는 그것을 되돌릴 의지가 없다는 걸, 나는 그제야 깨달은 것이다.

그날 이후 우리는 만나지 않았다. 책의 후반 작업은 사무적인 이메일을 주고받으며 마무리했고 책이 출간된 뒤부터는 이메일마저 끊겼다. 책 홍보 활동은 나 혼자 했다. 그래봤자 인터넷 매체와의 인터뷰와 독립 서점과 구립 도서관에서 한 번씩 열린 북토크가 전부였지만 말이다. 출간을 기념하기 위해 편집장이 마련한 술자리에도 그녀는 나타나지 않았다. 편집장은 그녀가 전화도 받지 않는다고 내게 불평했다. 그렇게 무책임한 사람인 줄 알았으면 애초에 일을 맡기지도 않았을 거라고 흥분하는 편집장에게 나는 해명도 반박도 하지 않고 그저 술만 마셨다.

태백에 도착한 건 저녁 8시가 다 되어서였다.

눈발은 약해져 있었지만 바람은 여전히 찼다. 떠밀리듯 버스에서 내린 그녀와 나는 당혹스러운 얼굴로 번갈아가며 휴대전화만 들여다봤다. 그토록 도로 상황이 나쁘지 않았다면 4시 이전에 태백에 도착했을 것이고 여유롭게 조문을 해도 문제없이 서울로 돌아갔겠지만, 이제 우리의 일정은 밤 11시에 배차된 서울행 막차 시간에 맞추는 것조차 빠듯해졌다. 그녀에게 어떻게 할 거냐고 조심스럽게 묻자 그녀가 뚫어지게 날 바라보더니 낮은 온도의 목소리로 말했다.

"제가 괜히 바쁜 사람 불렀나 봐요. 근데 나라고 길이 이렇게 막힐 줄 알았겠어요?"

"여진 씨, 난 그냥……"

"아무튼 정말 미안하게 됐네요. 전 조문하러 갈 테니까 기홍 씨는 여기서 바로 서울로 가든지 하세요. 그거야 기홍 씨한텐 어려운 일도 아니잖아요."

나의 의도와 상관없이 그녀는 얼굴을 붉혔고, 나는 그녀가 화를 내는 이유가 7년 전의 일에 맞닿아 있다는 것을 알면서도 격심한 피로를 느꼈다. 처음부터 잘못된 길이었다는 걸 나는 왜 이제야 깨닫는가. 그러고 보니 그녀와 연관되기만 하면 내 감정이나 생각은 이렇게 매번 뒤늦었다. 그렇다고 7년 전처럼 회피하고 싶지도 않았다. 여기서 혼자 서울로 돌아간다 해도 어차피 새벽에나 도착할 것이고, 더욱이 서울행 버스 안에서 또다시 후회로 점철된 시간에 갇히기는 싫었다. 일단 갑시다,라고 말한 뒤 나는 굳은 표정으로 앞장서 걸었다. 다행히 택시는 금세 잡혔다. 택시가 목적지를 향해 달리는 동안 뒷좌석에 나란히 앉은 그녀와 나는 각자 반대편 차창만 바라봤다.

*

멀리서도 조등(弔燈)이 한눈에 들어왔다. 가까이 다가가자 조등 주위로 노랗게 물든 채 흩어지는 눈의 입자가 하나하나 다 보였다. 어둠 속으로 느슨하게 번져가는 노란빛은 한 사람의 죽음이 아닌 아름다운 꿈의 입구를 알리는 표지 같았다.

철제 대문은 열려 있었다. 마당 한가운데선 화톳불이 타고 있었는데, 검은색 양복 소매에 흰 완장을 두른 노인이 그 화톳불에 손을 쬐고 있었다. 그가 최길남 님의 조카이자 상주라는 건 바로 알아차릴 수 있었다. 조카라지만 그도 일흔은 됐음 직한 노인이었다. 다가가 조의금을 전하며 최길남 님과의 인연을 짧게 설명하자 그는 거실 안쪽에 빈소가 마련되어 있다고 알려주었다.

간유리로 된 미닫이문을 열고 거실로 들어서니 향냄새가 자욱했다. 짐작했던 대로 초라한 빈소였다. 뚜렷한 직업이 없었고 자녀를 두지 않았던 그의 생애를 생각하면 무연고 시신으로 처리되어 애도의 절차 없이 곧바로 화장되지 않은 게 그나마 다행이긴 했다. 조잡해 보이는 병풍과 검은색 탁자,

탁자 위의 영정 사진과 양초들, 향로와 그 향로에 꽂힌 고작 대여섯 개의 향들, 시든 채 바닥에 깔린 몇 송이의 국화와 누군가 부주의하게 벗어놓은 검은색 양말 한 짝에 내 시선은 차례로 머물렀다. 거실과 연결된 좁은 부엌에는 세 개의 밥상이 차려져 있었는데 그중 하나에 둥그렇게 모여 앉아 밥과 술을 먹고 있던 노인들이 이쪽을 유심히 쳐다봤다.

나는 그녀와 함께 향을 피워 향로에 꽂았다. 마침 상주가 들어와 우리 곁에 섰고, 우리는 영전에 재배를 올린 뒤 상주와도 맞절을 했다. 그녀가 무릎을 꿇고 앉아 영정 사진을 올려다보는 동안 나는 상주를 따라 부엌으로 갔다. 무리에 앉아 있던 검은 한복 차림의 여인이 끙, 앓는 소리를 내며 자리에서 일어나더니 육개장 두 그릇을 새로 떠서 내놓았다. 막차 시간을 생각하면 식사를 걸러야 맞았지만 그새 내 곁으로 와 앉은 그녀는 아무렇지도 않게 숟가락을 들어 밥을 떠먹기 시작했다. 하긴, 우린 거의 하루 종일 커피 외엔 먹은 게 없었고 막차를 포기한 건 이미 암묵적으로 합의되었는지도 몰랐다.

"그나저나 어디서들 오셨소?"

상주가 그녀와 내게 소주를 한 잔씩 따라주며 물었다.

"서울에서요. 갑자기 눈이 너무 많이 와서 여기까지 오는데 여덟 시간이나 걸렸거든요. 근데 눈이 계속 이렇게 오면

서울행 막차도 못 타지 싶어요."

그녀가 길게 대답했다. 그녀의 말투나 표정에 걱정하는 기색은 전혀 없었고, 소주를 한 번에 들이켠 뒤 소매로 입가를 쓱쓱 닦는 모습은 오히려 태평하고 무신경해 보였다. 터미널에서의 어색했던 분위기가 신경 쓰여서 일부러 아무렇지 않은 척하는 것인가, 그나저나 남편과 아이한테 외박한다는 말은 전한 것일까, 그런 쓸데없는 생각에 잠겨 있는데 마침 방이 하나 비니 눈 좀 붙이고 내일 아침에 출발하라고 상주가 제안했다.

"이 근방엔 숙박할 데가 없어요, 그 흔한 찜질방도 없고."

상주의 설명에 그녀와 나는 잠시 서로를 마주 봤다. 선택의 여지없이 지금으로선 이곳에서 밤을 보내는 게 최선이긴 했다.

상주는 곧 자리를 떴고, 옆에서 파종 시기니 외국인 일꾼에 대해 이야기를 나누는 노인들의 목소리는 가까운 듯 멀게 들려왔다. 누군가는 내일 발인 때까지 이 집에 머물 테고 설혹 빈집이라 해도 내가 잠들지 않는다면 문제될 일은 벌어지지 않을 터였다. 나는 석 잔, 혹은 넉 잔째 소주를 들이켜며 그렇게 생각했다. 잠들지만 않으면…… 다짐하듯 되뇌는데 어둠이 먹구름처럼 밀려와 바닥부터 차곡차곡 쌓여가는 게 느껴졌다.

퍼뜩 눈을 떴을 때 나는 어느새 벽에 기대앉아 있었고 내 몸에는 내가 입고 온 검은색 패딩 점퍼가 덮여 있었다. 시간을 확인했다. 믿기지 않게도 새벽이었다. 눈을 세게 비빈 뒤 다시 한번 손목시계를 들여다봤지만 역시나 새벽 2시가 맞았다. 고개를 들었다. 상주와 노인들뿐 아니라 그녀도 보이지 않았다. 부엌과 거실은 텅 비어 있었다. 집 전체가 비어 있는 것 같기도 했다. 한기가 돌았고 거실과 부엌 사이의 스탠드 조명 외에는 전등도 모두 꺼져 있었다. 패딩을 껴입은 뒤 자리에서 일어나는데 탁자 위 영정 사진이 눈에 들어왔다. 스탠드 조명 덕에 최길남 님의 얼굴이 흐릿하게나마 보였다. 웃지도 울지도 않는, 그저 긴 통로 같았던 생애를 막 빠져나간 자의 무감한 얼굴이었다. 오랜 세월 가슴을 움켜잡으며 회한의 한숨을 참아야 했던 인내의 얼굴은 이미 풍화되어 그 무감함 속으로 스며든 것일까. 기묘하게도 영정 사진 속 그 얼굴은 조금씩 나처럼 보이기 시작했다. 미래의 내가 시간이 멈춘 고요한 사각형의 세계에 갇힌 것만 같았다.

뜻하지 않게도, 나는 외로웠다.

휴대전화를 꺼내 화면을 밝혔다. 부재중 전화는 없었고 대신 '구술팀와이'로부터 발송된 문자 메시지가 화면에 떠 있었다. 뒷산에 잠시 다녀온다는 한 줄짜리 메시지였다. 메시지는 내가 깜빡 잠들어 있었던 밤 11시 즈음에 수신되어 있었다. 황급히 통화 버튼을 누르자 전원이 꺼져 있다는 기계음이 들려왔다. 거실 미닫이문을 열고 바닥에 놓인 신발들을 꼼꼼히 살펴봤지만 내 구두만 보일 뿐, 그녀가 하루 종일 신고 다녔던 앵클부츠는 찾을 수 없었다. 그제야 뒤통수를 세게 얻어맞은 듯 머릿속이 아득해졌다. 그녀가 한겨울의 야산에서 아직 돌아오지 않았다는 사실은 돌이킬 수 없는 가상의 비극과 쉽게 연결됐고, 그녀의 무사를 눈으로 확인하지 않는 이상 그 비극적 상상이 점점 더 부풀어 오르는 걸 막을 도리는 없을 터였다. 서둘러 마당으로 나갔다. 눈은 그쳐 있었지만 이미 쌓인 눈으로 걸을 때마다 발목이 시렸다

산의 입구는 집 뒤편과 바로 이어졌다. 휴대전화의 라이트 앱을 켠 뒤 무작정 산으로 들어갔다. 산의 안쪽에선 발목이 아니라 무릎까지 눈 속에 빠졌다. 여진 씨, 연거푸 내지르는 내 목소리는 산을 타고 공명했지만 대답은 어디서도 들려오지 않았다. 멀리 갈 수는 없었다. 눈과 추위 때문이기도 했지만 거대한 짐승의 내부처럼 음험한 산이 나는 무서웠다.

10분 정도 걷다가 더 나아가지 못한 채 제자리에서 그녀의 이름만 부르던 나는 어느 순간 소스라치게 놀라며 뒤로 넘어졌다. 떨리는 손으로 라이트를 비췄다. 저기, 검은 개가 있었다. 개는 마치 오랜 세월 산을 지켜온 영물인 양 귀를 쫑긋 세우고는 몇 걸음 떨어진 곳에서 내 쪽을 주시하고 있었

다. 어둠 속에서도 몸이 탄탄하고 근육이 발달한 개란 걸 알아볼 수 있었다. 최길남 님이 자신과 동일시했던 그 셰퍼드의 자손은 아닐까, 불현듯 그런 생각이 들었다. 미군이 북진하면서 소용이 없어진 셰퍼드를 최길남처럼 산에 버리고 갔다면 그 개는 들개가 되었을 것이고, 그 개의 자손이 대를 이어 태어났을 터이다. 구술은 받았으나 책에는 싣지 않은 이야기가 하나 있었다. 셰퍼드는 늘 멀찍이 서 있었지,라고 그때 그는 말했다. 총을 쏘면서도 겁먹은 얼굴이던 미군이나 무력한 공포로 바위 뒤에서 몸을 떨던 정찰병과는 상반되게도 개는 사람들이 죽어가는 과정을 냉담한 눈빛으로 지켜보곤 했다. 마지막 진압 때, 그토록 침착했던 개가 딱 한 번 흥분한 모습을 보였다. 미군보다 그가 먼저 이상한 낌새를 파악하고 개가 으르렁거리는 쪽을 바라봤다. 시체 속에서 하나의 몸이 꿈틀거렸다. 팔다리가 짧고 몸통이 가는 연약한 생명은 그 순간 우주 전체가 되었다. 미군 한 명이 목줄을 잡아당기는데도 자리를 지키며 짖어대는 개와 시체 사이에서 작게 꿈틀거리는 움직임을 번갈아 보던 최길남은 이내 개에게 달려들었다. 그때 여길 물렸어, 소매를 걷어 움푹 파인 자국을 보여주며 그가 말했다. 그 개랑 나랑 눈 위를 뒹굴며 한참을 싸웠다니까, 아마⋯⋯

"아마, 미군도 봤을 거야. 보고도 모른 척한 거지. 군인이라 해봤자 고작 스무 살 언저리의 애들이었으니까, 걔들이라고 적군이 뭔지 알았겠나."

이어 말한 뒤, 그는 담배를 찾아 피우며 이 이야기는 책에 넣지 말아달라고 부탁했다. 이유를 묻는 그녀와 내게, 창피해, 뭘 더 얹어봤자 사는 건 다 창피한 거지, 그렇게 대답하면서도 얼굴에 번져가는 미소를 그는 감추지 못했다. 미친 전쟁에서 적어도 한 생명은 살렸다는 자부심이 빚은 미소, 내가 처음이자 마지막으로 본 구술자 C의 미소였다.

개가 어딘가로 달려갔다. 라이트로 달려가는 개를 비췄다. 개는 반원 모양으로 완만히 솟은 땅의 둘레를 두 번 돌더니 다가오지 말라고 위협하듯 낮게 짖었고, 개의 주변은 이내 입김으로 하얗게 물들었다. 개가 파수꾼처럼 지키고 있는 그것은 비문 없는 묘지였다. 산 깊숙한 곳엔 더 많은 묘지들이 있을 터였다. 이 야산이 최길남의 정찰병 시절을 증거하는 설산의 일부일지 모른다는 오래전의 의구심이 그 순간 내 안에서 확신이 되었다. 그가 깡마른 손으로 버려진 묘지들을 벌초하고 때로는 그 앞에 술을 따라놓거나 들꽃을 내려놓은 채 긴 시간 아무 말 없이 앉아 있는 모습을 실제로 꼭 본 것 같다는 착각도 일었다. 설혹 이 산의 묘지들이 그와 무관하더라도, 그러니까 1950년 겨울에 봉분이 세워진 게 아니었다 해도, 그에게는 문제되지 않았을 것이다. 그에게 필요한 것은 다만 보속의 기회였을 테니. 나는 다시 개를 바라봤다. 저 개는 누구보다 최길남이라는 사람을 잘 알고 있지 않을까, 나는 생각했다. 책에 기록된 몇 페이지짜리 비극이 아니라 아무도 알지 못하고 알려 하지도 않았던, 그래서 증언할 이유가 없고 거짓을 의심할 필요도 없는 한 사람의 고유한 삶을, 이곳에서 보상 없이 묘지들을 돌보며 행복했을 한 남자에 대하여…… 나는 더 이상 개가 무섭지 않았다. 자리를 털고 일어나 홀린 듯 큰 걸음으로 개에게 다가가는데 휴대전화가 울렸다. 전화를 받자 그녀의 잠긴 목소리가 아련하게 들려왔다. 통화를 끝내고 고개를 들었을 때, 개는 이미 사라지고 없었다. 묘지 옆 전나무 가지가 쌓인 눈의 무게를 이겨내지 못하고 툭, 소리를 내며 끊어졌다. 꿈은 끝났다고, 그러니 어서 돌아가라는 신호인 양 한 줌의 환상도 없는 단단하고도 매끄러운 소리였다.

*

서울행 버스에서 그녀는, 상주를 따라 최길남 님의 묏자리를 보러 산에 다녀왔다가 깊이 잠들어버렸다고 말했다. 휴대전화는 배터리 잔량이 적어서 꺼놓았으며 부츠는 또 폭설이 내릴지도 몰라 안에 두었다고, 걱정하게 해서 미안하다고도 했다. 나는 사과할 만한 일은 아닌 것 같다고 짧게 대답한 뒤 차창 밖으로 시선을 돌렸다. 눈이 빠른 속도로 녹으면서 풍경의 색감과 형태는 점점 더 선명해지고 있었다.

상행길 교통은 순조로워서 버스는 정오가 되기도 전에 서울에 도착했다. 버스에서 내린 그녀와 나는 약속이라도 한 듯 어제 만났던 대합실에서 걸음을 멈추었다. 잘 지내세요. 여진 씨도요. 같이 가줘서 고마웠어요. 이번에도 그렇듯 시시한 대화가 오갔고 대화 끝에서 또,라고 말하려다 말고 나는 입을 다물었다. 또 보자거나 연락하라는 대사는 시시한 배우들에게는 어울리지 않는 것이다. 마침 그녀가 재빨리 손을 내밀었고 우리는 헐거운 악수를 했다. 악수를 나눈 뒤 몇 걸음 걷다가 모퉁이를 돌기 전 나는 뒤를 돌아봤다. 어디로 갈지 정하지 못했다는 듯 제자리에 우두커니 서 있는 그녀의 뒷모습이 보였다. 우리는 왜 거기까지였을까, 그런 의문이 나의 화두인 적이 있었다. 사랑을 하기에 좋은 시절이 아니긴 했다. 직장과 학교는 우리의 울타리가 되어주지 못했고 한시적으로 참여한 구술 작업도 우리를 웃게 해주지 못했다. 그 전쟁에서 살아남은 모든 사람들이 조금은 뻔뻔하다는 생각은 이 세상이 오물 위에 세워진, 부서지기 쉬운 구조물이라는 환멸로 이어질 뿐이었다. 게다가 거의 완전히 잊힌 그 전쟁을 나만은 기억하며 살게 될 거라는 예감은 끔찍하기만 했다. 그녀도 똑같았을 것이다. 아니, 증언의 무용함을 잘 알고 있던 그녀는 내가 가진 것보다 더 큰 허무와 싸워야 했을 것이다. 여수에서 마지막 구술을 받은 뒤 버스 터미널 대합실을 서성이다가 충분히 탈 수 있었던 막차를 놓친 것은 단지 우리 둘 다 너무 지쳐서였는지도 모른다. 그런 일은 처음이었지만 우리는 마치 오래전부터 그 순간을 준비해온 사람들인 양 덤덤하게 터미널 뒤편 모텔로 들어갔다.

그날, 우리는 사랑의 행위에 실패했다.

그녀의 몸은 젖지 않았고, 나 역시 좀처럼 흥분되지 않았다. 아름다운 건 없었다. 비극이 물리적이듯 섹스도 물리적이란 생각뿐이었다. 나는 결국 작아진 채로 그녀의 몸에서 내려왔다. 그 외진 방에까지 밀려들어온 새벽의 한 조각은 금세라도 깨져버릴 것처럼 팽팽하게 적막하기만 했다. 우리가 할 수 있는 건 각자 반대편 벽을 보며 잠든 척하는 것뿐이었다. 동틀 무렵, 내가 침대에서 내려가 벗어놓은 옷을 찾아 입고 그 방을 빠져나올 때도 그녀는 깨어 있었을 것이다.

시간이 멈춘 듯 그녀는 아직 그 자리에 서 있었다. 보이지 않는 눈이 터미널 대합실의 지붕을 뚫고 내려와 조금씩 그녀의 몸에 쌓여가는 장면을 나는 상상했다. 이제 나는 안다. 최길남의 삶을 극화한 연극을 봤던 그 밤, 그녀가 대학로에서 수유리까지 한 번도 쉬지 않고 맹목적으로 걸을 수밖에 없었던 건 그 연극에 자신의 한 시절이 겹쳐졌기 때문이란 걸, 분명 목격했고 경험했지만 처음부터 아무 일도 없었다는 듯 눈속에 파묻히는 이야기라면 그녀의 것이기도 하니까. 그녀에 관해 7년의 세월이 내게 가르쳐준 건 그뿐인 듯싶었다. 잠시 뒤 내가 다시 숫자와 눈금이 있는 세계로 귀속된다면 상상으로 빚어진 눈은 녹을 것이고, 나는 모퉁이를 돌아야 할 것이다. 그러나 그녀가 저토록 무심히 쌓인 눈 속에서 자신의 길을 찾아가기 위해 움직이기 전까지는 이곳에 서서 그녀를 좀더 지켜보고 싶었다.

높고 느린 용서

어제저녁 경진은 효진이 일하는 보습학원 근처 커피숍에서 아빠가 어떤 사람인지 아느냐고 물었다. 그런 질문이 있다, 답을 찾게 하기보다 그 질문 안에 머물게 하는. 새벽에 일어나 수업 준비를 하는 지금도 효진에게 경진의 그 질문은 공명을 일으키는 벽 같기만 했다. 효진이 노트북 옆에 놓인 휴대전화를 유심히 내려다보다가 충동적으로 아빠의 번호로 전화를 걸어본 건 그저 막막해서였다. 지금, 번호, 확인, 서비스, 체크, 그런 단어가 들어간 기계적인 목소리와 함께 이내 삐, 하는 데시벨 높은 소음이 들려왔다. 아빠의 휴대전화가 언제까지 유효했던가, 기억을 더듬어보니 그 문자를 받았던 8년 전 그날이 마지막이었다.

그날 아침, 효진은 문자를 확인하자마자 혼자 경찰서로 가 떨리는 목소리로 상황을 알렸다. 당시 중학생이던 경진에게는 알리지 않은 채였다. 아빠는 이미 실종 신고 된 상태였으므로, 더욱이 한동안 그가 원하지 않았을 방식으로 유명해져 있었으므로 경찰서에선 바로 출동을 결정했다. 효진을 태운 경찰차가 아빠의 문자에 나와 있는 그곳을 향해 달려가는 동안 효진은 온 힘을 다해 휴대전화를 쥐고 있었다. 그는 운전석에 놓아둔 편지들을 거두어달라는 부탁과 함께 미안하다고, 경진에게 잘 설명해달라고 문자를 보내면서 지도 앱에서 자신의 위치를 캡처한 이미지 파일을 첨부했는데, 결과적으로 그 파일이 경찰들에겐 길잡이가 되어준 셈이다. 차 안에서 효진은 수도 없이 아빠에게 전화를 걸어봤지만 그의 휴대전화는 내내 꺼져 있었다. 세 시간 넘게 달리다가 마침내 멈춘 경찰차에서 내린 순간, 지금도 그 강도와 촉감, 그리고 수분의 함유 정도가 모두 떠오르는 싸늘한 바람이 불어왔다. 효진은 선뜻 발을 내딛지 못한 채 경찰 중 한 명이 손짓을 해올 때까지 불가해한 기호인 양 눈앞에 펼쳐진 거대한 산을 말없이 바라보기만 했다. 강원도와 경상북도 경계에 위치한 그 산에서 아빠는 증발─실종이 아니라 증발이 맞는 표현이라고 효진은 생각해왔다─되기 전 마지막 석 달을 살았다.

8년 전, 고소와 파면, 추한 소문과 열띤 논쟁과 언론의 공격으로부터 도망친 그는 중고 SUV 차량 한 대를 구매하여 그 산으로 갔다. 외부와의 연락을 끊은 채, 챙겨 간 최소한의 현금을 아껴 쓰면서, 그야말로 가까스로 연명하다가 그 중고차마저 버리고 사라진 것이다. 산 입구로부터 그리 멀지 않은 곳, 그러나 작정하고 찾지 않는다면 결코 눈에 띄지 않을 듯한 외진 곳에서 그 SUV 차량이 발견되긴 했지만 운전석에 있어야 할 편지들은 보이지 않았다. 길 잃은 등산객이 잠기지 않은 차 문을 열고는 편지들을 포함해 이런저런 쓸모 있는 것들을 집어 간 것일까. 어쩌면 호기심 많은 산짐승이 물고 간 것일 수도 있고 산을 휘돌고 온 큰 바람이 엉뚱한 곳으로 편지들을 실어간 건지도 몰랐다. 세상을 향한 그의 마지막 변론마저 알 수 없는 이유로 원천적으로 거부됐다고 생각하니 효진은 저절로 무릎이 꺾였다. 등 뒤편에선 유서나 자살 흔적은 발견하지 못했다고 상부에 보고하는 경찰의 목소리가 들려왔다. 유서가 아니라고, 그 편지들이 유서라고 누가 장담할 수 있느냐고 효진은 따지고 싶었지만 입술조차 떼어지지 않았다. 효진이 할 수 있는 말은 아무것도 없었다.

  다시 수업을 준비할 의욕은 일지 않았다. 효진은 노트북을 한쪽으로 치우고는 책상의 맨 아래 서랍을 열었다. 서랍 안에는 먼지가 묻은 메모지와 해지한 적금 통장, 가전제품의 매뉴얼 책자들, 다시는 탑승할 일이 없을 것 같은 외국 항공사의 마일리지 카드와 갱신 기간이 지난 운전면허증 같은 것이 한데 엉켜 있었다. 이사를 오면서 버릴지 말지 고민하다가 방치해둔, 한때는 유용했으나 이제는 더 이상 서랍에서 반출될 일이 없을 것 같은 사물들이었다. USB를 떠올리지 않았다면 다시 이사를 갈 때까지 책상 마지막 칸 서랍 같은 건 열 일도 없었을지 모른다. 버려지는 것들에 대한 네모난 은유, 닫으면 탁, 하는 소리가 나며 암전되는 세계, 작은 망각의 공간⋯⋯

USB는 다행히 서랍 안쪽에 있긴 했다. 아빠가 증발하고 몇 해가 지난 뒤 어느 여름날, 효진은 침대에 누워 빗소리를 듣다가 우산 없이 산속 어딘가에서 비를 맞고 있을 그를 상상했고 그 상상 속에 안개처럼 옅게 깔린 자신의 걱정을 천천히 인식했다. 곧 난폭한 마음이 일었고, 효진은 곧바로 침대에서 일어나 휴대전화와 노트북에 저장된 사진 파일 중에서 아빠 얼굴이 나온 사진만 지워나가기 시작했다. 그렇게 맹목적으로 손가락을 움직여 기껏 삭제했으면서, 삭제한 파일들 중 복구할 수 있는 것은 복구한 뒤 빈 USB에 따로 저장해놓은 건 그의 얼굴이 아예 기억나지 않는 먼 미래의 어느 날이 두려워서였을까. 아니⋯⋯ 아니라고, 그저 그의 편지처럼 흔적 없이 사라지는 것을 더 이상 견딜 수 없어서였을 뿐이라고 효진은 이제라도 항변하고 싶었다. 그 누구도 아닌 바로 자신에게.

수년 동안 열어본 적 없는 USB 안의 파일들이 손상되지 않고 그래도 보존되어 있을지 장담할 수 없었지만 효진은 일단 USB를 노트북에 연결했다. 아빠의 사진을 본다고 해서 경진에게 들려줄 말이 찾아질 리 없다는 걸 알면서도 효진은 파일들 하나하나를 천천히 훑어보았다.

그리고, 효진은 아빠와 Y 씨가 함께 있는 사진 한 장을 발견했다.

사진 속 장소는 아빠가 교수로 있던 대학의 연구실 근처 벤치였다. 기억이 났다. 그날 효진은 학부생들의 졸업논문을 검토한다며 연구실에서 밤을 새운 아빠에게 커피라도 사다 줄 생각에 집을 나섰다. 마침 겨울방학이라 할 일이 없기도 했고 낡은 외투만 입고 다니는 그의 모습이 눈에 밟혀서이기도 했다. 버스에서 내렸을 땐 작은 눈송이가 흩날렸다. 그날 아빠와 Y 씨는 우산 없이 눈을 맞으면서도 자세를 바꾸지 않은 채 그들만의 대화에 집중해 있었다. Y 씨는 일전에 아빠의 연구실에서 서너 번 마주친 적이 있긴 했지만, 효진이 그녀에 대해 아는 거라곤 박사 과정에 있는 대학원생이라는 객관적인 정보뿐이었다. 커피 홀더를 바닥에 내려놓은 뒤 휴대전화를 꺼내 그들의 모습을 찍으면서도 효진의 눈에는 눈송이의 결정체가 부서지는 소리마저 들릴 것만 같은 고요한 교정의 풍경이 훨씬 더 구체적으로 들어왔다.

사진은 그대로인데, 효진은 이제야 사진 속 Y 씨가 경직되어 있는 것을 알아보았다. 화장기 없이 커다란 뿔테 안경을 쓰고 머리칼을 하나로 대충 묶은 모습은 사진 바깥에 부유하는 Y 씨의 단호하고도 고단한 마음을 유추하게도 했다. 그날로부터 한 달 정도가 지난 뒤 Y 씨는 자신의 트위터에 아빠와의 일을 올렸다. 아빠가 산으로 도망가기 두 계절 전의 일이다.

효진은 노트북에 떠 있던 사진 파일을 모두 닫은 뒤 이번엔 인터넷 창을 열었다. Y 씨는 최근까지도 여러 곳에서 강연을 했으므로 그녀의 이메일 계정은 금세 찾을 수 있었다. 효진은 Y 씨의 이메일 계정을 오랫동안 바라보다가 메일함을 열었다. 딱 한 번만이라도 경진을 위해 무모해지고 싶다는 생각뿐이었다. Y 씨의 답장을 받기 전까지, 효진은 그 선택이 불러올 또 다른 마음의 파장을 깨닫지 못한 셈이다.

★

어제 경진은 효진이 일하는 학원 근처 커피숍에서 전화를 걸어왔다. 타인에게 조심하는 게 지나치게 많은 경진이 미리 약속도 하지 않고 무작정 효진을 찾아오는 건 희소한 일이었다. 아니, 어쩌면 처음 있는 일이었는지도 모르겠다. 다행히 수업이 끝난 상태여서 효진은 곧바로 학원에서 나와 커피숍까지 쉬지 않고 달렸다. 몇 번이나 오른발이 왼쪽 샌들의 풀어진 끈을 밟아 넘어질 뻔했지만 달리는 걸 멈출 수는 없다. 커피숍 앞에는 횡단보도가 있었다. 커피숍 창가에 앉은 경진은 어딘가에서 호되게 꾸중을 듣고 온 아이인 양 풀 죽은 모습으로 테이블 아래를 내려다보고 있었다. 효진은 차오르는 숨을 씩씩 내뱉으며 그런 경진을 눈이 아플 만큼 뚫어지게 건너다봤다. 신호가 바뀌고, 효진이 횡단보도를 건너 커피숍 안으로 들어설 때까지 경진은 고개를 들지 않았다.

"남자친구가 결혼하재."

그리고, 효진이 폐를 한껏 부풀게 했던 숨을 고르며 경진 맞은편에 앉았을 때 경진은 그렇게 말했다.

경진은 이제 겨우 스물네 살이었다. 스물네 살에 결혼을 해도 되는 걸까, 옳은 것일까, 생각하며 효진은 커피숍 직원이 가져다준 커피 잔을 두 손으로 보듬었다. 그렇다고 해서 나쁜 소식은 더더욱 아니었다. 굳이 표현하자면 좋아하는 마음이 더 큰 비중을 차지해야 하는 소식이었다. 선택과 별개로 결혼 자체는 나쁜 일이 아닌데 왜 그렇게 시무룩한 거냐고 효진은 묻고 싶었지만 이내 그만두었다. 캄캄하게 불이 꺼진 경진의 두 눈이 이제부터 진짜 하고 싶은 말을 할 테니 인내를 갖고 들어달라는 메시지를 전하고 있었던 것이다. 효진은 도로 커피 잔을 내려놓고는 경진의 이어질 말을 기다렸다.

경진은 수도권에 있는 간호 전문대에 장학금을 받으며 입학했고 졸업한 뒤엔 중소 규모의 종합병원에 취업했다. 영화 공부를 포기한 채 취업률이 높은 학과에 들어가 이른 나이부터 경제적으로 자립한 건 경진다운 선택이었다. 하긴, 아빠가 그렇게 증발해버린 뒤부터는 효진 역시 늘 생계를 먼저 생각하는 사람이 되었다. 대학원에 진학해서 문학 공부를 계속하다가 미국이나 유럽 어딘가에서 비교문학으로 박사학위를 받겠다는 계획은 게으르고 비현실적인 포부일 뿐이었다. 대학에서 파면당한 아빠 앞으로 약간의 퇴직금이 나오긴 했지만 소송 비용——그의 부재로 소송은 흐지부지 중단됐는데도 비용은 청구됐고, 효진이 소송 철회와 비용 수납 같은 절차를 밟아야 했다——을 지불하고 나니 남는 게 없었다. 함께 살던 아파트는 급매로 서둘러 처분했다. 유리로 만들어진 감옥 같던 그곳, 그러니까 효진과 경진 자매가 지나갈 때면 떠들던 것을 멈추고는 눈으로 신호를 주고받는 입주민들과 마주쳐야 하는 그곳에선 한순간도 인간적으로 살 수 없었다. 함부로 다루어지는 사람으로는 단 한순간도……

그 뒤 경진은 간호 대학 기숙사로 들어갔고 효진은 대학

근처 원룸에서 살면서 보습학원 강사를 시작했다. 졸업을
1년 앞둔 채 연거푸 휴학을 했고 졸업한 후에도 강사 일을
계속했다. 학원 강사 외의 또 다른 가능한 미래는 품지 않았
다. 평균 이상으로 존대받고 명예를 누리는 삶은 가당치 않
다고 생각했고, 그런 생각이 지긋지긋하면서도 그 생각에 함
몰되어 있는 게 편리했다. 그사이 경진은 직장인 병원에서
물리치료사인 남자친구를 만났다. 그는 효진과 동갑으로 경
진보다는 여섯 살이 많았다. 나이스한 사람, 처음 경진에게
서 그를 소개받은 날 효진은 그런 인상을 받았다. 상냥한 말
투를 쓰고 상냥한 미소를 지을 줄 아는 사람이긴 했지만, 그
는 식당에서 경진이 수저를 놓아주고 물을 따라주는 걸 당연
하게 여겼고 경진의 안색이 좋지 않은 게 빤히 보이는데도
별다른 신경을 쓰지 않은 채 맛있는 것, 맛있고 건강에 좋은
것, 제철에 먹어야 하는 생선과 채소에 대해 끊임없이 나열
하며 혼자 즐거워했다. 상냥하지만 자신을 최우선으로 아끼
느라 곁을 보지 못하는 사람, 그에 대한 효진의 인상은 그렇
게 확장되었고 효진은 더 이상 음식을 넘기지 못했다. 못마
땅했다. 그도, 그와 함께 있는 경진도 효진의 마음에는 차지
않았다. 미리 포기하는 법을 배운 동생이 사랑하는 사람에게
만은 절대적인 배려와 지지를 받아야 한다고, 아니 그랬으면
좋겠다고 효진은 내내 소망했으니까.

"언니……"

경진이 긴 침묵 끝에서 말을 꺼냈다.

"나 아직 대답을 하지 않았어. 아니, 할 수 없었어. 그이는 결혼하면 아이도 낳아야 한다고 생각한단 말이야. 언니, 내가 아이를 낳아도 되는 거야?"

"무슨 그런 말이 있어?"

가까스로 되물으며, 효진은 한없이 황량해지는 마음을 들키지 않기 위해 애써 창밖으로 시선을 돌렸다.

"나는 언니, 내 아이가 무감각한 사람으로 성장할까 봐 무서워. 다른 사람이 어떤 생각을 하고 어떤 감정을 품었는지, 그런 걸 전혀 모르는 어른이 될까 봐."

"그렇게 안 키우면 되지. 경진아, 넌 잘할 수 있어."

"맞아, 난 그렇게 키우지 않을 거야. 근데……"

"……"

"근데, 아이가 외할아버지에 대해 뭔가를 알게 되면? 외할아버지가 그런 사람이었다는 걸……"

경진은 말했고, 동시에 방금 내뱉은 그 말에 스스로 놀란 듯 한 손으로 입술을 세게 문질렀다.

"……모르게 해."

효진은 온도가 내려간 목소리로 대답했다. 경진이 그게 가능하냐고, 정보가 넘쳐나는 시대에 어떻게 그걸 가능하게 할 수 있느냐고 항의하는 듯한 눈길로 효진을 바라보더니 이내 고개를 숙였다.

"언니, 아빠 말이야."

"……"

"우리 아빠, 누구였을까. 언니는……"

"……"

"언니는 아빠가 어떤 사람인지 알아?"

여전히 고개를 숙인 채 경진이 낮은 목소리로 그렇게 물었지만 효진은 대답할 수 있는 게 없었다. 커피는 식어서 썼고 창밖으로는 비가 내리기 시작했다. 세상의 표면과 마찰하며 빚어지는 빗방울의 파열음은 쓸쓸했다. 슬픔을 터득하고는 어깨를 떨며 흐느끼는 거인의 품에 안겨 있다면 이런 기분일지 몰랐다. 효진은 그 빗소리에 기대어 비겁한 사람, 이라고 속삭였다. 경진이 그 속삭임을 들었는지는 확인하지 않았다.

*

메일, 잘 받았습니다.

실은 귀하와 귀하의 여동생을 종종 생각했습니다. 아마도 귀하의 짐작보다 자주 그랬을 거예요. 귀하의 연락이 놀랍고 반가우면서도 바로 답장을 하는 건 쉽지 않더군요. 귀하가 동생을 생각해서 제게 그런 부탁을 하기까지 어떤 질감의 고민을 했을지 잠작됐으니까요. 어쩌면 우리 각자가 이 세상 어딘가에서 애쓰며 살아 있다는 것 자체가 제 마음을 아프게 했는지도 모르겠습니다.

일단 저의 근황을 물었으니 그 이야기부터 할게요. 아시다시피 저는 대학을 떠났고, 대신 종종 강연을 나가고 있습니다. 그 일 이후 출간된 책이 꾸준히 읽히고 있고 저의 경험을 듣고 싶어 하는 사람들은 날마다 새롭게 생겨나고 있으니까요. 책 덕분에 저는 제법 유명한 사람이 된 셈이죠. 그렇다고 제 고통이 경감된 건 아닙니다. 그 사람이 그렇게 증발을 선택—귀하가 표현한 증발이라는 단어에 공감하지만 그 증발은 엄연한 그의 선택이었습니다—한 뒤로 저는 제 잘못과 상관없는 죄책감을 안고 살아야 했으니까요. 때로는 울분을, 때로는 서글픔을……

귀하는 모든 것을 잃은 그 사람을 용서해줄 수 없겠느냐고, 용서가 힘들다면 결혼을 결정하지 못하는 동생에게 용기의 말이라도 해주면 안 되겠느냐고 제게 부탁했습니다. 저는 귀하에게 되묻고 싶습니다. 용서란 무엇인가요? 저에게 용서는 그 사람이 저만큼 고통을 느끼고 그 고통을 표현하는 과정이 전제되어야 합니다. 그 고통에는 저에 대한 미안함뿐 아니라 그 자신을 향한 부끄러움이 포함되어야 하고요. 저는 8년

214

째 상담 치료를 받고 있어요. 약을 먹지 않으면 불안해서 집 앞 편의점도 갈 수 없습니다. 한때 대학에서 함께 공부한 적 있는 동료들 중 누군가는 그 사람은 자신의 사랑을 믿고 싶어 하는 진정성 때문에 실수를 한 것뿐이라고 제게 말한 적이 있습니다. 더한 짓을 한 사람들도 자리를 지키는데 그 사람은 그나마 양심적이었다고, 심지어 제가 그 사람을 몰락시킨 대신 이름을 얻은 거라고 떠들어대는 동료도 있었습니다. 정말 괴로운 게 뭔지 아세요? 때때로 제가 그런 시선과 말에 침습된다는 것입니다. 제 책을 읽었다니 아시겠지만, 그 사람은 구애가 반복적으로 거부되자 자신의 정당성을 획득하기 위해 제 감정을 조작했죠. 그의 세계에서 저는 그를 사랑하지만 세상의 편견과 싸울 용기가 없는 사람이 되어 있었고, 그 뒤부터 그 사람은 이전과는 다른 방식으로 제게 다가오기 시작했습니다. 강요와 말다툼과 추행, 다시는 겪고 싶지 않은 일들이 반복되었습니다.

폭로 이전까지 그런 무기력한 분노의 시간이 분명 존재했는데도 어느새 저는 내게 조금만 더 융통성이 있었다면 이렇게까지 일이 커지지는 않았을 거라는, 혹은 지금 내가 누리고 있는 모든 것이 그 사람을 망친 뒤에 얻은 부당한 이익일지 모른다는 스스로를 향한 의심을 갖게 된 것입니다. 그런 날이면 저는 어쩔 수 없이 폭주했습니다. 내 몸 어딘가에 상처가 나기를 바라며 날카로운 것들을 함부로 잡았고 먹다 남은 약을 처방과 상관없이 삼키기도 했습니다.

귀하, 저는 그런 과정을 거치며 이렇게나마 살아 있는 것입니다.

귀하의 말대로 그 사람도 모든 것을 잃었습니다. 그야말로 뼈아프게 다 잃었죠. 그러나 그는 선택해서, 혹은 지독한 오만으로 잃은 것이고 저는 선택하지 않았고 그저 제 감정과 의지대로 살았을 뿐인데도 잃었습니다. 그 사람의 제자로서 그를 존경했고 닮고 싶어 했던 저는, 그 사람과 사적인 관계로 확장되길 원한 적 없고 그런 빌미를 준 적도 없다고 확신하는 저는, 어째서 이렇게나 나쁜 상태로 훼손된 건지 지금도 의아하기만 합니다. 심지어 저는 그 훼손을 복구할 기회조차 잃었죠. 귀하에게 다시 한번 묻고 싶습니다. 사과를 받은 적 없고 앞으로도 받을 기회를 갖지 못한 제가 용서마저 내어준다면, 그럼 제게는 무엇이 남는 겁니까. 저는 무슨 힘으로 살아야 한다는 겁니까.

*

변기가 막혔다.

늦은 점심을 먹고 있을 때 갑자기 배탈 기운이 느껴져 화장실로 들어갔던 차였다. 효진은 난감하게 변기 안을 내려다봤다. 배설물은 몸 안에서 부식된 음식물의 잔여라는 상식을 뻔히 알면서도 효진의 눈에는 그것이 자기 몸의 연장으로 보였고 순간적으로 구토감이 일기도 했다. 문득 경진이 초경을 했던 날이 떠올랐다. 경진은 열여섯 살 때, 그러니까 평균보다 훨씬 늦은 나이에 초경을 했는데 공교롭게도 아빠와 Y 씨 사이의 일이 세상에 알려지던 무렵이었다. 그가 적을 둔 대학교에는 대자보가 붙기 시작했고 그의 연구실 문은 포스트잇으로 빼곡해졌으며, 각종 인터넷 사이트와 기사 댓글란과 SNS에서는 그의 구애가 폭력인지 아닌지에 대한 열띤 논쟁이 일었다. 세상의 관심이 폭발하자 미온적이던 대학은 아빠에 대한 징계 절차를 서둘렀고 Y 씨는 고소를 진행했다. 그런 날들이었다. 도무지 다른 사람의 혼란과 무너져가는 마음을 들여다볼 여유가 없던 날들, 집에서 아빠와 마주치기라도 한 날이면 비명이라도 지르고 싶은 걸 온 힘을 다해 참아야 했던 때…… 그날 효진은 아침에 눈을 뜨자마자 소리 내어 우는 경진을 화장실로 데려가 생리혈이 묻은 팬티를 벗게한 뒤 생리대 착용법을 알려주었다. 경진은 효진이 가르쳐준 대로 생리대를 새 팬티에 반듯이 붙이는 동안에도 계속 울었다. 화가 났다. 너무 화가 나서 머리가 돌아버릴 지경이었다. 왜 우니? 대체 왜 울어! 효진이 이성을 상실한 채 소리를 내

지르자 경진은 울먹이는 목소리로 무섭다고, 이런 게 무섭다고, 그렇게 말했다.

무섭다……

8년 전에는 흘리듯 들었던 그 말이 뒤늦게 선명하게 떠오르는 것이 당혹스러웠지만 경진의 무서움이 어디에서 비롯된 건지 효진은 이제야 조금은 알 것 같기도 했다. 생명의 보호자가 될 가능성을 얻는 것, 그런 식으로 이 세계의 평형을 유지하는 일, 미지의 고통이 반복될 수 있다는 예감, 경진은 이미 그때부터 그런 것을 무서워하며 자격을 의심했던 것인지도 모른다, 거의 본능적으로.

물이 자연스럽게 내려가길 바라며 효진은 일단 변기 뚜껑을 닫았다. 화장실을 나오자 문제집과 읽다 만 책들 옆에 밥과 된장찌개와 김치가 놓인 테이블이 한눈에 들어왔다. 방금전 그 일부가 배설물이 되었고 앞으로 또 배설물이 될 예정인 음식들을 가만히 내려다보다가 효진은 쓰레기봉투를 꺼내 와 냄비와 밥그릇과 접시를 몽땅 그 안에 털어 넣었다. 무슨 자격으로, 감히, 이제 와서, 요구해, 불쌍한 척, 연민을, 강요, 하고, 어떻게, 너, 까지, 그, 럴, 수, 가, 있, 어, 어! 신경질적으로 설거지를 하면서는 그렇게 중얼거리는 자신을 발견했고, 바로 그 순간 세제가 묻은 머그 컵 하나가 손에서 미끄러졌다. 바닥에 주저앉아 깨진 사기 조각을 줍는 동안 오른

손 검지에는 금세 핏물이 맺혔다.

일주일째 비가 내리고 있었다.

찢긴 손가락에 밴드를 붙이며 켜놓은 유튜브 뉴스에서는 전국적인 폭우를 전하는 기자의 목소리가 들려왔다. 남쪽 도시에서는 둑이 붕괴되어 실종자와 사망자, 이재민이 속출했으며 서울과 경기도의 여러 하천도 범람 위기에 있다고 했다. 폭우 피해 특보가 지나간 뒤엔 앵커와 환경운동가의 대담이 이어졌다. 이례적인 폭우는 기후변화와 관련이 있다고, 아직 백신이 개발되지 않은 바이러스 역시 최적화된 자연의 질서가 교란되어서라고 환경운동가는 말했다. 효진은 무심한 눈으로 노트북 화면을 쳐다보다가 인터넷 창을 닫았다.

어느 집에선가 의자나 테이블을 끄는지 울퉁불퉁한 소음이 전해져왔다. 예고 없이 침입해오는 생활 소음은 이 집의 정체성이었다. 뉴스에서 보도된 그 바이러스로 인해 효진이 맡은 수업이 절반으로 준 건 올해 초였다. 가난은 갑작스럽게 찾아와 일상의 틈새로 느슨하고도 강렬하게 스며들었다. 효진은 언제부터인가 밖에서 사람을 만나려 하지 않았고 식사는 가능한 한 집에서 해결했으며 옷과 신발과 책을 최대한 구매하지 않게 됐다. 수업이 없는 날이면 노트북 앞에 앉아 특별한 기술이 필요 없고 나이가 변수로 작용하지 않는 아르바이트 자리를 찾는 데 시간을 썼지만 그런 자리가 기다렸다는 듯 준비되어 있을 리 없었다. 월세마저 부담되던 차에 계약이 만료됐고 효진은 전세 매물로 나온, 서울 서북쪽에 위치한 이 연립주택으로 무리해서 이사를 오게 된 것이다. 서울 끝에 위치한 데다 지어진 지 30년이 넘어서 비교적 저렴한 전셋집이긴 했지만 그 전세금을 마련하느라 효진은 적금과 보험을 모두 해지해야 했고, 은행에서 따로 대출을 받기도 했다. 그렇게 어렵게 이사를 오긴 했는데, 막상 살아보니 이곳은 그야말로 생활 소음의 저장고나 다름없다는 걸 알게 된 것이다. 세탁기나 청소기, 헤어드라이어가 작동하는 소리, 텔레비전 혹은 라디오에서 흘러나오는 소리, 오줌 누는 소리와 가래 끓는 소리, 수도꼭지와 샤워기와 변기통에서 쏟아지는 물소리, 시계 알람 소리, 신음 소리…… 소음이 심해지는 새벽에는 그 잡다한 소음을 영상화화지 않기 위해 애썼고, 그러다 보면 잠은 더 달아나곤 했다. 생활에 필요한 움직임에서 빚어지는 악의 없는 소음에 무방비로 노출되는 거주지에서 앞으로도 좀처럼 벗어나지 못하리란 비관이 마음을 어지럽히기도 했다.

효진은 책상에 앉아 닫아놓은 서랍을 열었다. 이번엔 천천히 사진들을 검토할 생각이었다. 모자이크처럼 흩어진 아빠의 조각들을 모으다 보면 발견할 수 있을지도 몰랐다. 그가 스물네 살이나 어린 Y 씨에게 사랑을 느끼고는 같은 마음을 요구했던 이유를, 그것이 자신 쪽에선 비참한 구걸이며 상대 입장에서는 폭력이 된다는 걸 인지조차 하지 못했던 이유도. 효진은 서랍에서 꺼낸 USB를 곧 노트북에 연결했다.

*

용서……

귀하의 지난 메일을 읽은 이후 용서라는 단어가 제 머릿속을 떠나지 않더군요. 머릿속에서 달그락거리는 소리를 내며 돌처럼 굴러다니는 그 단어를 더 깊이 숨기지도, 꺼내어 제거하지도 못한 채 지난 며칠을 보냈습니다.

그리고 오늘은, 이런 이야기를 하고 싶어서 제가 먼저 메일을 쓰게 되었습니다.

오늘 저는 자문 위원으로 있는 여성단체에 회의차 참석했는데, 그 건물 계단참에서 무심히 창밖으로 시선을 돌린 순간 흘러가는 구름을 보게 되었습니다. 구름은 높은 곳에서, 아주 느린 속도로 천천히 이동 중이었습니다. 그제야 오랜 장마가 끝났다는 것을 저는 깨달았습니다.

귀하, 어딘가에서 저의 용서도 그런 모양으로 오고 있지 않을까요?

저는 그 사람이 어딘가에 살아 있으리라고 확신하는데, 그렇다면 분명 저와 있었던 일을 날마다 되새기고 있을 테지요. 저를 떠올리며 강도 높은 원망만 할지 깊은 회한에 잠길지 저로서는 알 길이 없지만, 저에 대한 생각이 쌓여갈수록 그 사람의 어떤 고유한 성분도 변해갈 거라고, 그 변화가 열려 있다면 그 사람을 향한 제 용서 역시 가능성이 열려 있는 거라고, 저는 그 계단참에서 생각했습니다.

동생분에게 전해주세요.

당신의 삶은 그저 당신의 것이라고, 자격이라는 혹독한 심문에 더 이상 걸려 넘어지지 말라고요. 동생분이 행복하게 결혼을 하고 한 가정을 이룰 수 있도록 귀하가 저 대신 곁에서 용기를 주면 좋겠습니다. 그리고 그 과정에서 귀하 역시 자유로워지기를, 저는 진심으로 바랍니다.

추신. 제 마지막 인사를 함께 담습니다.

★

경진은 테이블 위의 노트북 화면에서 30분째 시선을 떼지 못하고 있었다. Y 씨가 보낸 두 통의 메일을 읽을 때는 심각하기만 했던 얼굴이 사진을 볼 때는 편안하게 이완됐다. 간간이 눈동자에 생기가 돌면서 입가가 올라가기도 했는데, 엄

222

마 사진이 나올 때마다 그랬다. 엄마와 아빠가 팔짱을 낀 채 산책로 앞에 서 있는 사진이라든지 놀이공원 대관람차를 배경으로 가족 네 명이 촌스러운 외출복을 입고 포즈를 잡은 사진, 엄마가 네번째 항암 치료 후 잠시 집에 들렀을 때 아빠와 경진 사이에 앉아 마른 얼굴로 활짝 웃는 사진 같은…… 빛이 사선으로 스미면서 테두리부터 조금씩 환해지는 그늘 아래 풍경처럼 효진의 기억 속에서 사진의 서사가 어렴풋이 되살아났다. 그날 그 공간의 분위기라든지 오가던 대화, 그리고 사진을 찍으면서 자신이 무슨 생각을 했는지도 효진은 더듬더듬 떠올릴 수 있었다.

"어, 이건 뭐야?"

경진이 의아해하는 표정을 지으며 노트북 화면을 효진 앞으로 돌렸다. 사진은 아니었고, 인터넷에서 찾은 네 줄짜리 단신 기사—K 대학교 화학과 2학년에 재학 중인 배 군이 학교 앞 육교에서 국가보안법 철폐를 요구하는 유인물을 살포하다가 현장에서 체포되었다는 내용이었다—를 저장한 파일이었다. 기사는 거기서 끝났지만, 체포된 학생은 보름 동안 유치장에 갇혀 있었고 구류가 끝난 뒤엔 바로 입대하게 된다. 기상청 홈페이지에 따르면, 스물한 살의 아빠가 체포된 1983년 11월 28일의 서울은 최저 기온 영하 1도와 최고 기온 9도 사이에 있었다. 쌀쌀했지만 맑은 날이었다. 지난 며칠 동안 효진은 그날의 장면을 자주 상상했고 그 상상 속에는, 비록 매번 달라지긴 했지만, 아빠의 머리 위로 흘러갔을 구름의 모양과 색과 속도도 재현되곤 했다.

그 일화는 엄마의 장례식장에서 한 상에 둘러앉은 아빠의 대학 동기들이 대화하는 걸 우연히 엿듣게 되면서 처음 알게 됐다. 아빠가 유인물을 제작하는 데 도움을 주었던 그들 중 한 명이 당시 아빠의 문장이 아주 좋았다고, 반파쇼니 미제 국주의 타도 같은 슬로건을 내건 글이긴 했지만 정치적이라기보다 문학적이었다고, 그런 문장으로 연애편지를 쓴다면 백 퍼센트 성공하리라 장담했다며 연하게 웃었다. 근데 참 이상하지? 맥주를 한 모금 들이켠 그가 다시 말했다. 우리 배 교수가 그렇게 운동에 투신한 학생은 아니었잖아? 가끔 데모나 나가는 정도였지. 맞아, 오히려 깍쟁이 같았지, 아주 깍쟁이 같았어. 아빠의 또 다른 동기가 주변의 숙연함을 흩뜨리는 고음의 목소리로 거들었다. 멋도 좀 부리지 않았나? 머리는 늘 장발에, 다림질한 셔츠만 입고 다니면서 말이야. 우리 때는 흔하지 않은 아우라를 풍겼다고, 저 친구가. 누군가 그런 말을 하자 그들의 상 바깥으로 잔잔한 웃음소리가 번져갔고 그 대화는 그렇게 마무리됐다.

까맣게 잊고 있었는데, USB에 담긴 아빠 사진을 자꾸 들여다봐서인지 그 유인물 사건이 문득 생각이 났다. 그가 남긴 다른 문장들을 읽을 수도 있겠다는 기대감에 그때부터 효진의 심장은 빠르게 뛰기 시작했다. 그러나 예전 짐을 뒤져 찾아낸 엄마의 장례식장 명부에는 상주와의 관계랄지 연락처 같은 문상객의 정보가 적혀 있지 않아서 그 유인물 조력자의 이름을 알아내거나 따로 연락하는 건 불가능했다. 아빠가 선고받은 구류 판결이 기록으로 남아 있을까 싶어 지난 금요일엔 일산에 있는 법원기록관리센터를 찾아가기도 했지만 구류는 그 판결문이나 사건 기록이 일정 기간 보존되다가 폐기된다는 말을 들어야 했다. 더 이상 다른 시도를 못 하고 낙담하고 있다가 혹시나 하는 마음에 아빠가 다니던 대학교 이름과 국가보안법, 유인물, 구류 같은 키워드로 구글에서 검색을 해보자 그동안의 고생을 비웃듯 바로 그 기사가 떴던 것이다. 단신 기사로는 그가 유인물에 남긴 문장 전체를 유추하기는 힘들었지만, 그래도 효진은 그 기사를 경진에게 보여주고 싶었다. 기사 속 배 군이 아빠라는 걸 확신했기 때문이다.

"유인물엔 뭐라고 썼을까? 궁금하긴 하다."

골똘한 얼굴로 효진의 긴 설명을 들은 경진이 그렇게 말한 뒤 노트북을 닫았다. 노트북을 도로 가방에 넣으며 언뜻 커피숍 창밖을 보자 그새 가장자리부터 어둠에 잠겨가는 도시가 보였다. 어떤 문장은 끝내 부재하기에 망각될 권리도 갖

지 못하지만 때로는 그것이 질서가 되기도 한다는 것을 효진
은 그 흐린 어둠을 마주 보며 천천히 인정했다. 낮이 지나면
저녁이 오듯, 누군가는 저녁을 위해 낮의 고단함을 잊어야
하듯······

"근데 언니, 상상이 돼? 난 아빠가 정치적인 행동을 했다
는 것보다 멋을 내고 다녔다는 게 더 상상이 안 돼."

"그건 나도 그래."

경진의 말에 효진은 웃으며 대답했고 자매는 이내 서로를
마주 보며 함께 키득거렸다.

커피숍에서 나오자마자 경진의 휴대전화가 울렸다. 통화
를 끝낸 경진은 집에 남자친구가 와 있다며 카카오택시를 불
렀고 효진은 경진 곁에서 함께 택시가 오기를 기다려주었다.

"언니도 누구 좀 만나면 안 돼?"

먼 시선으로 택시가 오는 쪽을 살피며 경진이 심상한 말투
로 물었다.

"나도 그래, 나도 언니가 이제 그만 자유로워지면 좋겠어."

"······"

마침 앞창에 예약이라는 초록색 글자가 켜진 택시가 다가
오는 게 보였다. 경진은 택시에 오르기 전 효진 쪽을 한번 보
았고, 효진은 경진이 탄 택시가 시야에서 사라질 때까지 같
은 자리에 우두커니 서 있었다. 이유 없이 혼나고 주눅 든 아

이 상태로 성장한 건 경진만이 아니다. 효진도 그것을 잘 알고 있었다. 밤이 깊어가는지 건물과 건물 사이에서 어른거리는 간판 조명과 사람들의 신발 바닥에서 부서지는 가로등 불빛, 나뭇잎 끝에 아직 남은 빛의 열기를 밀어내는 어둠의 소란함이 들려왔다. 남은 여름 동안 짝을 찾아 현생을 기록하려는 벌레들이 그 어둠에 기탁한 채 등껍질이 부서지도록 세게 울고 있었다.

*

USB를 넣자마자 바로 서랍을 닫으려 했지만 서랍은 꿈쩍도 하지 않았다. 경첩이 고장 났는지 삐걱거리는 소리만 커져갔고 그 소리는 이내 방 전체로 퍼졌다. 어느 순간 효진은 등 뒤에서도 서랍에서와 같은 소리가 나는 것을 느꼈다. 차위에 종이를 대고 문장을 적어나가는 동안 팔꿈치가 차체를 누르는 소리, 그렇게 짐작하자 아빠가 숨어 있었던 그 산의 쌀쌀한 바람이 또다시 두 뺨에 와닿는 것만 같았다.

뒤를 돌아봤다.

방금 효진의 세계로 건너온 아빠가 보닛 위에 몸을 수그린 채 편지를 쓰는 중이었다. 무언가에 열중할 때면 늘 그랬듯 미간을 잔뜩 좁힌 채였다. 편지를 다 쓴 뒤엔 굳은 얼굴로 차의 바닥과 트렁크를 정리했고 의자와 창문에 묻은 먼지를 털어냈다. 신중하게 모든 정리를 마친 그는 석 달 동안 거주지이자 은신처가 되어준 SUV 차량 주변을 돌기 시작했는데 그가 걸음을 옮길수록 계단이 생겨났다. 날이 찼다. 그가 숨을 내쉴 때마다 번져 나온 입김은 흩어지거나 소멸하지 않고 불가해하게도 끊임없이 높은 곳으로 떠올랐고, 효진은 벌어진 입을 다물지 못한 채 그 광경을 하염없이 올려다봤다.

그가 걸어 올라간 계단 끝에는 육교가 있었다. 육교에서 그는 노련하지 못했다. 수상쩍어 보일 만큼 자주 주위를 두리번거렸고 그때껏 손에 쥐고 있던 편지, 아니 유인물을 허공에 날린 직후엔 도망가기는커녕 제각기 다른 형태로 허공에서 흩날리는 종이의 궤적을 넋 놓고 내려다보기까지 했다. 누군가, 아니 손으로만 존재하는 어떤 형태가 그의 뒷덜미를 잡았다. 그는 발버둥 쳤지만 손은 그악스럽게 그를 육교 밖으로 끌어내리려 했다. 멀리 가. 어느 순간 그의 시선이 효진에게 닿았을 때, 효진은 속삭였다. 멀리 가, 아빠. 그는 발버둥을 멈추었고 효진이 한 번도 본 적 없는 얼굴로 효진을 응시하다가 이내 기화하듯 사라졌다.

육교는 텅 비었다.

마침 단 한 장 남은 유인물이 날개를 다친 나비처럼 난간에 아슬아슬하게 얹혀 있는 게 효진의 시야에 들어왔다. 효진은 그제야 허둥지둥 육교로 올라가 그 종이를 낚아챘다. 읽어보려 했지만, 절박하게 읽고 싶었지만, 종이에 적힌 글자들은 하나같이 뭉개져 있어서 해독이 불가능했고, 효진은 그것이 가슴이 터지도록 답답했다. 결국 단 한 글자도 읽지 못한 채 그대로 주저앉자 마치 효진의 세계를 순례하듯 천천히 이동하는 구름이 보였다. 구름은 멀리 있었지만 흩어지거나 소멸하지는 않을 터였다. 꿈에서 깬 뒤에도 영원의 경첩에 묶인 채로 꿈속에 남아 있을, 높고 느린 한 시절······

휴대전화 벨소리에 효진은 가까스로 눈을 떴다.

책상 아래서 몸을 만 채 누워 있다가 전화를 받은 효진은 남자친구의 프러포즈를 받아들이기로 했다는, 날짜는 천천히 정해보겠다는 경진의 목소리를 들었다. 잘했네. 잘했다. 짧은 침묵 뒤에 효진이 그렇게 말하자 경진이 돌연 흐느끼기 시작했다. 기껏 힘내서 말해놓고 왜 우느냐고 나무라면서도 효진은 웃을 수밖에 없었다. 어쩔 수 없이 경진의 진정을 기다리며 자리에서 몸을 일으키는데 아직 열려 있는 서랍이 눈에 들어왔다. 효진은 허리를 숙여 서랍을 밀어보았다.

탁, 하는 소리와 함께 서랍이 닫혔다.

숨결보다 뜨거운

———

동틀 무렵 잠에서 깨어 호텔 창문을 연 순간, 긴 시간이 흐른 어느 날 누군가 이 도시의 인상에 대해 묻는다면 원시적인 하늘이 가장 먼저 떠오를 거라고 그녀는 예감했다. 그러니까 원시시대부터 그대로 보존되어온 것만 같은 신비로운 색채의 하늘…… 서울에서는 본 적 없는 하늘이었다. 아니, 그 어디에서도 그녀는 그런 하늘을 보지 못했다. 해가 나면서 다양한 농도의 검푸른 색으로 얼룩져 있던 하늘의 가장자리는 자줏빛으로 물들어갔고, 구름은 사라진 대륙의 지도처럼 난해한 무늬로 흩어졌다. 신을 믿는 사람이라면 기도하는 마음으로 올려다봤을 풍경이라고 그녀는 생각했다. 자연현상을 신의 전언으로 해석하며 구원의 가능성을 감지하는 부류는 세상 어디에나 있게 마련이니까. 그녀는 종교를 가진 적 없지만 그렇다고 무신론자도 아니었다. 오히려 신이 없다면 세상과 인간은 설명될 수 없다고 여기는 쪽이었다. 다만 그녀에게 신은 인간의 고통에 전혀 개입하지 않는, 아니 그것이 있다는 것조차 알지 못하는 존재에 가까웠다. 이를테면 자와 저울과 주사위로 어질러진 측량사의 책상 같은, 그러므로 속죄나 구원을 바랄 수 없는 무력하고 무심한 그 무엇……

그녀는 곧 창문을 닫았다. 오늘의 일정을 소화하려면 조금이라도 더 자야 했다. 커튼을 여미던 손길이 멈칫한 건 그때 마침 시야에 들어온 노인 때문이었다. 실내용 가운을 걸친 깡마른 노인이 한 발 한 발 느리게 걸어오더니 호텔 맞은편 가로등에 몸을 기대고는 더 이상 움직이지 않았다.

모스크바의 10월 아침은 충분히 추웠다. 영하권에 근접한 날씨에 저런 옷차림으로 거리에 서 있는 노인이라면 치매 환자일지 몰랐다. 언젠가 그녀의 아버지도 간호사와 요양사 들의 눈을 피해 요양원 뒷산에 올라갔다가 저녁이 되어서야 몸이 꽁꽁 언 채로 발견된 적이 있었다. 마침 캐리어 위에 던져두었던 핫팩이 눈에 들어왔다. 그녀는 곧 양손에 핫팩을 들고는 주저 없이 방에서 뛰쳐나갔지만 종종걸음으로 거리로 나왔을 때 노인은 이미 사라지고 없었다. 그녀는 손등으로 눈을 비비며 횡단보도를 건넜고 노인이 서 있던 자리를 서성였다.

어리석다.

어느 순간, 그녀는 그렇게 되뇌었다. 이 선의에 목적이 있었다는 걸 그제야 깨달은 것이다. 선의를 증명함으로써 기적을 바라고 싶었던 마음을 모른 척할 수 없었다. 그러니까 측량사의 책상과도 같은 존재에게 아버지의 기억을 되돌려달라고 호소하려 했던 부질없는 마음을…… 아무도 알지 못했다. 지난 5년 사이 어머니의 죽음과 아버지의 치매 진단을 연거푸 겪으면서 그녀가 감당해야 했던 절망에 가까운 외로움을, 과거 전체가 죄가 되고 일상은 형벌로 변모해가던 그 과정을 그녀는 그 누구에게도 설명할 수 없었다. 설명한다 해도 이해받지 못할 불투명한 자루 같던 나날이었다. 그녀를 둘러싼 세계는 한결같이 무력하고 무심했으며, 점진적인 소멸 앞에서 그녀가 할 수 있는 건 평정심을 유지하는 연습을 하는 것뿐이었다. 도무지 단련되지 않는 연습이었다.

그때 나는, 그녀를 바라보고 있었다.

두통 때문에 밤새 뒤척이다가 호텔 근처에 있는 작은 성당까지 산책을 하고 되돌아오던 길이었다. 사무적인 첫인상과는 달리 불안한 모습으로 같은 자리를 뱅뱅 도는 그녀가 내게는 커다란 의문부호처럼 보였다. 내 시선을 느꼈는지 그녀가 돌연 내게로 돌아섰고, 그 순간 그녀의 방심한 얼굴이 그대로 노출됐다. 아무것도 희망하지 않는 사람의 황량한 얼굴이라고 나는 생각했다. 아니, 느꼈다. 설명하기 힘든 느낌이었지만 분명하게 각인되어 지금도 나는 그녀를 생각하면 그 얼굴이 가장 먼저 떠오른다. 공항에서부터 동행한 사이였지만 우리는 초면인 양 물끄러미 서로를 바라보다가 어쩔 수 없다는 듯 어색한 목례를 나눴다.

그날 아침, 우리는 서로에게 모스크바 풍경의 일부에 지나지 않았다. 고개를 반쯤 숙인 채 그녀를 그대로 지나쳐 호텔로 들어가면서 나는 내가 그녀의 이름도 모른다는 걸 천천히 깨달았다. 그녀의 이야기는 아직 한 줌도 내 안으로 흘러들어오지 않았고, 당연히 내가 그녀의 삶을 상상하며 이런 글을 쓰게 되리라곤 짐작도 하지 못하던 때였다.

*

호텔 조식 시간이 되자 그녀가 다시 보였다. 번역원 직원과 함께였는데 나는 그들의 테이블에 끼지 않은 채 창가에서 혼자 빵과 커피를 먹었다. 뒤늦게 나타난 중년의 소설가가 접시를 들고 내 맞은편 의자에 앉았으므로 결과적으로 혼자만의 아침 식사는 아닌 셈이 되었다. 그녀는 조식을 먹자마자 번역원 직원과 함께 도서전이 열리는 행사장으로 떠났다. 그녀는 원래 서울의 구립 도서관에서 일하는 사서인데 이번 도서전에는 책 진열 담당자로 파견된 것이라고 소설가가 알려줬다. 도서전 사전 미팅 날 병원 정기검진이 잡혀 있어서 참석하지 못한 나는 그런 사정을 뒤늦게 알게 된 것이다. 번역원 직원과 그녀가 한국 문학 부스를 세팅하는 동안, 도서전의 초청 작가인 소설가와 나는 푸시킨 미술관을 둘러본 뒤 주러시아 한국 대사관에서 제공한 검은색 승용차를 타고 도서전이 열리는 행사장으로 갔다.

현악 4중주와 정치인들의 인사말과 기념사진으로 이루어진 따분한 개막식이 끝난 뒤에는 행사장 한쪽에서 소설가의 낭독회가 마련됐다. 소설가의 최근 장편소설을 번역한 안나라는 고려인 여성이 상트페테르부르크에서 기차를 타고 왔고, 모스크바 대학에서 한국어나 동아시아 역사와 정치를 전공하는 대학생들, 그리고 대사관과 문화원에서 직원 몇 명이 찾아와 자리를 채워주었다. 안나와 나, 그리고 그녀와 번역원 직원은 가장 뒤쪽 의자에 나란히 앉았다.

"정말 시인이 맞아요?"

낭독회가 시작되기 전, 안나가 어눌한 발음으로 물었다.

"참 젊죠. 그래도 첫 시집으로 벌써 독자도 많이 생기고, 아주 촉망받는 시인이세요. 모스크바 대학의 김 교수님이 작년에 그 데뷔 시집을 러시아어로 번역해서 저희가 이번 도서전의 초청 작가로 모셨고요."

번역원 직원의 소개를 들은 안나가 나이를 묻기에 스물일곱 살이라고 대답하자, 안나 곁에서 낭독회 자료를 읽고 있던 그녀가 고개를 들어 내 쪽을 바라봤다. 그때 그녀가 본 건 내가 아니라 나를 통과한 상상의 아들이었을 것이다. 그러니까 그녀가 그녀의 아버지와 단둘이 키우던 일종의 홀로그램 같은 존재 말이다. 애는 어쩌고 왔어? 치매 진단 1년 만에 요양원에 입소하게 된 아버지가 그녀를 올려다보며 그렇게 물은 적이 있었다. 무슨 애를 말하는 거냐고 그녀가 되묻자 아버지의 눈동자가 혼란으로 흔들렸다. 그제야 그녀는 아버지의 머릿속 세상에선 그녀에게 아이가 있다는 걸 알게 됐다. 어머니가 돌아가신 직후, 그러니까 아직 치매 진단을 받기 전에도 아버지는 그녀와 함께 외식을 하거나 극장에 갈 때마다 습관처럼 말하곤 했다. 나는 이렇게 데이트할 수 있는 딸이 있어 좋은데 너는 어쩌니. 아이 하나 없이 이 무서운 세상을 어떻게 혼자 살 거냐, 응? 그때마다 그녀는 이대로도 좋다고 대답할 수밖에 없었다. 진심인지 아닌지는 그녀 자신도 알 수 없었다. 키가 크고 콧날이 휘었던 남자와 결혼 3년 만에 이혼한 뒤 그녀는 새로운 사람을 만날 의욕과 기회를 갖지 못한 채 사십대로 접어들었고, 생명 없이 혼자 늙어가는 것을 다행이나 불행의 차원이 아니라 그저 정해진 수순으로 받아들이고 있었던 것이다. 그녀에게 아이가 없다는 것을 이내 인지한 아버지는 그날 요양원 침대 끝에 꾸부정히 앉아 한참을 숨죽여 흐느꼈지만, 그다음 주 토요일 그녀의 방문 때도 태연히 아이의 안부부터 물었다. 그 아이는 사라지지 않았던 것이다. 사라지기는커녕 기억의 상자들이 허술하게 얽힌 아버지의 머릿속에서 무럭무럭 자라고 있었다. 시간이 흐르면서 그 아이는 어린 시절의 그녀처럼 책 읽기를 좋아하고 때로는 시에 가까운 일기를 쓰는 소년으로 성장해갔다. 그 아이의 성장을 막을 수 있는 건 아무것도 없었다.

이름도 생김도 부여되지 않은 내 아들은 언젠가 아버지의 머릿속 세상에서 저런 시인이 되어 있을까, 그녀는 내게서 시선을 떼지 못한 채 생각에 잠겼다. 시인이 된 아이는 해외 도서전에 초청될지도 몰랐다. 장거리 비행기를 타고 낯선 도시에 도착한 뒤엔 아픈 할아버지에게 엽서를 쓰겠지, 상냥한 사람이니까. 아버지는 그 엽서가 닳도록 읽고 또 읽으며 손자가 있어 참 좋다고, 사는 게 무섭지 않다고 안도할 수 있을 터였다.

"나의 큰아들과 나이가 같네요."

곁에서 안나가 말했다. 안나는 곧 휴대전화를 꺼내더니 잘생긴 청년의 사진을 내게 보여주었다. 안나의 남편은 러시아

인인지 청년의 외모는 전반적으로 서양인에 가까웠다. 안나가 휴대전화를 다시 가방에 넣더니 내 쪽으로 몸을 기울인 채 혹시 고려인에 대해 아는 것이 있느냐고 물었다.

"아까 대사관에서 차를 보내줬는데, 운전하는 분이 고려인이더라고요. 라디오에선 빅토르 최 노래가 흘러나왔고요."

나는 농담으로 말한 건데, 안나는 웃지 않았고 대신 고려인에 대한 이야기를 들려줘도 되느냐고 다시 물었다. 흡사 전도사 같은 태도와 말투였다. 실제로 안나는 전도사가 맞았다. 안나는 한국 작가들이 고려인의 역사가 담긴 작품을 써주길 바란다고, 그래서 지금껏 만난 한국 작가 모두에게 고려인이 러시아와 중앙아시아에서 어떻게 살아남았는지를 이야기해왔다고 밝혔다.

나는 역사에 관심이 없고 아는 것도 없었지만, 안나의 이야기를 듣는 동안 고려인의 강제 이주에 동원된 가축 운반 기차가 눈에 보이듯 선명하게 그려지긴 했다. 1937년, 연해주에서 출발하여 우즈베키스탄이나 카자흐스탄 같은 곳을 향해 가는 기차는 적어도 내 머릿속에선 하얀 연기를 내뿜었고 요란한 쇳소리를 냈다. 가축 운반 기차에 의자나 화장실이 갖춰졌을 리 없었다. 난방이나 식량 역시 따로 제공되지 않았다. 사람들은 쭈그리고 앉거나 꾸부정히 선 채로 어디로 가는지도 모르는 기차에 운명을 맡겨야 했다. 기차가 한 달여 달리는 동안 아이들이 가장 많이 죽었다고, 안나가 덤덤히 말했다. 기차가 잠시 멈추면, 부모들은 러시아 관리의 눈을 피해 철로로 내려가 언 땅을 맨손으로 파헤친 뒤 죽은 아이를 묻었다. 수의도 입히지 못하고 관(棺)도 없이, 동상으로 튼 입술을 아프게 깨문 채. 그 죽음의 기차 끝에는 사막이 있었다. 이유도 모른 채 중앙아시아의 여러 사막에 드문드문 버려진 고려인들은 연해주에서 그랬던 것처럼 그 황무지에 씨앗을 뿌렸고 곡물을 재배했으며 집과 학교를 지었다. 여자들의 찬 자궁은 온기를 되찾았고 곧 아이들이 태어났다.

안나의 이야기는 거기에서 끝났다. 하얀 연기를 내뿜고 요란한 쇳소리를 내는 구시대의 기차는 그렇게 멈췄지만, 나는 어딘가에서 그 기차가 계속 달리고 있다는 상상 속에 빠져들었다. 그리고 그 상상은, 그 후로도 오랫동안 지속됐다.

곧 낭독회가 시작되면서 안나는 앞쪽으로 자리를 옮겼고 번역원 직원은 전화를 받으러 객석을 빠져나갔다. 뒷자리에는 그녀와 나, 둘만 앉게 되었다. 마이크에 문제가 있는지 뒷자리에는 소설가와 통역을 맡은 김 교수의 목소리가 잘 전달되지 않았다. 집중하기 힘든 분위기였다. 내 시집을 읽고 있다고, 그녀가 불쑥 말을 걸어왔다. 직업이 사서인데도 오랜만에 시를 읽는다고 말할 땐 머리칼 사이로 드러난 작은 귀가 붉어지기도 했다. 그제야 나는 그녀에게 정식으로 내 소개를 했고 그녀는 이미 알고 있다며 웃었다. 그녀가 내게 다시 말을 건넨 건 낭독회가 끝나갈 즈음이었다. 자신이 아는 소년이 시를 쓴다고, 언젠가 그 애의 시를 내게 보여주고 싶다고 그녀는 말했다. 낭독회 내내 그 말을 할지 말지에 대해 고민한 듯 주저하는 말투였다. 나는 그 소년이 시를 보여줄 준비가 되면 언제든 연락해도 된다고 대답하며 그녀가 갖고 있던 낭독회 자료에 내 휴대전화 번호를 적어주었다.

낭독회가 끝난 뒤엔 행사장 근처에 있는 러시아 전통식당에서 낭독회 관계자들과 함께 늦은 점심을 먹었다. 식사는 두 시간 동안 이어졌고, 저녁이 되어갈 즈음에야 사람들은 각자의 집이나 사무실, 호텔로 돌아가기 위해 여러 대의 택시를 불렀다. 한국에서 온 일행은 가장 마지막에 도착한 택시에 올랐다. 소설가가 조수석을 차지했고 나머지는 뒷자리에 조금씩 몸을 맞붙인 채 끼여 앉아야 했다.

호텔로 돌아가는 택시 안에서는 도서전과 낭독회에 대한 이야기가 한마디씩 오갔다. 오십대 남성이라는 공통분모를 가진 소설가와 번역원 직원이 대화를 주도했다. 김 교수의 제자가 점심을 먹을 때 들려준 평양에서의 짧은 유학 생활도 잠깐 화제에 올랐다. 그의 말에 따르면, 밤이 되면 평양은 암실처럼 깜깜해졌고 외국인 기숙사 샤워실엔 온수조차 나오지 않았다. 그곳에선 유학생 신분으로 할 수 있는 것이 아무것도 없었다. 심지어 친구들을 불러 맥주를 마시며 춤을 출 곳도 없었다. 평양이 그 정도면 지방은 사정이 짐작도 되지 않는다고, 1990년대 중후반에 북한을 덮쳤던 그 악명 높은 식량난이 이미 재현되고 있을지도 모른다고 소설가가 말했다. 부친이 실향민이라는 번역원 직원은 연거푸 한숨을 내쉬었다. 소설가와 번역원 직원의 대화를 듣는 동안 어린 시절의 어느 밤, 거실에서는 어른들이 먼 친척의 믿기지 않는 고생담을 낮은 목소리로 이야기하고 나는 방에 누워 그 수군거림을 꿈결처럼 듣던, 괜히 오줌이 마렵고 아무리 자는 척을 해도 잠이 오지 않았던 그런 밤이 어렴풋이 떠올랐다.

피곤했다.

온통 피곤한 것뿐이었다. 비행기를 타고 고작 아홉 시간 날아왔을 뿐인데, 이곳에선 백여 년 전에 고려인이 탔던 죽음의 기차와 내가 절대로 갈 수 없는 나라의 비현실적인 가난까지 이야기가 넘쳐흐르고 있었다. 모스크바에 오기 전부터 나는 이미 충분히 피곤한 상태였다. 정기검진 결과가 나온 날, 내가 일곱 살 때부터 내 상태를 지켜봐온 담당의는 검사 결과가 좋지 않다고, 소뇌에 위치한 그 양성 종양이 다시 커지기 시작했으니 빠른 시일 안에 정밀 검사를 해보자고 말했다. 이제 그것은 작은 호두만 하다고 담당의는 덧붙였다. 몇 차례에 걸친 방사선 치료로 사춘기 무렵부터 크기가 고정

됐던 종양이 다시 자라기 시작했다는 건 많은 가능성을 내포
했다. 수년 안에 내 눈이나 귀가 멀 수 있으며 읽고 쓰는 능력
을 상실할 수 있다는, 더 나쁜 경우엔 예고 없이 쓰러져 혼수
상태에 빠지거나 그 상태로 죽을 수도 있다는 가능성을……
신경과 혈관에 둘러싸여 있어서 수술로는 제거하기 힘든 종
양이었다. 게다가 내게는 그 수술비를 감당할 경제적 여유
도 없었다. 촉망받는 시인이라니, 내 정체성은 그저 언제라
도 이 세계에서 증발할 수 있는 임시적인 인간에 지나지 않
았다. 택시가 호텔에 도착할 즈음 그녀가 내게만 들리는 낮
은 목소리로 내 얼굴이 너무 창백하다고, 자신에게 비상약이
있으니 몸이 불편하면 언제든 알려달라고 속삭였다. 체온이
있는 목소리였다. 동행인에 대한 평균치의 친절이란 걸 알면
서도, 그 순간 나는 살갗과 뼈 사이에 스며드는 낯선 친밀감
을 느꼈다. 택시가 멈추면 사라질 일시적인 친밀감일 터였지
만, 그조차 내게는 오랜만이라는 것을 나는 알고 있었다. 나
는 그녀에게 비상약을 부탁하지 않았고, 대신 택시가 아주
먼 곳까지 가면 좋겠다는 생각에 맹목적으로 빠져들었다.

*

도서전 둘째 날에는 내 낭독회가 준비되어 있었다. 낭독

회는 오후였으므로 오전에는 소설가와 함께 모스크바 대학에 들러 사진 몇 장을 찍었다. 그날 아침에는 그녀를 보지 못했으므로 정오 즈음 행사장에 도착했을 때 나는 눈으로 가장 먼저 그녀를 찾았다. 그녀는 부스 안쪽에서 하얀 목장갑을 낀 손으로 책이 가득 담긴 박스를 풀고 있었다. 간밤에 제대로 못 잤는지 얼굴이 조금 부어 보였다.

낭독회는 첫날보다 조용하게 치러졌다. 첫 낭독회와 달리 대사관이나 문화원에서 직원이 오지 않았고 모스크바 대학의 대학생들도 참석하지 않았다. 번역원 직원은 아쉬워했지만 나는 한산한 내 낭독회가 마음에 들었다. 낭독회를 마친 뒤엔 부스 구석에 마련된 플라스틱 의자에 앉아 러시아어로 번역된 내 시집과 동행한 소설가의 장편소설을 들춰보며 시간을 보냈다. 그날은 두 번의 공식적인 낭독회가 끝난 날이었고 귀국 이틀 전이었으므로, 한국에서 온 일행끼리 붉은 광장의 야경을 함께 구경하기로 약속이 되어 있었다. 소설가는 언제 또 모스크바에 와보겠느냐며 야경을 보러 가기 전에 볼쇼이 극장에서 공연이라도 한 편 보고 오자고 내게 권유했지만, 나는 발레라면 하품부터 나오는 사람이었으므로 그를 따라가지 않았다.

부스는 저녁 6시에 정리됐다. 그녀와 나, 그리고 번역원 직원은 번화가인 아르바트 거리에 있는 한국식당에서 저녁을 먹었다. 소설가는 우리가 반주로 맥주 한 잔씩을 마시고 있을 때 볼쇼이 극장에서 돌아와 합류했다. 맥주를 다 마신 뒤 식당을 나와 붉은 광장으로 걸어가는 동안 도시의 모든 조명에 불이 들어왔다. 모스크바에 흔한 건 이야기만이 아니었다. 어둠이 내린 모스크바에는 시선이 가는 모든 곳에서 다양한 색의 빛이 일렁였다. 도로변뿐 아니라 분수대와 동상, 건물 외벽과 테라스와 지붕에도 조명이 장착되어 있어서 마치 빛이 투사되고 교차하는 수정구 안에 들어온 기분이 들기도 했다. 돌아오는 주말에 붉은 광장에서 대대적인 야외 공연이 예정되어 있다고 누군가 알려주었다. 그래서인지 도로는 꽉 막힌 상황이었고 통행을 금지하는 구역도 자주 나타났다.

붉은 광장 안쪽으로 들어가자 네 사람이 나란히 걷는 것이 어려울 만큼 인파가 몰렸다. 소설가와 번역원 직원은 자연스럽게 뒤처졌고, 그녀와 나는 인파 속으로 사라진 그들을 찾지 못한 채 앞만 보며 말없이 걸었다. 우리의 걸음이 멈춘 곳은 크렘린 궁전 맞은편에 설치된 대형 회전목마 앞이었다. 금빛 지붕 아래 목마들은 아이들 몇 명을 태운 채 커다란 원을 그리며 느리게 돌고 있었다. 유년 시절 방사선 치료를 받기 위해 소아병동에 입원할 때마다 갖고 다녔던 회전목마 오르골이 떠올랐다. 아홉번째 생일에 이모에게서 받은 선물이었는데, 태엽과 연결된 십자 모양의 나사를 돌리면 단조의

246

왈츠 멜로디가 흐르면서 네 마리의 목마가 움직이기 시작했다. 올라가면 내려오고 내려온 순간 올라가는 회전목마의 운동이 떳떳하고도 공평하지 않냐고, 그래서 일본에는 회전목마는 곧 인생이라는 노래가 있다고, 방사선 치료로 머리칼이 듬성듬성 빠진 내 머리를 쓰다듬으며 이모는 위로하듯 말하곤 했다. 부모님은 내 병원비를 대느라 하루도 빠짐없이 공사장과 식당으로 일을 하러 다녔으므로 일본에서 직장 생활을 하던 이모가 급히 귀국하여 날 보살펴주던 때였다.

"저거 타볼래요?"

충동적으로, 나는 그녀에게 물었다. 그녀가 의아한 눈빛으로 회전목마와 나를 번갈아 봤다. 거절할 줄 알았는데, 그녀는 의외로 하얀 입김을 내뱉으며 아이처럼 웃었고 앞장서서 티켓을 끊어오기도 했다.

우리는 곧 회전목마에 올랐다.

차가운 촉감의 목마가 오르내리기 시작하자 세상이 빙글빙글 돌면서 머릿속이 소품 상자처럼 달그락거렸다. 뜻밖의 두통은 내가 남들보다 어지럼증에 취약하다는 것을 까맣게 잊은 대가인 듯했다. 내 바로 앞 회전목마에 앉은 그녀는 원 바깥의 세상을 바라보는 데 집중하고 있었다. 내 쪽에서는 그녀의 옆모습만 보였으므로 그때 그녀가 어떤 표정을 짓고 있었는지는 영원히 알 수 없을 테지만 이제는 적어도 짐작할 수는 있다, 병실에 혼자 남은 그녀의 아버지가 그 시선 끝에 있었다는 것을.

지난 새벽, 그녀는 잠들기 직전에 전화 한 통을 받았었다. 아버지의 병실을 담당하는 요양사의 전화였다. 요양사는 아버지와 2년 넘게 같은 병실을 써온 심 노인의 죽음을 전하며 당분간 아버지 혼자 병실을 쓰게 되었다고 알려주었다. 아버지는 심 노인과 병실뿐 아니라 생활을 공유한 사이였고 서로에게 가장 친한 친구이자 응급 시의 보호자였다. 사려 깊은 요양사는 그녀의 아버지에게 심 노인의 죽음을 사실대로 말하지 않았다. 그저 사정이 생겨 급하게 요양원을 옮기게 되었다고만 둘러댔으니 그렇게 알고 있으라고 요양사는 당부하듯 덧붙였다. 아버지의 상실감을 헤아려준 요양사가 그녀는 고마웠다. 그녀는 고맙다고 말했다. 말하면서, 아버지가 요양사의 말을 믿지 않으리란 걸 확신했다.

적막했다.

통화가 종료되자 호텔방은 네모난 적막 속에 갇혔다. 시차를 계산해보니 한국 시간으로는 아침 8시였다. 아침 식사를 마친 아버지가 아직 희미하게 어둠이 남은 병실에 꾸부정히 앉아 있을 모습이 이미 본 듯 눈에 선했다. 상상의 아들이 호리병 안의 거인 같다면 좋겠다고 그 순간 그녀는 생각했다. 필요할 때마다 나타나준다면, 말하면 들어주고 만지면 느껴지는 실체라면…… 그런 쓸모없는 가정 끝에서 그녀는 얼굴을 찌푸린 채 그 병실의 풍경을 떠올릴 수밖에 없었다. 그곳을 채우는 건 근육이 거의 빠져나간 흐물거리는 몸과 명료하지 않은 언어들, 생기 없이 하강하는 공기와 그 공기 속을 떠도는 온갖 체액 냄새, 그리고 끊임없이 감각되는 죽음의 초침 소리였다. 아무도 초대하고 싶지 않은, 동시에 누구라도 오래 머물고 싶어 하지 않을 공간이었다.

회전목마가 멈췄다.

나보다 먼저 회전목마에서 내린 그녀는 몇 걸음 걷다가 멈춰 선 채 가만히 밤하늘을 올려다봤다. 마치 하늘 어딘가에 그녀만이 알아볼 수 있는 신의 태엽 같은 것이 있다는 듯이, 그녀의 귀에는 단조의 왈츠 멜로디가 들린다는 듯이…… 얼결에 그녀를 따라 고개를 살짝 뒤로 젖힌 순간, 나는 그녀가 무엇에 빠져 있는지 금세 알아차릴 수 있었다. 그때껏 단 한 번도 유심히 살펴본 적 없는 모스크바의 밤하늘은 설명할 길 없는 색채를 띠고 있었고 사다리를 타고 올라가면 만져질 듯 가깝게 느껴졌다. 저런 하늘을 이고 사는 사람이라면 삶은 영원하다는 달콤한 착각을 할지도 모르겠다고, 막연히 나는 그런 생각에 잠기기도 했다.

시선이 느껴졌다.

천천히 그녀 쪽으로 고개를 돌리자, 어제 아침에 보았던 그 방심한 얼굴이 눈에 들어왔다. 황량한 느낌은 추워 보인다는 뜻이었을까. 발갛게 얼어 있는 그녀의 두 귀에 내 시선이 잠시 머물렀다. 어느 순간, 우리의 시선이 허공에서 얽혔고 그녀가 먼저 내게 한 발 다가왔다. 허공에서 흩어지던 입김은 그토록 차가운 기운을 내뿜었는데 내 목을 타고 넘어오는 숨결은 믿을 수 없을 만큼 뜨거웠다. 오래오래, 그녀와 나의 숨결이 같은 분량으로 서로의 몸 안으로 흘러들어갔다. 나는 이제야 떳떳하고도 공평한 세계로 입장한 기분이 들었다.

모스크바에 다녀오고 6개월여가 지난 뒤 출간된 내 두번째 시집의 표제작엔 그날의 풍경이 담겨 있었다. 그러니까 붉은 광장의 회전목마와 모스크바의 밤하늘, 그리고 입맞춤을 담은 시…… 그 시의 마지막 행은 그 모든 풍경이 작은 행성을 닮은 내 머릿속 호두 안에서 지금도 빙글빙글 돌고 있다는 문장이었다.

그녀는 도서관에 입고된 신간을 데이터베이스에 등록하다가 그 시집을 발견했다. 그날, 퇴관 시간이 지난 텅 빈 도서관에서 그녀는 그 시집에 실린 마흔두 편의 시를 성의를 다하여 정독했다. 그녀의 눈길이 가장 오래 머문 시는, 그야물론 표제작이었다. 호두는 무엇인가. 그 시를 세 번 연속 읽고 나자 그녀는 궁금해졌고, 바로 휴대전화를 꺼내 신간 출간에 맞춘 내 인터뷰 기사를 찾아보기 시작했다. 기사를 읽을수록 그녀는 혼란스러워졌다. 그녀가 나에 대해 확실하게 아는 것 중 하나가 나이였는데 기사를 통해 알게 된 호두의 의미는 내 물리적인 나이를 무의미하게 만들었다. 그런 생각을 하는 동안 밤의 도서관은 팽창하기 시작했고, 그녀는 내게 전화하지 않고는 견딜 수 없는 상태가 되었다.

새 시집을 읽다가 전화했다고, 잠을 깨웠다면 미안하다고, 통화가 연결되자마자 그녀가 말했다. 나는 깨어 있었으니 미안해하지 않아도 된다고 대답했다. 마치 어제도 통화한 사이인 양 어색한 건 없었다. 짧은 침묵이 흐른 뒤, 그녀는 시를 쓴다고 했던 그 소년이 사실은 이 지구상에 살지 않는다는 말로 자신의 이야기를 시작했다. 그 이야기는 그녀의 삶에서 상상의 아들이 빚어진 과정이기도 했다. 그녀는 내 머릿속 종양이 그 상상의 아들과 닮았다고 말했다. 예고도 없이 갑자기 생겨났고 머릿속에만 존재하며 조금씩 자란다는 점에서…… 어쩌면 그런 동질감이 그녀로 하여금 내게 전화하도록 이끈 용기가 되었는지도 모르겠다. 그러나 내 생각은 조금 달랐다. 그녀가 설명한 상상의 아들은 말 그대로 상상일 뿐이므로 그녀에게 무해했다. 그는 그녀의 눈과 귀를 멀게 할 수 없었고 그녀에게서 언어능력이나 목숨을 앗아갈 수도 없었다. 한순간에 증발이 가능하다는 점에서 그는 호두가 아니라 오히려 호두를 갖고 사는 나와 닮았다는 생각이 들었고, 그렇게 생각을 이어가자 나는 그가 거의 친숙하기까지 했다. 그런 대화를 나누는 동안 그날의 새벽은 다 지나갔고, 그녀와 나는 번갈아 하품을 하다가 전화를 끊었다. 다시 자리에 누웠을 때, 나는 휴대전화의 구글 지도를 열어 그녀가 일하는 구립 도서관을 찾았다. 지도에는 도서관이 내가 있는 행정 구역에서 북동쪽으로 9.5킬로미터 떨어진 곳에 위치해 있다고 표기되었지만 내게는 새벽의 대기를 둥둥 떠다니는 풍등 같은 도서관이 연상될 뿐이었다. 그 도서관은 밤하늘로 확대된 내 방 천장에서 이리저리 떠다니다가, 어느 순간 어둠 속에서 소멸했다.

*

그날, 인파로 가득한 붉은 광장에서 소설가와 번역원 직원은 끝내 찾지 못했다. 그녀와 나는 걸어서 호텔로 돌아갔고 4층에서 멈춘 엘리베이터 앞에서 가벼운 악수도 없이 헤어졌다. 방으로 들어간 그녀는 일과를 마친 뒤면 늘 그랬듯 단발머리를 하나로 묶은 뒤 옷을 갈아입었고 클렌징 오일을 묻힌 화장 솜으로 얼굴을 닦으며 욕조에 뜨거운 물을 받았다. 보통의 날과 다른 것이 있다면 욕조에 머무는 동안에도, 욕조에서 나와 세면대 거울을 들여다볼 때도 머릿속에서 27이라는 두 자리 숫자가 뿌연 안개 속 지시등처럼 명멸했다는 것이다.

잠은 쉽게 오지 않았다. 그녀는 자정까지 뒤척이다가 겨우 잠들었지만 동틀 무렵 선잠에서 깼다. 희붐한 빛이 스미는 창밖을 보자 문득 모스크바에 도착한 다음 날 보았던 노인이 생각났다. 그녀는 서둘러 침대에서 일어나 커튼을 젖혔지만 노인은 보이지 않았다. 하긴, 헛것을 봤다 해도 상관없는 일이었다. 누구에게든 기도하고 싶었던 절박함을 일깨워준 것만으로도 노인은 그 역할을 다했다고 그녀는 생각했다. 그녀는 외투를 걸치고는 곧 방에서 나왔다. 호텔을 빠져나와 맞은편 가로등 아래 서자 4층에 있는 그녀의 방과 그 방에서 오른쪽으로 네번째에 위치한 내 방이 한눈에 다 보였다. 그때 내 방에는 불이 켜져 있었다. 그는 누구일까. 어디에서 온 사람인가. 알 수 없었다. 그때껏 그녀가 나에 대해 확실하게 안다고 말할 수 있는 건 인터넷을 통해서도 확인할 수 있는 객관적인 정보뿐이었다. 그 얄팍한 정보를 아무리 확대해도 살아온 시간보다 살아갈 시간이 훨씬 더 많다는 것, 아직 쓰지 않은 시가 한량없이 남아 있다는 것, 그 이상의 것은 파악할 수 없었다. 번역원 직원이 나를 가리켜 촉망받는 시인이라고 했던 소개의 말도 언뜻 떠올랐다. 아는 건 그뿐이었지만, 그것만으로도 아무런 배역 없이, 특별한 서사도 없이 내 삶을 지나쳐가야 하는 충분한 이유가 된다고 그녀는 생각했다. 그녀는 스물일곱 살의 시인에게 지난 5년 동안 겪었던 절망적인 외로움을 설명할 자신이 없었고, 형벌처럼 느껴지는 현재의 삶을 들키고 싶지도 않았다. 마음이 원하고 욕망이 시키는 대로 한걸음에 달려가 꽉 쥔 주먹으로 내 방문을 두드린다면, 내 몸을 끌어안고 다시 입을 맞춘다면, 내게 자신의 모든 것을 보여주고 싶고 설명하고 싶은 순간도 올 터였다. 노인들의 비슷비슷한 얼굴과 요양원 특유의 아늑한 비린내가 견디기 힘들다고, 요양원을 나설 때마다 늙어가는 것에 더럭 겁이 나곤 한다고 토로할지도 몰랐다. 눈치 없이 그런 말들을 쏟다 보면 언젠가는 나 역시 그녀를 치매 노인의 병실처럼 지겨워하게 되리라, 그녀는 확신했다. 그녀에게는 기대보다 단념이 더 쉬웠다. 어차피 내 삶에서 그녀 자신은 우연히 목격하게 된 창밖의 노인 역할도 할 수 없을 터였다. 그녀는 내 몫의 절박함을 알지 못했으므로…… 아니, 그녀는 내게도 절박한 무언가가 있다는 것 자체를 몰랐고 그것을 모른다는 것도 몰랐다. 그때 그녀가 서 있던 곳, 불 밝힌 창문이 보이는 그 가로등 아래가 그녀에게는 한 세계의 끝이었다. 그녀의 삶에서 나의 영토는 거기까지였다.

그녀가 가로등 아래 서서 내 방을 올려다보던 그 시간, 나는 시를 쓰고 있었다. 훗날 그녀가 읽게 될 두번째 시집의 표제작 초고였다. 그녀가 발길을 돌려 자신의 방으로 들어갔을 때는, 완성한 초고를 새 파일로 저장한 뒤 호텔에서 나와 이번에도 호텔 근처 성당까지 산책을 했다. 성당 주변을 걷다가 다시 호텔 쪽으로 오자 낯선 노인이 눈에 들어왔다. 얇아 보이는 실내용 가운을 걸친 노인은 내가 근처에 있어도 시선 한번 주지 않은 채 골똘히 혼자만의 생각에 잠겨 있었다. 정신 나간 노인 같기도 했지만 절대적인 진실을 의심하는 철학자처럼 고독해 보이기도 했다. 노인을 지나쳐 호텔로 들어가려는데 떠오르는 장면이 하나 있었다. 핫팩을 양손에 들고 가로등 아래서 불안하게 서성이던 그녀가 그 장면 속에 있었다. 나는 노인 쪽을 다시 돌아봤고, 이번엔 꽤 유심히 그의 인상을 살폈다.

그러나, 그녀와 그 노인에 대해 이야기를 나눌 기회는 끝내 오지 않았다.

그날은 도서전 마지막 날이었으므로 그녀는 밤늦도록 행사장에 남아 책들을 정리해야 했고, 나는 하루 종일 소설가를 따라 미술관과 박물관을 순례하느라 행사장 근처에는 가보지도 못했다. 자정 무렵 술을 사놓았다는 소설가의 호출을 받고 그의 방에 갔을 때도 번역원 직원만 있을 뿐, 그녀는 보이지 않았다. 다음 날에도 그녀와 사적인 대화를 나눌 수는 없었다. 호텔 체크아웃을 하고 네 명의 일행이 함께 공항에 가서 출국 수속을 밟은 뒤 귀국하여 헤어질 때까지, 그녀는 나를 일행의 일원으로만 대했다. 그녀의 태도는 평균치의 친절, 그 이상도 이하도 아니었다.

그녀가 내게 건넨 마지막 말은 앞으로 좋은 시 많이 쓰길 바란다는 흔한 인사였다. 인천공항에 도착한 일행 중에서 소설가와 번역원 직원이 택시를 타러 먼저 떠난 뒤였다. 나는 공항 입국장에서 그녀를 마주 보며 그 인사를 우리에게는 아무 일도 일어나지 않았고 앞으로 우리가 다시 만날 일은 없을 거라는 메시지로 해석했다. 고마웠다고, 나도 인사했다. 간단한 인사였다. 공항에서 나왔을 때, 그녀는 체온도 목소리도 없는 풍경의 일부로 되돌아가 있었다. 그녀의 전화를 받기 전까지, 나는 그것이 변경될 수 없다고 생각했었다.

*

서울로 돌아온 그녀에게는 모스크바로 떠나기 전과 똑같은 생활이 펼쳐졌다. 하루는 출근과 퇴근, 회의 시간에 맞춰 흘러갔고 월급 날짜와 휴관하는 요일을 기다리다 보면 한 달도 훌쩍 지나갔다. 토요일엔 요양원에서 한나절을 보냈고 일요일엔 집에서 한 발짝도 나가지 않은 채 청소기와 세탁기를 돌린 뒤 책을 읽거나 다운받은 영화를 봤다. 마치 생활이란 것을 공항의 수화물 보관소에 잠시 맡겨놓았다가 그대로 되찾아온 것만 같다고 그녀는 생각하곤 했다. 동료 사서나 도서관의 문화 강좌 강사들이 간간이 그녀의 자리로 와서 모스크바에 대해 묻기도 했지만, 그들의 관심은 날씨와 음식, 관광지에 국한되었으므로 그곳의 원시적인 하늘을 묘사하기 위해 애쓸 필요는 없었다. 얼마 지나지 않아 그들은 그녀가 해외 도서전에 파견된 적이 있었다는 것을 더 이상 기억하지 않았다.

내 두번째 시집을 읽고 새벽까지 나와 긴 통화를 한 뒤엔 사소한 변화가 생기긴 했다. 도서관에 입고되는 문예지에서 내가 발표하는 시를 찾아 읽는 습관을 갖게 된 것이다. 잠이 오지 않는 밤엔 시는 아니지만 그렇다고 낙서도 아닌 짧은 글을 쓰기도 했다. 그런 밤이면, 세상의 모든 글은 결국 시가 되어가는 과정이라고 했던 누군가의 말이 떠올랐다. 실제로 들은 건지, 영화 속 대사인지 가물거렸지만 그녀는 그 말에 동의했다. 나이가 들수록 점점 더 동의하게 될 터였다.

첫번째 통화가 있고 또 6개월 정도가 지났을 즈음, 이번엔 내가 그녀에게 전화를 걸었다. 그녀는 아버지의 병실에 있다가 복도로 나와 내 전화를 받았다. 그 무렵 그녀는 상상의 아들을 잃었다. 어느 토요일 저녁에 아버지에게 사과를 깎아주며 아들이 중간고사를 무사히 마쳤다고 알려주자 아버지

가 무심한 목소리로 물었다. 누구 아들 말이냐? 과도를 쥔 그
녀의 손이 멈칫했다. 자신이 무슨 말을 했는지조차 인지하지
못한 채 약해진 어금니로 조심스럽게 사과를 베어 먹는 아버
지를 그녀는 고요히 건너다봤다. 아빠. 그녀가 그의 손등에
손바닥을 포개며 그렇게 부른 순간, 아버지가 무섭도록 텅
빈 눈으로 그녀를 마주 보며 다시 물었다.

"근데, 댁은 누구쇼?"

없던 것이 사라졌을 때도 상실감을 느낀다는 것이 당혹스
럽다고 휴대전화 너머에서 그녀가 말했다. 그녀가 통화할 때
는 조금은 수다스러워진다는 걸 첫번째 통화에서부터 이미
터득했으므로 나는 잠자코 듣기만 했다. 그녀의 화제는 이내
내 시로 옮겨졌다. 최근에 발표한 시가 정말 좋았다고 그녀
는 말했다. 아름다운 시였지만 그런 내용이라서 의외였다는
말도 이어졌다. 그럴 만했다. 안나가 고려인에 대해 말할 때
나 택시 안에서 소설가와 번역원 직원이 북쪽 도시를 화두로
대화를 나눌 때, 관심을 보이기는커녕 피곤해하는 내 표정을
그녀만은 읽었을 테니…… 잠시 뒤 그녀는 이야기의 그늘 아
래가 아무리 어둡더라도 시인에게는 필요한 모양이라고 덧
붙여 말했고 나는 그렇게 거창한 건 없다고 대답했다. 여전
히 거창한 주제에는 관심이 없다고, 다만 모스크바에서 있었
던 일이라면 뭐든 쓰고 싶었고 지금은 그걸 알아주는 사람이

있다는 것만으로도 충분하다고 내가 말을 잇자, 그녀가 작은 소리로 웃었다.

웃었다.

그 시에 대해서라면 더 나눌 말이 있었을 텐데, 그녀와 나는 가장 중요한 말은 함구한 채로 통화를 종료했다. 병실로 되돌아간 그녀는 그새 잠이 든 아버지를 가만히 내려다봤다. 손자에게서 전화가 왔어요. 그녀는 아버지를 흔들어 깨운 뒤 그렇게 말하고 싶었지만 또다시 그 애를 기억해내지 못할 아버지의 얼굴을 마주 볼 자신이 없었다. 시간은 이미 보호자 면회 시간을 훌쩍 넘어 있었다. 가방을 챙기고 일어나 병실의 조명을 끈 순간, 가습기에서 뿜어져 나오는 하얀 증기가 어둠 속에서 선연했다. 허공의 차가운 숨결도 다른 사람의 몸 안으로 들어가면 뜨거워질 수밖에 없다고 했던가. 그녀는 내 두번째 시집의 표제작에서 그 구절을 떠올리며 어느새 가습기 쪽으로 뚜벅뚜벅 걸어가 하얀 증기를 한 움큼 움켜쥔 뒤 그대로 입안으로 가져갔다. 몸 안으로 느슨히 스며든 증기는 내장과 내장 사이를 구름처럼 흘러가는 듯했다. 뜨거웠다, 더 이상 뜨거울 수 없을 만큼. 그 순간 턱까지 내려왔던 눈물이 손등으로 떨어졌다. 한 시절 곁에 있어주어 고마웠다고, 수의도 관도 없이 보내서 미안하다고, 그녀는 속삭였다. 이제야 그녀는 이별을 실감할 수 있었다.

그 시간에 나는 거리를 걷고 있었다.

그녀가 최근에 문예지에서 읽은 시가 머릿속에서 재현되고 있어서 평소와 달리 심심하지 않은 산책이었다.

그 시에서 나는 어둑한 기차 안에 우두커니 서 있었다. 암순응이 찾아온 뒤에야 하나같이 지쳐 보이는 사람들이 눈에 들어오기 시작했다. 가축 운반 기차에는 가축 대신 사람들로 꽉 차 있었다는 걸 나는 뒤늦게 알아챈 것이다. 우주의 한 조각이 펼쳐진 듯 기차 밖은 암흑뿐이었다. 마침내 기차가 멈췄을 때 추위와 배고픔과 슬픔에 지칠 대로 지친 사람들이 우르르 기차 밖으로 빠져나갔고 나 역시 그 행렬에 동참했다. 기차 밖도 춥고 배고프고 슬프다는 걸 깨닫는 데는 그리 긴 시간이 걸리지 않았다. 사람들은 뿔뿔이 흩어졌고 나는 암흑의 도시를 혼자 걷게 되었다. 한참을 걸었다고 생각했는데, 그 가축 운반 기차가 다시 나타나더니 요란한 쇳소리를 내며 내 주변을 반복해서 돌기 시작했다. 기차에는 아직 내리지 않은 사람이 한 명 있었다. 외로움이 죄가 된 사람이었다. 기차가 어디로 가는지도 모른 채 거대한 형벌이 되어버린 그 기차에 스스로를 가둔 사람이기도 했다. 나는 같은 자리에 서서 기차 창문에 어른거리는 그 사람의 실루엣을 오래도록 지켜보았다.

시는 여기에서 끝났다.

아무에게도 말하지 않았지만, 나는 그 시를 다 쓰고 나서도 기차에 남아 있던 그 한 사람을 종종 생각하곤 했다. 아니, 그 사람의 숨결이었을까. 언젠가 세번째 통화를 하게 된다면 그런 말을 해줘야겠다고 나는 생각했다. 첫번째 통화 때부터 그녀가 말한 것과 말하지 않은 것을 글로 쓰기 시작했다고 먼저 밝힌 뒤에, 아마도……

문
래

소설을 쓰는 K가 최초의 감각에 대해 물은 적이 있다. K를 초청한 문학 강연회에서였다. 이상했다. 학생들과 함께 청중석에 앉아 있던 나는 이상하다는 생각뿐이었다. 최초의 감각에 대해서라면 그때껏 한 번도 생각해본 적이 없었는데도 질문을 받은 그 순간 찰칵, 하는 소리가 날카롭게 내 귓속을 파고들었다. 마치 오랫동안 울릴 때만을 기다려온 소리처럼, 그러니까 일종의 타이머라도 장착되어 있었다는 듯 크고 뚜렷하게, 찰칵. 곧이어 기억 속 방 하나에 불이 켜지면서 그 시절의 시간이 점자처럼 만져지기 시작했다. 때로는 심심했고 때로는 무서웠던, 그러나 대체로는 끝없이 졸리기만 했던 나른한 촉감의 시간이. 기억 속 감각이 선명해지자 현실의 테두리는 모호해졌다. 내가 있는 곳이 어디이고 왜 그곳에 앉아 있는지도 잊은 채, 나는 대답을 기다리던 K를 앞에 두고 아주 잠깐 단단한 적막 속에서 몸을 웅크리고 있어야 했다.

그건, 밖에서 문을 잠그는 소리였다.

그 소리를 처음 들었을 때의 내 나이 같은 건 정확하게 알 수 없었다. 나이라는 개념이 없던 때였고 그 후로도 그 시절을 되새겨보지 않았으므로, 그 소리와 관련된 기억의 영역에는 숫자가 입력되어 있지 않았다. 혼자서 차려져 있던 밥을 먹기도 하고 잠투정 없이 단잠을 자기도 했으니 아마도 세 살 무렵부터 그 소리는 내 하루를 알리는 타종 역할을 했을 거라고, 다만 그렇게 짐작만 할 수 있을 뿐이었다.

나는 K에게 솔직하게 말했다. 솔직하게 말하되 많은 것은 말하지 않았다. 가령 그 소리의 뒤편으로 펼쳐지는 풍경이라든지 어렴풋이 떠오르는 공포감 같은 것을, 물론 문래라는 이름도. 내밀하고 사적인 질문을 받으면 나는 대개 그런 식으로 말의 범위를 최소한으로 좁혀 선택된 사실만을 말했다. 거짓은 미안하고 수다는 부끄럽다. K도, 그 자리에 함께 있던 소설을 쓰고 배우는 어린 친구들도, 다행히 그 소리에 대해 더 이상 아무것도 묻지 않았다. 배려였는지도 모르고 흔한 얘기여서였을 수도 있다. 그날 집으로 가는 길은 느렸고 내 구두 뒤축엔 낯선 이의 긴 그림자가 매달려 있었다. 집에 돌아와서는 뜨거운 물로 샤워를 했고 맥주를 마셨고, 그리고 잊었다. 찰칵, 하는 소리는 의외로 쉽게 부서졌다.

그런 줄 알았다.

하지만 그로부터 또 많은 날들이 지난 어느 가을날, 낯선 도시의 도로 한복판에서 부서져 있던 그 소리는 다시 한번 뭉쳐져 내 귓가를 둥글게 감쌌다. 처음과 달리 날카롭지 않았고, 그저 편안했다. 그날 밤, 나는 K에게 긴 편지를 썼다. 오래전부터, 그러니까 내가 시간강사로 근무했던 대학의 문학 강연회에서 그녀의 갑작스러운 질문을 받고 불충분한 대답을 내놓았던 그때부터 결심한 일이었지만, 다 쓴 편지는 그 어디로도 부치지 않았다.

*

밖에서 문을 잠근 사람은 나의 어머니였다.

1974년, 부모님은 일단 서울로, 하는 막연한 마음 하나만 품고 밤 기차를 타고 상경하여 문래 6가에 정착했다. 공식 서류에 등기(登記)되어 있지 않은 집들이 좁은 골목을 따라 빽빽하게 이어져 있던 동네였다. 둘째가 태어나자 어머니는 첫째를 남쪽 도시에 있는 친정에 맡겼고 한동안 일도 쉬었다. 어머니에게는 오랜만의 휴식이었겠지만 젊은 만큼 조급

함도 컸던 그녀는 일을 못 하는 것이 불안하기만 했다. 둘째가 혼자 힘으로 상 앞에 앉아 밥을 먹는 걸 본 어머니는 칼이나 가위, 성냥 같은 것을 아이의 손에 닿지 않는 곳에 모아놓은 뒤 다시 출근을 시작했다. 어머니가 나를 방에 남겨둔 채밖에서 문을 잠그면 그때부터는 하루 분량의 기다림을 견디는 것 외엔 할 일이 없었다. 다행히 나는 잠이 많았다. 구름 성분의 이불이라도 덮고 있는 듯 끊임없이 잠이 왔다.

어머니는 한 공장에서 6개월 이상 일하지 못했다. 남쪽 도시에서는 한겨울에도 미니스커트를 입고 다니던 멋쟁이였다지만 서울에서 그녀는 저임금으로도 원하는 만큼 부릴 수 있는 '시다' 무리 중 한 명에 지나지 않았다. 1970년대 서울은 어디를 가나 자신의 노동력을 팔고 싶어 하는 사람들로 차고 넘쳤다. 어머니가 미싱사의 시다로 일을 나갔던 인형, 피혁, 그리고 신발 공장들은 일방적으로 노동자들에게 해고를 통고하곤 했다. 특별한 기술도 없고 집에 가두고 온 아이 때문에 야근도 할 수 없었던 어머니에게 해고의 가능성은 다른 누구에게보다도 활짝 열려 있었을 것이다. 일자리가 사라지면 어머니는 집에서 할 만한 일들을 어딘가에서 떼어왔다. 젊은 어머니는 손끝이 야무졌고 손재주도 좋았다. 쪽가위로 옷의 실밥을 정리하거나 플라스틱 반지에 큐빅을 붙이는 일을 빨리, 그리고 실수 없이 해냈다. 일을 떼어주는 사람들은 어머니를 선호했다. 돈을 받은 날이면 그녀는 아동복 가게에 들러 레이스나 리본이 달린 원피스를 사곤 했다.

아주 큰 가방에 짐을 싸는 어머니를 몇 번인가 본 적이 있다.

짐을 싸고 가만히 앉아 있다가 이내 도로 푸는 날도 있었고, 문을 열고 나가 아버지가 퇴근하기 직전에 돌아오는 날도 있었다. 나이가 들면서 문득문득 궁금해지긴 했다. 어머니는 바퀴도 달려 있지 않은 그 큰 가방을 이고 끌면서 대체 어디를 헤매고 다녔던 걸까. 궁금하긴 했지만 물은 적은 없다. 그 무렵 그녀는 이십대 중후반이었다. 그녀가 가방에 담은 건 옷가지와 화장품 같은 것에 지나지 않았겠지만 그 가방을 진정 무겁게 했던 건 더 멀리 가보고 싶다는 바람과 다른 삶에 대한 기대감이었을 것이다. 때로는 앞으로도 나아지는 건 없을 거라는 절망적인 두려움이 그 위에 얹히기도 했으리라. 중학교에 진학한 동네 친구들이 등교하고 나면 고향 집 담벼락 아래 쭈그리고 앉아 내내 울었다는 여자아이가 어쩌면 그 가방의 가장 밑바닥에서 발 장난을 치고 있었는지도 모르겠다. 상상을 한다. 가방을 끌어안고 서울역이나 버스 터미널 의자에 앉아 바쁘게 지나가는 사람들을 하염없이 건너다보다가 표 한 장 사지 못한 채 다시 버스를 몇 번씩 갈아타고 문래로 돌아왔을 어머니의 그 짧고도 긴 여행을. 그녀의 발걸음 뒤로 차근차근 밀려 나갔을 서울의 잿빛 풍경은 이제 그녀 외에는 아무도 알지 못하는 영역 속에 있다.

그러거나 말거나 어머니가 집을 비운 그동안에도 문래의 그 방에서 나는 무럭무럭 자라고 있었다. 레이스나 리본이 달린 원피스는 한 계절만 지나도 못 입게 되었다. 몸은 커갔지만 아이가 아이답지 않게 잘 울지 않아서, 제대로 말을 못 해서, 걸어보려는 의지를 보이지 않아서, 젊은 부부는 밥때가 되어도 깨어날 생각 없이 뉘어준 자세 그대로 잠만 자는 둘째를 종종 걱정스럽게 내려다보곤 했다.

★

둘째에 대한 그들의 걱정은 금세 잦아들었다. 오빠가 서울로 올라오고 얼마 뒤, 나는 두 발로 벌떡 일어나 집 밖으로 뛰쳐나갔고 친구들을 사귀었으며 저녁을 먹어야 할 시간이 되면 혼자 힘으로 집을 찾아갔다. 문래 6가의 아이들은 사교육이란 걸 몰랐다. 나와 친구들은 그저 온 마음과 온 힘을 다해 뛰어놀았다. 문래에는 큰 규모의 시장이 있었고 장비나 부품을 만드는 영세 공장들이 즐비했다. 미친 여자와 무당이 살고 있었으며 개와 염소를 집어넣는다고 알려진 기계들을 내놓고 하루 종일 수상쩍고 불길한 증기를 내뿜는 흑염소집이 한 길 건너 하나씩 있었다. 쇠를 깎는 소리, 떨이를 외치는 상인들의 카랑카랑한 목소리, 미친 여자의 헛소리와 무당의 신들린 웃음소리, 개와 염소의 비명, 그런 소리들 속에서 나는 친구들과 함께 흙으로 집을 짓거나 금 밖의 술래로부터 도망 다니며 하루를 보냈다.

어느 날, 어머니는 남매를 깨끗하게 씻긴 뒤 옷장에서 가장 좋은 옷을 꺼내 입혔다. 그날 어머니를 따라 얼굴이 노래질 때까지 버스를 타고 간 곳은 남대문 시장 앞 사거리였다. 제복을 입은 아버지는 그 복잡한 도로 한가운데 서서 호루라기를 불며 이상한 동작을 반복하고 있었다. 그의 제복 바지는 바람이 불어올 때마다 가만히 나풀거렸고 어깨에 얹어진 금속 체인은 초봄의 햇빛 속에서 희미하게 반짝였다.

아버지는 대부분의 이농민처럼 문래에 정착하고 처음 몇 년간은 건물을 짓거나 다리를 놓는 건설 현장에서 일했다. 뭐든 부수고 새로 지어야 부자가 되는 거라고 믿던 개발의 시대였다. 건설 노동을 하다가 코뼈를 다친 이후론 사료 공장에 취직하여 포대를 나르거나 창고를 정리하는 일을 하기도 했다. 노동은 고단했겠지만 아버지는 귀가한 후에도 쉬지 않고 독학으로 공무원 시험을 준비했다. 합격자 발표가 있던 날, 그는 세상에서 가장 행복한 사람이었을 것이다. 감정을 표현하는 데 인색한 그였지만 그날만큼은 목에 두르고 있던 수건을 빙빙 돌리며 그 작은 방 안을 펄쩍펄쩍 뛰어다녔다 (고 나는 들었다).

그가 공무원 시험에 합격하여 서울시 교통순경으로 임명된 이후로 문래 6가 사람들은 답답한 일이 생길 때마다 과일이나 휴지를 사 들고 우리 집을 찾아오곤 했다. 친척이 교통사고를 당했는데 어떻게 하면 되는지, 법원에서 웬 문서 하나가 왔는데 이게 다 무슨 말인지, 집주인이 무작정 나가라고 하는데 안 나갈 수 있는 묘안은 없는 것인지, 그들은 물었고 아버지는 대답해주었다. 아버지가 그들에게 실질적인 도움을 주거나 올바르고 구체적인 답변을 해주지는 못했을 것이다. 교통순경은 공무원 계급 구조에서 가장 말단에 속했고 아버지도 그들처럼 국가의 법률에 대해 아는 게 거의 없었을 테니까. 그런데도 동네 사람들이 끊임없이 아버지를 찾았던 건 그들이 기댈 만한 곳이 그만큼 없어서이기도 했고, 또한 아버지가 거절하는 법 없이 대체로 상냥하게 그들을 대했기 때문이었다.

아버지의 상냥함을, 사람들은 믿었다.

하지만 아버지는 타인과 사적인 관계를 맺는 데 서툰 사람이었다. 아니, 그저 귀찮아한 것인지도 모르겠다. 그에게는 친구가 없었다. 그 누구와도 길게 통화하지 않았고 밤늦게까지 술을 마시다가 취한 상태에서 귀가하는 일은, 내 기억이 맞는다면, 단 한 번도 없었다. 대신 그는 줄담배를 피웠고 이불 속으로 들어가 여행이나 역사와 관련된 서적 읽기를 즐겼다.

그는 가족에게도 어떤 시절에 대한 회한이나 그리움을 표현한 적이 없으며 눈물을 보인 적은 더더욱 없다. 그의 과거는 간혹 만났던 친척들을 통해 아주 작은 파편으로만 내 귀로 흘러들어왔을 뿐이다. 그 파편들이 하나의 이야기로 완성된 적은 없지만, 나는 그가 오랜 세월에 걸쳐 정기적으로 악몽을 꾸어왔다는 건 잘 알고 있다. 성인 남자로 하여금 신음소리를 내게 하고 팔을 휘두르도록 조종하는 악몽의 풍경을 나는 짐작도 할 수 없다. 살가운 대화에 익숙하지 않은 부녀는 마주 앉아 서로의 나쁜 꿈을 화두로 대화를 나눠본 적이 없다. 새벽에 거실을 가로지르다가 의도치 않게 아버지의 악몽을 엿들은 날이면 몇 번의 이사를 다니면서 잃어버리고 만 낡은 앨범 속 사진들이 떠오르곤 했다. 어떤 흑백사진에는 하얀 가운을 입고 베트남 아이의 엉덩이에 주사를 놓는 그가 있었다. 사진 속 그는 진짜 의사처럼 보였다. 의무병이어서 총을 들지 않아도 되었다는 게 그나마 다행이라는 생각이 든 건, 그 전쟁이 어떻게 시작되어 어떤 방식으로 진행되었는지 알게 된 이후였다. 지나가는 늙고 병든 개를 보면서도 눈가가 붉어지는 사람은 전쟁의 시간을 얼마만큼의 무게로 감당해야 했던 것일까. 심지어 그는 술을 마실 줄도 모르고 싸움에는 눈곱만큼도 소질이 없는데 말이다. 위문공연을 온 예쁜 아가씨들 사이에서 환하게 웃고 있는 사진도 기억이 난다. 사진 속 그는 키가 크고 날씬한, 호남형의 청년이다. 하지만 나는, 그가 그 예쁜 아가씨들 중 누구와도 연애를 못 해봤을 것임을 백 퍼센트 확신할 수 있다.

아버지를 만나러 남대문 시장 앞에 간 그날, 우리 가족은 중국식당에서 함께 점심을 먹었다. 어머니는 음식에는 손도 대지 않은 채 돌아오는 휴일에는 반드시 함께 구청에 가자고 끊임없이 아버지를 설득하려 들었다. 아버지를 구청 앞 시위에 데려가는 것, 그것이 어머니가 아이들을 앞세워 아버지의 직장을 찾아간 진짜 이유였을 것이다. 아버지는 어머니의 말을 새겨듣는 것 같지 않았다. 문래 6가 골목에서 나라로부터 돈을 받는 유일한 사람이 된 이후로 아버지의 어깨엔 언제나 잔뜩 힘이 들어가 있었다. 실제로 아버지는, 여전히 건설 현장이나 공장을 떠나지 못하던 문래 6가 아저씨들 사이에선 선망의 대상이었다. 서울 한복판에서 살아 있는 허수아비처럼 기계적으로 손발을 움직이던 아버지가, 하지만 나는 하나도 자랑스럽지 않았다. 그가 서 있던 남대문 시장 앞의 풍경은 까만 자루 같은 것에 담아 기억의 틈새에 묻어두고 싶은 장면일 뿐이었다. 나에게 언제나 큰 기쁨을 안겨주었던 중국 음식도 그날만큼은 아무런 위로가 되지 못했다.

　문래로 돌아가는 버스 안에서 또다시 멀미가 시작됐다. 나는 버스 창가에 머리를 기댄 채 내내 식은땀을 흘렸지만 아버지의 남대문 시장으로부터 멀어지고 있다는 것에 아무도 몰래 안도하고 있었다. 그때는, 내가 남대문 시장 앞 사거리에 허약한 마음 하나를 두고 왔다는 걸 알지 못했다. 그 허약한 마음이 숨기고 싶은 파편이 되어 30년 넘게 언어의 외피를 써보지 못한 채 내 삶의 궤도를 떠돌아다니리란 것도, 그때의 나는 전혀 짐작하지 못했다.

*

　"거실에 소파랑 테레비를 놓을 거야. 네 방도 생길지 몰라."

　아침마다 내 머리칼을 빗겨서 묶거나 땋아주는 게 어머니의 중요한 일과 중 하나였는데, 그럴 때 그녀는 혼잣말 같은 중얼거림으로 내게 말을 걸어오곤 했다. 멀리서 희미하게 철근을 세우고 벽돌을 나르는 소리가 들려왔다. 문래 6가와 큰길 하나를 사이에 두고 아파트 단지 공사가 한창이었다. 1980년대가 되면서 사람들의 가슴속에선 같은 모양과 같은 크기의 열망이 집 한 채를 지었는데, 어머니의 열망으로 빚어진 그 집에서도 황금빛 조명이 환하게 불을 밝히고 있었다.

아파트들은 빠른 속도로 완공되었고 여름이 끝나갈 즈음 엔 입주자들이 이사를 오기 시작했다. 문래 6가 사람들은 어 른이나 아이 할 것 없이 자주 멈춰 서서 거인의 은신처 같은 그 아파트들을 물끄러미 올려다보곤 했다. 같은 대상을 보고 는 있었지만 그 시선의 끝은 같지 않았다. 어른들에게는 그 아파트들이 미래를 보장해주는 사유재산의 대표적인 상징 물로 보였겠지만, 아이들 눈에는 그저 거대하고 신묘한 장난 감이 들어 있는 콘크리트 덩어리에 지나지 않았다.

그해 가을, 나는 친구들과 함께 벌어진 입을 다물지 못한 채 그 장난감 앞에 서 있곤 했다. 소문보다 두 계절 늦게 도 착하긴 했지만 문래에서 아파트는 그곳이 처음이었다. 아파 트에는 엘리베이터가 있다는 것뿐 아니라 그 엘리베이터를 타면 순식간에 높은 곳으로 올라갔다가 다시 그 속도로 내 려올 수 있다는 것도 우리는 그때 처음 알았다. 엘리베이터 가 1층에 도착하여 문이 열리면 가슴이 뛰기 시작했다. 뒤늦 게 상황을 알아차린 수위가 허청거리며 뛰어와 내쫓기 전까 지 엘리베이터에 탑승한 우리는 1층부터 꼭대기 층까지 쉬 지 않고 왕복했다. 비행기를 타면 이런 기분일 거라고, 비행 기 안에서는 시간이 뚝 멈추기 때문이라고 우리 중 누군가 말하자 비행기에서는 오히려 시간이 두 배로 빠르게 흐르므 로 미국이나 아프리카에 도착하면 며칠이나 지난 날짜가 시작된다고 또 다른 누군가는 반박했다. 둘 다 믿기지 않는 이야기인 건 마찬가지였다. 친구들은 나처럼 버스만 타도 얼굴이 노래지다가 급기야 토까지 해대는 덜떨어진 어린이는 죽을 때까지 비행기를 탈 수 없을 거라고 놀려대곤 했지만, 나는 누구보다 열심히 엘리베이터를 타러 갔다. 훗날 비행기를 타려면 멀미를 하지 않아야 했고 멀미를 하지 않으려면 익숙해지는 수밖에 없었다. 그 시절 나에게 엘리베이터는 일종의 비행 체험 시뮬레이션과 다르지 않았을 것이다. 아니다. 정지되었거나, 혹은 과속으로 흐르는 시간을 통과하여 새로운 세계로 가기 위한 예행연습용 상자에 가까웠는지도 모른다. 귀가 윙윙대다가 어느 순간 붕 떠오르는 것 같은 그 마술적인 가벼움이 좋았다. 몽롱한 어지러움이 황홀했다.

아이들이 틈만 나면 새로 지어진 아파트로 몰려가 수위의 감시와 아파트 주민의 눈총을 피해 엘리베이터를 타는 동안, 아이들의 어머니들은 세숫대야와 냄비, 국자 같은 걸 챙겨 구청으로 갔다. 시위용이라기엔 하나같이 조잡한 생활용품이었다. 보상금과 이주비를 두둑이 받아 입주권을 들고 당당히 새 아파트로 들어가겠다는 게 어머니들의 계획이었지만, 구청이나 건설 회사가 합법적인 절차도 없이 난립된 집을 차지하고 있는 가난한 사람들의 요구를 호락호락 들어줄 리 없었다. 내가 아파트 수위에게 쫓겨나고 있을 때 어머니는 구청 직원이나 건설 회사에서 고용한 용역들에게 쫓겨나고 있었다. 쫓기고 욕설을 듣고 때로는 거친 몸싸움으로 멍들거나 다쳐도 어머니는 날이 밝으면 다시 부지런히 구청으로 갔고 저녁밥을 해야 하는 시간이 되어서야 풀이 죽어 돌아왔다. 아버지는 어머니의 온갖 회유와 부탁에도 구청 앞 시위를 끝까지 모른 척했다. 비번인 날에도 그는 집 밖을 나가지 않은 채 줄담배를 피우며 가보지 않은 나라와 경험한 적 없는 역사 속 세계를 홀로 떠돌아다녔다. 구청이나 건설 회사와의 협상 회의에 참석하는 것도, 입주권을 사고 싶어 하는 브로커들 사이를 오가며 끊임없이 변동하는 시세를 체크하는 것도 모두 어머니의 몫이었다.

그사이에 문래 6가 골목의 집들은 한 채 두 채 허물어지고 있었다. 집이 하나 없어지면 친구도 한 명 사라졌다. 어른들은 아이들의 이별에 무심하여 떠나가는 친구와 남겨지는 친구들에게 작별 인사를 나눌 만한 여유를 주지 않았다. 어머니는 버틸 수 있을 때까지 버티겠다고 다짐했지만 점점 폐허가 되어가는 동네에 오래 머물지는 못하리란 걸 잘 알고 있었다. 이듬해 여름, 어머니는 결국 아파트 입주권을 팔았다. 보상금과 이주비는 받지 못했다. 어머니의 마음속 집에는 다른 사람이 들어와 황금빛 조명을 켠 뒤 굳게 문을 닫았다.

"이층집에서 살게 될 거야."

어느 날 아침, 어머니는 여느 때처럼 내 머리칼을 빗겨주며 말했다.

"우리는 2층에 살 건데, 2층에는 집주인도 살아. 집주인 있을 땐 큰 소리 내면 안 된다."

이어지는 어머니의 당부에 나는 씩씩하게 고개를 끄덕였다. 친구들이 거의 다 사라진 후였으므로 문래를 떠나는 게 하나도 아쉽지 않았다. 그해 여름, 우리 가족은 예정대로 이삿짐 트럭에 짐을 실었다. 아버지의 무릎에 앉아 트럭의 백미러 속에서 무너지고 있는, 그래서 끝내는 마치 처음부터 없었던 것처럼 뿌연 먼지 속에서 희미하게 사라져가는 문래 6가를 나는 오래오래 들여다보았다. 골목을 다 빠져나오자 여름의 뜨거운 햇살은 가을의 스산한 바람으로 바뀌었고 나는 새 국민학교의 2학년 교실에서 전학생 소개를 하게 되었다.

새로 이사 간 동네에는 문래와 비교도 할 수 없을 만큼 아파트가 많았지만 어른들 몰래 엘리베이터를 타러 다니는 짓은 더 이상 하지 않았다. 엘리베이터가 효율적인 이동 수단일 뿐인 그 동네에서는 그런 놀이를 이해해주고 함께할 친구가 없었을뿐더러, 나 역시 엘리베이터란 사물에 갖고 있던 애정과 동경을 잊어가고 있었다. 어머니가 말한 우리의 이층집은 아파트 단지들에 둘러싸인 다세대 주택이었는데, 집주인네 부부는 내가 쿵쾅거리며 계단을 밟거나 공동 거실에서 종종걸음만 쳐도 불러 세워 주의를 주었다. 아파트 단지에 사는 부류와 그렇지 않은 부류가 은밀하게, 그러나 명확하게 나뉘어 있던 학교 분위기에는 적응이 되지 않았다. 뛰어노는 것 외엔 잘하는 것이 없던 내게 새로운 집과 새로운 학교는 늘 한 발 한 발 조심스럽게 걸어 다녀야 하는 껍질 밖의 세계였다. 아무리 조심해서 걸어도 자주 넘어질 수밖에 없는, 힘을 내어 일어난대도 또다시 넘어질 순간을 준비해야 하는 이상한 하루하루가 이어졌다. 땅바닥만 보면서 학교와 집 사이를 오가는 동안, 문래는 내 안에서 서서히 지워져갔다. 아니, 내가 문래를 지워나간 것이라 해야 더 정확한 표현일 것이다. 그렇게 20년이 흐를 때까지 나는 문래를 다시 찾아가지 않았다. 그 누구에게도, 문래를 말하지 않았다.

*

하지만 문래는 끊임없이 내 주변을 맴돌고 있었다. 침묵 속에 유폐되어 있던 문래가 내게 다가오는 방식은 문장이었다. 강제 철거로 집을 잃은 사람들의 사연이 적힌 문장, 산업화 시대의 열악했던 노동 환경과 베트남 전쟁의 어두운 맨얼굴이 기록된 문장, 무연고의 서울로 올라와 불완전한 집에서 불안한 잠을 자다가 작은 톱니 하나 굴리는 것에 만족할 수밖에 없었던 이농민들의 삶이 깃든 문장, 문장들…… 세상의 입들은 내가 읽은 소설 속 이야기들이 우리 역사의 한 단면이니 잊어서는 안 된다고 가르치려 들었지만, 내게는 무의미한 전언일 뿐이었다. 돌아서서 발꿈치만 살짝 들어도 근로기준법의 보호를 받지 못했던 어머니와 순진한 얼굴로 다른 나라의 전쟁에 떠밀려 들어간 아버지가 보였다. 그리고 거대한 아파트들 옆에서 무력하게 허물어지던 문래 6가와, 또 다른 불완전한 집을 찾아 뿔뿔이 흩어져야 했던 그 골목의 사람들이 보였다.

20년 만에 문래에 가게 된 건, 사실 계획에 없던 일이었다. 그때 나는 이십대의 마지막 해를 통과하고 있었고 소설을 쓰며 살고 싶다는 마음 외엔 가진 것이 없었다. 내 가슴속 열망이 짓고 있던 집은 유리성처럼 눈이 부셨지만 그곳은 주소가 없는 빈집이기도 했다. 응모작이 공모전에서 떨어진 걸 알게 된 날이면, 그 빈집 역시 어디에도 등기되지 못한 채 철거될 것 같다는 불안감이 밀려오곤 했다.

시간은 많고 할 일은 없던 그때, 내 취미는 노선을 모르는 버스를 타고 종점까지 갔다가 되돌아오는 것이었다. 가끔은 먼 지방으로 가는 고속버스에 몸을 싣기도 했다. 아무리 오랜 시간 버스를 타도 나는 이제 멀미를 하지 않았다. 버스 정류장에서 버스 정류장으로 이동하는 동안 내 머릿속은 되도록 빨리 시간을 소모해버리고 싶다는 생각뿐이었다. 아니, 어쩌면 나는 그저 집에 있는 게 싫었던 건지도 모르겠다. 그 사이에 결국 아파트를 소유하게 된 어머니의 생활력은 때때로 억척스럽게 보였고, 서울의 교통순경이 급감하면서 정수 처리장의 정문을 지키게 된 아버지의 힘 빠진 어깨는 무능하게 보였다. 노선에서 일탈하는 일 없는 버스에서 어딘가로 도망가고 있는 거라고 믿던 나는, 그리고 한심했다. 억척스러운 사람도, 무능한 사람도 되고 싶지 않았지만 닮아서 괴로웠고 괴로워서 피하게 되었다. 그뿐이었다. 길 위에서는 나도 젊은 시절의 어머니처럼 커다란 가방 하나를 들고 다녀야 했다. 불확실한 미래에 대한 두려움, 도대체가 영원한 것이 없는 관계에 대한 환멸, 매 순간 사람을 녹슬게 하는 긴 기다림과 역시나 기대와는 정반대로 흘러가는 생의 한계…… 가방 속의 짐은 날마다 무거워져만 갔다.

그날도 나는 그렇게 몇 번씩 버스를 갈아탔고, 종점이라는 안내 방송에 깨어 얼결에 내린 곳이 하필 문래였던 것이다. 서울의 모든 곳이 그러하듯 문래 역시 20년 사이에 너무도 다른 공간으로 바뀌어 있었다. 쇳가루가 날리던 영세 공장들과 나와 친구들이 지치지 않고 뛰어놀던 공터를 찾을 수 없었다. 7, 80년대 서울 변두리의 전형적인 풍경이었던 미친 여자와 무당, 흑염소집은 시간의 터널 속에서 정체불명의 비행 물체처럼 흔적도 없이 사라졌고, 엘리베이터 하나로 아낌없이 나를 매혹했던 문래 최초의 아파트는 한 시대가 버리고 간 고물처럼 쇠락해 있었다. 그리고, 내가 태어나 10년 가까이 살았던 문래 6가의 무허가 판잣집은 합법적인 주소를 남기지 못한 채 철근과 콘크리트 속에 묻히고 없었다. 서울에서는 당연한 소멸이었다. 높고 세련된 아파트들과 밤늦게까지 운영되는 상점들과 시끄러운 음악이 흘러나오는 술집 사이를 쉬지 않고 걷다 보니, 어느 순간 그 무렵 내가 살고 있던 동네가 나타났다. 문래는 사실 그리 먼 곳에 있지 않았던 것이다. 단 한 번도, 그런 적이 없었다. 나는 서울의 강서 지역에서만 줄곧 살았으므로 버스를 타면 30분 이내에, 걸어서 이동할 경우에는 두 시간이면 충분히 닿을 수 있는 거리에 늘 문래가 있었다. 그토록 가까운 곳에 고향을 두고도 20년 동안 찾아간 적 없는 사람답게 나는 문래 밖에서 만난 사람에게는 문래를 말하지 않았다. 문래의 풍경, 문래의 젊은 어머니와 아버지, 문래의 작은 방에 대해서, 그 무엇도. 내일은 없다는 듯 취하고 쓰러지고 뛰쳐나가는 이십대 초반의 술자리에서도 나는 문래를 모르는 부류였다. 맥락과 동떨어진 말과 의도하지 않은 엉뚱한 행동으로 사람들을 웃게 하는 재주는 있었지만, 그 웃음이 잦아들면 나는 다시 시무룩한 얼굴이 되어 입을 닫았다. 세상 어디에도 나와 똑같은 모양의 상처를 갖고 있는 사람은 없을 것만 같았다. 감정적으로 친밀한 사람이 생겨도 마찬가지였다. 멀어진 세계 앞으로는 뒤늦은 메시지를 전송하지 않았다. 말하지 않으면 실체가 되지 않는 거라고, 나는 그렇게 믿었다. 그건, 내가 가진 허약하지만 유일한 보호막이었다.

*

등단 소식을 들은 건, 계획에 없이 문래를 다녀오고 서너 달이 지난 뒤였다. 밤늦게 귀가하여 방문을 여니 고전적인 통신수단인 전보 한 통이 책상 위에 놓여 있는 게 보였다. 그날 밤, 그 전보를 읽고 또 읽었다. 밤이 끝나갈 즈음엔 내가 안에서부터 키워온 나의 집에도 드디어 조명이 켜진 거라고 믿게 되었지만, 그 믿음은 그리 오래 지속되지 못했다.

시간이 흐를수록 내 안의 집은 자꾸만 흐릿해졌다.

서른 이후론 버스 정류장을 기웃거리는 대신 기차역과 기차역, 공항과 공항 사이를 오갔다. 떠나고 돌아오는 사람들로 분주한 기차역과 공항의 대합실에서는 차고 건조한 바람이 불었다. 대합실 구석 자리에 앉아 탑승 시간을 기다리다가 문래 6가의 친구들과 열심히 타러 다녔던 엘리베이터를 떠올리며 몇 번인가 혼자 웃은 적은 있었지만, 그들의 얼굴이나 이름은 기억나지 않았다. 돈이 조금이라도 생기면 가방을 챙겨 도시의 경계나 국경 밖을 떠돌아다녔던 건 어쩌면 어딘가에서 좋은 소설에 대한 해답을 얻을지도 모른다는 기대감 때문이었을 것이다. 하지만 아무리 먼 곳을 다녀와도 철학이 없는 빈 언어만이 이야기를 가장했다. 나는 너무 일찍 내 안의 집으로 이주한 이방인이었는지도 모른다.

그런 날이 있었다.

그날 나는 글을 쓰는 사람들과 함께 용산의 거리를 걸었는데 모서리를 돌 때마다 문래가 나타났다. 문장 밖에도 문래가 남아 있다는 건 모르지 않았지만 오랫동안 보려 하지도, 들으려 하지도 않았으므로 나에겐 없는 곳이나 마찬가지였다. 불에 그을린 건물이 있던 문래와 난방과 전기가 끊긴 문래, 철제 가림막으로 폐쇄된 문래를 우리는 지나갔다. 그곳 어딘가에 나와 닮은 사람이 있을 거란 생각이 들자 슬프면서도 당혹스러웠다. 나는 자주 멈춰 서서 주위를 두리번거릴 수밖에 없었다. 잘 쓰고 싶었을 뿐, 무엇을 써야 하는지에 대해선 알지 못했고 깊이 고민해보지도 않은 내가 허상처럼 문래와 문래 사이에서 서성였다. 그럴 때……

그럴 때, 그 소리는 나조차 알아차리지 못할 만큼 고요하게 내 귓가에서 모였다가 부서지는 과정을 반복하고 있었을까. 그 소리에 장착된 타이머는 내가 맞춰놓은 것이 아니니

나로선 알 수 없는 일이었다.

어느 날, 나는 몸도 마음도 지친 상태로 부모님 집에 갔다. 어머니는 외출 중이었고, 아버지는 소파에서 몸을 둥글게 말고 낮잠에 든 상태였다. 그리고 그의 머리맡에는 내가 출간한 책 한 권이 놓여 있었다. 정수 처리장에서 30년이 넘는 공무원 생활을 마감한 아버지는 이제 15인승 중고 미니버스를 사서 공항과 호텔 사이를 오가며 관광객과 그들의 가방을 실어 나르는 일을 하고 있었다. 팁을 받은 날이면 아이처럼 좋아했고, 교통순경 대신 새롭게 도로를 지키게 된 CCTV에 찍혀 벌금 고지서가 날아온 날이면 의기소침하게 돌아앉아 있곤 했다. 줄담배를 피우던 호기를 잃었고 더 이상 책을 읽지 않았으며, 간혹 노인들 사이에서 통용되는 가짜 뉴스를 내게 들려주려 해서 나와 다투기도 했다. 그는 또 악몽을 꾸고 있는 듯했다. 그의 곁에 앉아보았다. 그의 가슴속 열망이 지은 집에는 여행 작가나 역사학자의 서재가 있지 않았을까. 원목으로 짠 튼튼한 책상, 크고 높은 책장, 여기저기 널려 있는 읽다 만 책들, 그리고 그 모든 것을 에워싸는 종이의 사각거리는 소리와 빛이 이동하면서 드러났다가 사라지는 그 안의 우아한 질서들…… 그러고 보니 그는 자신의 꿈에 대해 한 번도 말한 적이 없었다.

나는 나 몰래 내 책을 읽다가 곤하게 잠들어버린 아버지의 얼굴을 가만히 내려다봤고, 한참 뒤에야 페이지가 접힌 채 펼쳐져 있던 책을 집어 한쪽으로 치운 뒤 그의 어깨에 손을 올렸다. 나에게는 할 일이 하나 생겼다. 수십 년 동안 이어진 그의 악몽을 허공으로 다시 돌려보내기 위해, 가능하다면 영원히 돌아오지 못하도록, 나는 제법 단호한 손길로 그의 어깨를 흔들기 시작했다.

*

저는 지금 두 달째, 미국의 중부 도시인 세인트루이스에 체류 중입니다. 이곳 워싱턴 대학 동아시아학과에서 마련한 한국문학번역원의 레지던시 프로그램에 선발되었거든요. 앞으로 몇 번의 낭독회와 한국인 유학생을 대상으로 한 한국 문학 강의를 마치고 나면 귀국할 예정이에요. 이곳에서의 생활은 무척 단조로워서, 때때로 저는 창밖의 세상과는 무관하게 오직 자신만의 작업대에서 우주의 원리를 터득해가는 시계공이 된 듯한 기분에 휩싸이기도 합니다.

오늘 오후, 저는 자전거를 타고 도시의 북쪽에 다녀왔어요. 도시의 북쪽은 다운타운이 있는 동쪽과 함께 우범 지역으로 분류되니 혼자서는 절대 가지 말라는 이곳 선생님들의 충고를 들은 그 순간부터 제 머릿속엔 도시의 북쪽으로 향하는 짧은 여행이 계획되고 있었습니다. 도시의 동쪽은 버스와 지하철이 구석구석 잘 연결되어 있어서 밤에만 다니지 않는다면 사실 그리 위험한 곳이 아닙니다. 극장과 박물관, 미술관이 모여 있으니 갈 기회가 많은 곳이기도 하고요. 그러니 제가 갈 곳은 북쪽일 수밖에 없었던 거예요.

북쪽은 우범 지역이라기보다는 빈민가라고 해야 더 어울릴 것 같은 곳이었습니다. 하긴, 가난하면 위험해지는 게 보통의 흐름이긴 하죠. 자전거가 전진할수록 가난의 농도는 짙어졌습니다. 제 숙소가 있는 센트럴 지역이나 주로 백인 중산층이 모여 사는 도시의 서남쪽과는 비교 자체가 불가능한 스산한 풍경이 이어졌지요. 공동화(公同化) 현상도 꽤 진행됐는지 문과 창문을 판자로 막아놓은 집도 빈번하게 나타났습니다. 주택 대출금을 갚지 못하여 집의 소유권이 은행으로 넘어가면 온갖 범죄에 유용한 공간이 되는 빈집은 봉쇄 조치 된다고 들은 기억이 났습니다. 입구도 출구도 없는 집은 인간의 공간이 아니라 신이 무심히 내던진 주사위처럼 비현실적으로 보였습니다. 온기도 정체성도 상실한 집들, 철학이 없는 빈 언어처럼. 빈집이 많아서인지 북쪽의 거리는 한산했고, 간혹 마주치게 되는 사람들은 대부분 흑인이었습니다. 쓸 만한 쓰레기를 찾아내어 때 묻은 유모차에 담는 노인, 낮부터 술에 만취하여 제대로 걷지도 못하는 남자, 가방 대신 비닐봉지에 소지품을 담은 채 걸어가는 여자, 랩인지 욕인지 구분하기 힘든 말을 중얼거리며 지나가는 소년…… 그곳에서 사람들은 그렇게 살고 있었습니다. 원래의 계획은 도시의 북쪽 경계까지 가는 거였지만 목표 지점의 중간에도 닿기 전에 저는 예감했던 것 같아요. 제가 곧 포기할 거라는 걸, 언제나처럼 무모하게 여행을 시작했다는 것에 깊은 후회를 하며.

무서웠기 때문입니다.

누군가 갑자기 나타나 제 뒷덜미를 잡아챌까 봐, 혹은 어딘가에서 총소리라도 들려올까 봐 저절로 몸이 위축됐습니다. 그래서 흑인 남자 한 명이 저에게 손짓을 하며 다가오는 게 보였을 때, 저는 반사적으로 핸들을 꺾고는 온 힘을 다해 페달을 밟을 수밖에 없었습니다. 그는 그저 구걸을 하려던 것이었는지도 모르고 길을 물으려 했던 것일 수도 있는데 말이에요. 곧 4차선 도로가 나왔지만 저는 브레이크를 걸지 않았습니다. 가속도가 붙은 자전거는 도로를 가로질렀고 그때 오른쪽에서 달려오는 자동차가 제 시선에 스치듯 잡혔습니다. 저 차와 곧 부딪히겠구나, 저는 생각했습니다. 믿어지지 않게도 그 짧은 순간에 너무 많은 것이 기억났어요. 그리고 그 기억의 상자는 찰칵, 하는 소리와 함께 열렸지요. 처음 들었을 때와 달리 그 소리는 부드럽고 아늑했습니다. 최초의 감각이 나의 마지막을 위로해주는 방식인 걸까, 그런 과장된 회한에 빠져들 만큼 그 소리가 다가온 두번째 방식은 전혀 아프지 않았습니다.

저를 향해 달려오던 그 자동차는 불과 10센티미터 정도의 간격을 두고 제 앞을 휘익 지나갔습니다. 작은 폭풍 속인 듯 단단하게 응결된 바람에 머리칼이 휘날렸지요. 저는 이내 자전거와 함께 외로 넘어졌지만 죽지도 않았고 크게 다치지도 않았습니다. 그새 모여든 서너 명의 흑인들이 괜찮으냐고 걱정스럽게 묻더군요. 누군가는 방금 저를 칠 뻔하고도 그대로 달아나버린 자동차의 번호를 알려주기도 했습니다.

무릎과 어깨에 통증이 느껴졌지만 걷는 데는 아무 문제가 없었습니다. 모여 있던 사람들에게 괜찮다고, 다치지 않았다고 알린 뒤 자전거를 끌면서 절뚝이며 걷는데 문래의 그 방이 생각났습니다. 낯선 도시에서 마주한 또 하나의 문래 때문일 수도 있고 기억의 입구에서 귓가를 감싸던 찰칵, 하는 소리 탓이었는지도 모르겠습니다. 나른한 촉감의 시간이 배어 있던 오직 혼자만의 방, 자주 구름이 스며들어와 내 몸을 덮어주었던, 그러나 때로는 추운 대합실처럼 막막하기도 했던 그 방에 어느새 저는 들어와 있었지요. 저는 그 방을, 그 방이 있던 동네와 그 동네에 살았던 사람들까지 마치 처음부터 없었던 것처럼 모른 척하며 살아왔지만, 알고 있었습니다. 그 방이 저에게 새겨 넣은 상처가 내 문학의 시작이었다는 것을요.

우리는 모두 저마다의 상처에 빚을 지며 쓰기도 하고 읽기도 하는 거겠죠, 상처의 고유함을 믿는 것이 우리에게 주어진 공평한 특권일 테니까요. 만약 그때 제가 조금이라도 울었다면, 그건 단지 뜻밖의 장소에서 한 뼘 더 넓게 보게 된 풍경에 도취되었기 때문일 거예요. 또 한 시절이 지나고 나면 이해하기 힘든 과장된 회한으로 남게 될 그런 도취감, 그럴 때 통증은 정말이지 아무것도 아닙니다.

그러니 K……

언젠가 제가 당신에게서 받은 그 질문과 다시 맞닥뜨리게 된다면 그때는 또 다른 K들에게 좀더 많은 것을 말해도 되지 않을까요. 그럴 때 당신은 들을 수 있겠지요, 결국 말해지지 못할 이야기까지. 아마도 저는 그 이야기를 이렇게 시작하고 있을 것입니다. 내 고향은 문래라고, 나의 문장[文]이 그곳에서 왔다[來]고……

연루와 비밀

김미정
(문학평론가)

지팡이와 발자국: 연결된 몸들

나와 너의 결정적 차이는 어쩌면 구별된 몸에 있다. 아픔, 기쁨, 지루함을 너와 나눌 수 있(다고 믿)지만 사실 그것을 오롯이 감각하고 인지하는 것은 나의 몸이다. 나의 몸은 너의 것이 될 수 없고 누구의 것도 될 수 없다. 내 뜻과 상관없이 몸을 가로지르고 간섭하는 사회적 힘들로부터 오롯한 나가 구출되기를 강박하는 것도 유별난 일이 아니다.

그런데 또 한편으로 나의 몸은 혼종이다. 나의 몸에는 무수한 무명의 유전자가 누적되어 있다. 나의 몸은 무언가의 매개다. 이곳에서 내가 들이마신 숨은 저곳에서 네가 내쉰 숨이다. 나의 몸은 무언가와 늘 연결되어 있다. 땅 밑이 흔들릴 때면 너와 나는 같이 휘청이고, 무심코 서로를 붙잡는다. 심지어 나의 아픔과 기쁨과 지루함도 내 몸과 끊임없이 마주치는 인간·비인간 모든 행위소의 미세한 배치로 인한 것이다.

어쩌면 '마주침'들은 나와 너라는 개체에 앞서 있다. 그러니 감히 말하건대 마주침이 곧 주체다. 이것은 서로를 함께 돌보아야 할 숙명을 만든다. 마주침 없이 나와 너가 존재할 수 없다는 사실은, 심신 건강한 개체·자립·능동·성장·젊음·발전 같은 가치들이 만든 세계의 편향이나 왜곡을 비로소 선명하게 비추어낸다. 어떤 이들이 특별히 약한 것이 아니라, 존재가 본래 그러하기에 우리는 남몰래 서로를 갈망한다. 약하고 불안정한 몸들이 서로를 지팡이처럼 의지하며 나란히 발자국을 만들어간다. 어쩌면 그것이 존재고 사건이고 역사다.

관계적 주체의 자리

2016년부터 2020년 사이 씌어진 (자전소설인 「문래」는 2014년 발표) 조해진의 소설들을 읽는 내내 '연결된 몸들'에 대해 생각하고 있었다. 사실 지금 '연결'이나 '관계'라는 말은, 매혹적이지만 조금 진부해진 시대어가 된 것 같기도 하다. 때로는 기술-미디어 예찬의 수사로도 익숙하다. 기술적으로 점점 더 체감되는 초연결 상황은 연결과 관계에 대한 양가적 심정을 갖게 하기도 한다. 하지만 조해진 소설 속 연결은 이렇듯 일상에서 쉽게 체감되는 연결이 아니라, 좀처럼 지각되기 어렵고 때로는 사유를 필요로 하는 연결이다. 그리고 거기에는 그 연결로 인해 소속과 세계를 돌볼 수밖에 없는 필연이 있다.

조해진의 서사 속 연결은 인간끼리의 연결만을 의미하지 않는다. 인간·비인간, 생물·무생물, 유기물·무기물 등 모든 행위소가 서로 연결되어 있다. 가령, 공중전화와 나무 한 그루를 통해 40년 전에 죽은 자와 산 자와 노동과 장애와 동물이 연결되고(「파종하는 밤」), 지하철 안의 공기와 더불어 의식 잃은 자와 산 자의 삶이(「하나의 숨」) 연결된다. 삶과 죽음과 누군가의 유언은 나뭇가지에 걸린 달로 인해 새로운 통로를 얻고(「환한 나무 꼭대기」), 전쟁 포로 생존자와 구술팀으로 만난 이들의 각 사연도 쌓이는 눈의 이미지를 경유해 연결되며(「눈 속의 사람」), 마주친 적 없는 존재들끼리의 비밀도 눈에 보이지 않게 연결(「숨결보다 뜨거운」)된다. 고쳐 말하자면 이것은 단순한 '연결'이라기보다, 어떤 세계·사건에 서로 깊숙이 '연루'되는 사건들에 가깝다.

이것이 서사에서 구현되는 방법도 흥미롭다. 예컨대 「숨결보다 뜨거운」의 서술자는 고정된 특정 자리에서 세계를 부감하지 않는다. 통사론적 서술 실험도 눈에 띈다. 단적으로 이런 구절을 보자. "그 시간에 나는 거리를 걷고 있었다./ 그녀가 최근에 문예지에서 읽은 시가 머릿속에서 재현되고 있어서 평소와 달리 심심하지 않은 산책이었다"(p. 260). 앞 문장에는 '나'라는 주어의 행위가 서술되고 있다. 그런데 뒷 문장에서는 행위의 주어들이 유지된 채 다른 시공간의 상황이 결합하고 있다. '나'의 현재 걸음에 '그녀의 머릿속 상황'이 동시적으로 개입하며 영향을 주는 것이다.

군이 이 소설의 주어를 말해야 한다면 '나' '그녀'가 아니라 '나-그녀'식(의 하이픈)으로 말해야 할 것이다. 이것은 차이를 지운 집합적 주어가 아니다. 소설 속 존재들은 주어의 고유성을 보존한 채 공통의 지평에서 서로 스며 있다. 소설에서 이곳과 저곳, 이 존재와 저 존재, 과거와 현재는 위화감 없이 접합하고 있다. "허공의 차가운 숨결도 다른 사람의 몸 안으로 들어가면 뜨거워질 수밖에 없다고 했던가"(p. 259)라는 구절이 암시하듯, 제목(숨결보다 뜨거운) 역시 개인이나 집단으로 단순하게 환원되지 않는 관계적 주체가 이미지화되고 있다.

다른 패러다임의 자원들: 나이듦, 질병, 약함, 불안정함 과 무명씨들

그런데 연결, 관계의 사유가 특히 힘을 발하는 것은, 나이 듦, 취약함, 불안정함, 죽음 등의 문제 앞에서일 것이다. 인간 은 누구나 생로병사를 경험하지만 유독 근대의 인간이 지향 한 것은 생, 성장, 젊음 등이었던 것 같다. 그 덕택에 진보, 발 전 등의 목적 서사도 오랫동안 서사의 주류를 점해왔다. 근 대의 인간은 삶 – 죽음을 대척점에 두고 죽음을 보이지 않는 곳에 자꾸 감추곤 했다. 나이 들고 약한 것이 기피되거나 부 정됨으로써 심신 건강한 개체, 자립, 능동, 성장, 젊음, 발전 등은 가치 있는 것으로 추구될 수 있었다. 그때 기피되거나 부정되었던 것들의 의미를 지금 비로소 살필 수 있게 된 것 은 어쩌면 우리 시대의 다행이다.

「환한 나무 꼭대기」는 중년 여성들의 질병, 간병, 죽음에 대한 이야기다. 소설 속 투병은 육체적 고통만 의미하지 않 는다. 모든 일상의 습관이나 질서가 통증, 투병으로 무너진 다. 죽음 역시 그저 형이상학적 사건이 아니다. 죽음은 한 인 간의 "통증"(p. 10)이 빠져나간 자리의 해방을 의미한다. 산 자들에게는 조의금이나 유언 앞에서 갈팡질팡하게 만드는 사건이기도 하다. 그럼에도 소설 내내 환기되는 "끊임없이 순환하는 자연"(p. 26) 덕택에, 나이듦과 죽음은 처연한 필멸자의 운명으로만 전달되지 않는다.

젊은 시절의 열정과 낭만이 마모된 이들의 이별담인 「흩어지는 구름」에서도 나이듦과 질병, 죽음은 허무한 소멸이나 단절이 아니다. 누구나 젊은 시절에 안녕을 고해야 할 때가 오고, 젊음·성장·열정 등이 아니고도 다른 방식의 생은 지속된다. 그것은 우주의 물질대사 속에서의 자연스러운 일이다. 그것은 쇠락, 소멸이 아니라 어쩌면 존재론적 변이다. 소설 속 주인공도, 한 다큐멘터리 감독의 작품으로 인해 젊은 시절을 치열하게 보냈다. 누군가의 인생 전체가 또 다른 누군가의 생의 원인이다.

(근대) 소설은 삶 이후에 대한 두려움과 내내 대치해왔던 것 같다. 돌이켜보자면 (근대) 소설은 젊음, 성장, 열정 등을 특권적 가치로 여겨왔던 시절의 양식이었다. 그러한 가치체계는 조해진 소설에서 질문받고 있다. 다른 방식으로 재배치되고 있다. 물론 익숙한 가치들을 다시 사유하는 것에 주저함이 뒤따를 수 있다. 하지만 확실한 것은 그것이 질문되고 재배치되는 양상이 문학에서만의 일도 아니라는 사실이다. 이 소설들 속 나이듦, 질병, 약함, 불안정함 등은 근대 세계의 패러다임과는 분명히 다른 것을 제안하고 있고, 이후 세계를 상상케 하는 자원으로 놓여 있다.

노동하는 영혼들*

조해진 소설들 속 '일·노동'의 장면이 연결·연루·관계 등으로 돌파되는 것도 의미심장하게 읽힌다. 당연한 이야기 지만 '일·노동'은 정치경제학이나 사회과학의 특별한 주제 가 아니다. 넓은 의미에서 일·노동은 인간이 세계를 디자인 하고 삶을 영위하는 방식과 늘 연결되어 있었다. 그렇기에 일·노동을 이야기한다는 것은 범박하지만 늘 삶을 이야기 하는 것이다. 단, 이 세계를 조건 지어온 자본주의 시스템에 일·노동의 성격이 직접적으로 구속되어 있기에, 일·노동 을 자본의 문제와 무관하게 이야기하기 어려웠을 뿐이다.

지금 조해진 소설이 보여주는 일·노동의 장면은 오늘날 삶의 핵심을 적중한다. 우선은 연령, 성, 장애·결혼 여부, 교 육 정도, 계급, 스펙 등이 만드는 무수한 노동의 분할이나 비 참을 환기시킨다. 나이 든 비혼 여성의 일과 삶의 리얼리티 (「환한 나무 꼭대기」「흩어지는 구름」), 시대가 달라져도 변함 없는 공장 노동과 산업재해(「하나의 숨」「파종하는 밤」), 시 스템이 만드는 노동의 분할과 적대들(「경계선 사이로」) 등은

---

* 프랑코 베라르디 [비포]의 책 『노동하는 영혼—소외에서 자율로』(서창현 옮김, 갈무리, 2012)에서 빌려 왔다.

오늘날 일·노동 – 삶의 현장을 곡진하고 밀도 높게 보여준다. 이때 강조하고 싶은 것은, 조해진 소설은 어디에서건 기어이 존재와 삶의 존엄을 환기시키고야 만다는 사실이다.

우선 「파종하는 밤」은, 실제 1980년대 공장노동자 수은중독 사망 사건을 모티프로 한 소설이다. 성장·발전주의 시대의 여성·미성년 노동은 잘 알려지지 않은 것이 여전히 많다. 다큐멘터리·르포가 아닌 방식으로 상상하기 쉽지 않은 제재인 것도 같다. 하지만 작가가 이것을 돌파하는 것 역시 연결·연루·관계의 방법이다. 미디어 아티스트 출신의 주인공은 공장에서 수은중독으로 죽어간 소년들에 대한 다큐멘터리를 찍고자 내내 마음을 먹고 있다. 한편 그녀의 이웃에는, 장애가 있다는 이유만으로 억측과 혐오의 대상이 되는 남자가 살고, 그녀에게도 장애 여부를 고민케 하는 아이가 있다. 그녀와 남편은 젊은 날의 꿈을 반납하고 고단한 생활인이 되어버렸다.

즉, 그녀에게 수은중독 사망 소년들의 죽음이란, 취약함으로 몰리는 자신의 지점들과 공명하는 현실의 심연이다. 소설에서 소년의 이야기는 끝끝내 다큐멘터리로 만들어지지 못할 가능성도 크다. 공장터에는 요양원이 들어선다고 한다. 공장터에 들어설 요양원은 한 장소의 기억을 공유하며 이어질 미래다. 이것은 이어져야 할 이야기들의 비유다. 그렇다면 결말의 암시는 실패나 무기력이 아니다. 자족적 연민이나 위로보다 힘이 센 것은, 기어이 과거와 현재와 미래를 연결시키려는 믿음이기 때문이다.

그런데 누가 · 무엇이 분할시키는가

한편, 지금 일 · 노동을 소재로 서사화한다는 것은 오늘날 세계를 꿰뚫는 시선 없인 꽤 곤혹스러우리라는 생각도 든다. 우리는 점점 더 노동자이면서 고객이면서 자본가(자기 사업자)인 분열적 정체성을 동시에 부여받는다. 기술의 발달과 노동의 종말이 자주 상상되지만, 기술로 해결할 수 없고 외주화할 수 없는 노동의 자리도 무수히 많다. 노동할 수 있음은 시민의 징표처럼 여겨진다. 여전히 저항과 투쟁으로 가까스로 얻어내야 할 권리의 문제도 많다. 그러나 동시에 노동으로부터의 해방은 시민권의 문제로 환원될 수 없는, 또 다른 오랜 과제이기도 하다. 전통적 의미의 인간 노동뿐 아니라 비인간 – 동물의 (인간을 위한) 노동과 수탈까지 포함하여, 노동이라는 주제는 오늘날 이 세계를 다른 관점에서 다시 생각하게 만드는 중요한 주제다.

이런 최근의 사정을 생각할 때, 특히 「하나의 숨」과 「경계선 사이로」는 일·노동 서사의 새로운 지평을 열었다고 생각한다. 잠시 이런 질문을 해본다. 고등학교를 졸업하면 모두가 대학생이 되는 것일까. 힘들고 어렵다는 일은 누가 하고 있나. 산재와 그것을 둘러싼 무책임한 공방은 왜 자주 망각될까. 이주자, 청소년, 주부, 노인, 장애인, 취약 계층 등의 공통점은 무엇일까. 계약직, 임시직 같은 일의 성격은, 우리 삶에 어떻게 관여하고 있을까.「하나의 숨」은 이것을 직접 다루지 않는다. 하지만 이런 질문을 떠올리지 않고 이 소설을 읽을 수는 없다.

나아가 이 소설이 던지는 질문은 이런 것이다. 1년 재계약에 삶을 맡겨야 하는 사람들은 어떻게 서로를 돌볼 수 있을까. 짧은 마주침 속에서도 정서·정동적 관계는 생겨버리는데, 이것은 계약서에 의해 종료될 수 있을까. 누군가와 함께하고 도와야 할 때조차 각자의 자격(계약 조건, 정규직)을 검열하게 만드는 것은 누구·무엇일까. 우리를 구속하는 조건들에도 불구하고 우리는 만날 수 있을까.

소설 속 사람들이 관계를 멈칫하고 중지하는 것은 그들이 침착하거나 냉정해서가 아니다. 그들은 계약과 관련된 서로의 사정을 조금씩 짐작한다. 서로 부담을 주지 않으려는 조심스러움이 서로를 멀어지게 하고 어느새 관계도 종료된다. 먼 곳에서 그저 마음으로 헤아리고 궁금해한다. 이것은, 계약서에 명기된 노동의 기한이 곧 관계의 유통기한이 되는 시대의 신산한 배려법이다.

오늘날 변했지만 변하지 않았고, 세련된 외피 너머에서 더 안 좋게 변한 일의 현장은 많다. 예민한 시선과 섬세한 사유 없이 그 지점들을 포착하는 것은 쉽지 않을 것이다. 조해진 소설들 속 일·노동의 장면들이 각별한 이유도 이것이다. 시스템과 그 안의 사람들이 뫼비우스의띠처럼 공모되기 쉬워진 오늘날의 일·노동의 조건을 생각할 때, 그 심연까지 들여다보지 않으면 그저 사람끼리의 아등바등만 도드라지기 쉽다. 수락, 회의, 냉소는 간편하다. 하지만 심연을 들여다볼 때 그것들은 부박해진다.

즉, 「하나의 숨」은 노동 자체를 위해 인간이 소용·소외되는 비참만 보여주고 끝나지 않는다. 계약서와 무관하게 이 존재들끼리 연결되는 또 다른 명백한 조건들을 작가는 기어이 발견한다. 예컨대 우리가 함께 내쉬고 있을 숨은 결코 사유화, 영토화될 수 없다. 공기를 구획하여 가둘 수 없듯, 우리가 서로 내쉬는 숨도, 사람 사이의 정서·정동적 관계도 자르거나 가둘 수 없다. 오늘날 삶과 일·노동의 문제를 다시 이야기해야 한다면, 강조컨대 이러한 관계적 존재론 혹은 관계적 노동론으로부터 시작해야 할 것이다. 그리고 그것이 자연스러울 때 소설 속 이야기뿐 아니라 이 세계도 조금은 천천히 나빠질 수 있는 것 아닐까 생각한다.

시스템이 만드는 또 다른 진퇴양난 속에서도

「경계선 사이로」는 오늘날 일·노동 안의 분할, 그리고 사람들 사이 낙인/갈등의 기원을 예리하게 보여준다. 표면적으로 이 소설은 신문사 기자 파업 기간 동안 대체 인력으로 들어간 주인공과 파업 중인 선배들 사이의 갈등에 대한 이야기다. 선배들은 후배들과 거리를 두고, 주인공은 모멸감과 도덕적 열등감 등 복잡한 감정에 휩싸인다. 수습기자가 되면서부터 생긴 낙인에 주인공은 괴로워한다.

이 소설이 촛불집회와 정권 교체에 이르는 기간을 배경으로 하는 것도 시사적이다. 그녀 역시 정치적으로는 선배들과 같은 열망으로 촛불을 들었다. 하지만 세상은 그저 그녀의 "위치와 좌표"(p. 115)만 판단하고 기회주의자, 무임승차 같은 말로 그녀를 규정짓는다. 이것은 단순히 주인공의 억울함, 세상의 편견 등을 보여주는 장면이 아니다. "같은 공간에서 상반된 주장을 하면서도 시위의 문장은 유사하고 단어는 겹"(p. 110)치는 장면이 소설에서 빈번하게 그려진다. 여기에서 오늘날 말과 전선(戰線)을 둘러싼 경합과 착종과 혼돈이 자연스레 떠오른다. 소설은, 어떤 존재를 위치 · 좌표로 프레이밍하면서 간편하게 판단 · 분석하는 오늘날 세계를 날카롭게 간파하고 있다.

한편, 이 소설에는 두 개의 일 · 노동이 등장한다. 첫번째는 청소 용역 중년 여성 노동자의 일 · 노동이다. 주인공에게 영향을 준 선배 윤희가 기자가 된 것은, 그녀 어머니의 치욕스러운 죽음과 관련된다. 누군가 자신의 일터에서 사망하더라도, 그것이 쉽게 산재 승인을 받지 못한다는 것은 결코 소설적 과장이 아니다. 일터에서의 죽음을 개인 탓으로 전가하는 시스템은 이 세상의 노동과 삶을 치욕스럽게 만드는 유력한 용의자다.

소설 속 또 하나의 일 · 노동은 앞서 말했듯, 신문사 내의 분열적 상황이다. 예컨대, 해직 기자 복귀 후 대응을 위해 수습 출신 기자들이 모여 있는 장면을 보자. 후배들은 선배들이 복귀하면 자신들이 오히려 시위를 해야 할 수도 있는 상황을 맞는다. 하지만 애초에 그들은, 노조와 무관할 것이며 시위 동참도 하지 않겠다는 계약서를 쓰고 입사했다. 이들은 모이는 일조차 자유롭지 않다. 시작부터 자신을 보호할 기제를 제대로 가지지 못했다. 선택지가 한정된 그들에게 비난의 말은 공허하다. 정작 겨누어야 할 것은 늘 다른 곳에 있었다. 시스템이 만들어놓은 링 안에서 사람들은 다투고, 시스템은 링 바깥에서 뒷짐을 지고 있는 형국이다.

개인적으로, 오늘날 많은 소설의 캐릭터가, 그가 하는 일 혹은 그가 처해 있는 시스템의 성격에 좌우된다는 생각을 많이 해왔다. 지금까지의 이야기도 그것과 무관치 않을 것이다. 하지만 조해진 소설은 조금 다른 것이 있다. 인물들의 곤혹스러운 부대낌을 그대로 보여주되, 실패할지라도 어떤 사유와 행위의 주인이 되려고 하는 이들이 거기에는 반드시 있다. 이 소설에서도 자발적으로 퇴사한 선배 윤희나 그녀의 퇴사 이유에 골몰하는 주인공은, 결코 시스템으로 환원될 수 없다. 요컨대 이 소설의 상황은 명백히 압도적이다. 하지만 거기에는 다른 쪽으로 이탈해버리거나 깊이 전전긍긍하는 어떤 이가 있다. 그들이 막다른 곳에 다다르더라도 그것은 결코 그들의 패배가 아니다. 또한 그 전전긍긍 자체가 이 세계의 누수를 더디게 해왔을 것임도 분명하다.

기어이 이들을 살게 하는 것: 자부심과 용서

즉, 실패와 불가능을 반복하더라도 사유하고 행위하는 이들은 수치와 용서와 자부심을 안다. 「눈 속의 사람」의 전쟁포로 생존자 최길남 씨의 삶도 그러하다. 우선 이 소설은 증언, 재현을 둘러싼 최근 문화 예술계의 문제의식에 대한 조해진식의 응답처럼도 보인다. 소설 속 구술자 최길남 씨는 서사의 중심에서 비켜서 있고, 그와의 만남을 반추하는 '나'의 서사가 중심에 놓여 있다.

최길남 씨가 중심에 놓인 서사와 '나'가 중심에 놓이는 서사는 분명 큰 차이가 있다. 조해진의 소설이 연결·연루·관계를 주제화하고 있다고 해도 그것은 궁극적으로는 내레이터를 경유한다. 앞서 언급한 「숨결보다 뜨거운」과 같이 내레이터 자체를 관계적으로 구성할 수도 있다. 하지만 대체로 그 관계성은 형식적으로 특정 신체(서술자)를 투과하여 목소리를 낸다.

또한 누군가의 경험을 듣고 말하는 일은 여러 겹의 재현을 의식해야 하는 일이기도 하다. 그래서일까. 구술 채록일을 했던 '나'는 소설에서 빈번하게 증언에 대한 회의감을 토로한다. 하지만 그것을 액면 그대로 읽어서는 안 된다. 그 회의에는 사정이 있다. 예를 들어 최길남 씨의 생애는 그의 의사와 무관하게 연극으로 재현된 일이 있다. 서술자는 이 일과 관련해 최길남 씨의 의중을 헤아리면서도 독자에게는 적극적 속내를 들려주지 않는다. 대신, 당사자의 기억조차 불완전하고, 증언이 종종 물신화되는 상황에서 진실은 어디에 있을지 생각하게 한다.

구술자 최길남 씨에 대한 무심한 서술 너머에서 그럼에도 독자가 읽게 되는 것은, 구술자 최길남 씨는 단지 살아남은 자의 수치에 괴로워하기만 한 비극적 인물은 아니었다는 사실이다. "팔다리가 짧고 몸통이 가는 연약한 생명"(p. 195) 하나를 살리기 위해 부상을 입었던 최길남 씨의 이야기는 기록되지 못하였을 테니 세상에 없는 일이 되었을 것이다. "미친 전쟁에서 적어도 한 생명은 살렸다는 자부심이 빚은 미소"(p. 196)는 '나'의 기억에만 남을 것이었다. 하지만 분명한 것은 수치와 죄책감 속에 살았을 최길남 씨에게도, 자부심으로 간직해온 삶의 비밀 하나쯤 있었다는 사실이다.

즉, 나는 결코 타인의 삶에 완전히 포개어질 수 없다. 내가 해석하고 재현하는 그는 나의 프레임을 경유한 존재다. 이것은 서술자 – 주인공의 신념이기 이전에 재현 행위의 운명이다. 반복건대 이 소설은 최길남 씨의 이야기가 아니다. 구술 작업을 회의하고 최길남 씨와 서걱거리던 '나'의 이야기다. 이 소설은 최근 골몰되어온 재현과 윤리의 문제를 향해 또 하나의 태도와 방법을 보여주고 있다. 최길남 씨에게는 자기 과거가 극화되기 이전에 자신에 대한 "순도 높은 용서"(p. 179)가 필요했을 것이다. 그리고 최길남 씨의 이 의중을 앞에 내세우는 서술의 태도에도 불구하고 진실은 어떻게든 독자에게 전달된다. 재현 윤리와 서사적 모험은 선택적인 것이 아니라 오히려 서로를 필요로 한다. 이 어렵지만 중요한 원리가 다시 환기된 것도 작가의 태도와 방법 덕분이라고 생각한다.

한편, 용서의 주체와 방향도 어렵고 중요한 문제다. 가령, 어떤 사건의 가해자가 무책임하게 사라져버렸다고 해보자. 이때 피해자뿐 아니라 가해자 가족은 어떻게 살아야 할까. 피해자는 누구에게 사과를 받아야 하고, 상처는 어떻게 치유해야 할까. 또한 가해자 가족은 연루된 고통이나 자책을 어떻게 피해 살아갈 수 있을까. 가해자는 스스로 사라짐이라는 선택을 할 수 있지만, 남은 자들에게는 아무런 선택의 여지도 없이 지옥만 남는다. 남은 자들이 지옥을 견디며 서로의 괴로움을 다독여야 한다.

「높고 느린 용서」는 이 무겁고 어려운 제재를 과감히 선택한 소설이다. 대상과 방향을 잃은 '용서'라는 말이 어디에서부터 다시 이야기되어야 할지 출발선을 점검한다. 아슬아슬한 연민이나 온정적 면죄부에 기대지 않으면서 남은 자들이 서로를 돌보아야 하는 상황은 모두에게 참혹하다. 하지만 참혹함이 곧 끝은 아니라는 믿음으로부터 조심스럽게 다시 시작하기를 조해진의 소설은 제안한다. 이 어려운 질문에 기꺼이 동참하기를 권하는 조해진의 소설들 앞에서 세계는 가늠할 수 없이 깊고 넓어진다.

연루와 비밀: 다시, 연결된 몸들

여기까지 쓰는 내내 '○○을/를 말한다'와 '○○이/가 말한다'의 차이에 대해 생각하고 있었다. '○○을/를 말한다'는 문장은 ○○을 대상으로 삼는다. 한편 '○○이/가 말한다'는 문장은 ○○을 주어로서 품고 있다. 앞의 형식은 서술자의 초월성이 몸을 숨기고 있지만, 뒤의 형식은 서술자의 내재성이 상황을 함께 수행한다. 여기에서 ○○는 반드시 사람은 아니다. 이를테면 구름이 말한다. 유언이 말한다. 말이 더딘 아이에게 안긴 고양이가 말한다. 전시회의 사진 속 나무가 말한다. 요컨대 이것이 조해진 소설의 형식이다.

마주침들이 나와 너라는 개체보다 앞서 있듯, 어쩌면 글이라는 것도 의식·무의식적 존재의 수행적 결과다. 나의 몸은 세상의 모든 것과 마주치지만 그것이 모두 지각되는 것은 아니다. 지각은 가청, 가시, 가촉 범위 내에서 이루어진다. 그러나 나의 몸은, 내가 지각하지 못해도 마주친 모든 것을 안다. 지각된/지각되지 못한 것들과의 지속적 마주침 속에서 나는 나노초 단위로 변화한다. 그 미세한 변화는 나의 말을 만들고, 그 말은 윤곽과 부피와 밀도를 가지는 세계를 만든다.

「문래」의 주인공은 "최초의 감각"(p. 265)에 대한 질문을 받고 "밖에서 문을 잠그는 소리"(p. 266)를 떠올린다. 그것은 무엇으로도 환원될 수 없는 개체로서의 몸을 자각한 순간이었을 것이다. 타인과 '나'를 비로소 식별할 수 있게 된 순간의 소리였을 것이다. 그 소리와 마주쳤다고 자각하게 된 첫 순간이었을 것이다.

하지만 동시에 그 "소리"는 세 살배기 아이를 두고 일하러 나가야 하는 어머니의 흔적이었다. 또한 1970~80년대 산업화, 도시화의 와중에 서울 어느 곳에 옹기종기 모이게 된 이들의 일상과 부대낌의 소리였다. '나'의 한사코 떠올리고 싶지 않은 기억이기도 했지만, 훗날 "나의 문장[文]이 그곳에서 왔다[來]고……"라고 시작하게 할 어떤 이야기의 기원이기도 하다.

오롯한 글 쓰는 자아, 진공상태의 '나'란 어쩌면 신기루다. 지금 이 글도, 그리고 지금 여기 놓인 어떤 소설들도 연결되는 신체들의 흔적이다. 하지만 구별된 신체들 안에 어떤 차이는 있다. 나만이 감각하고 인지할 수 있을 기억도 거기에 있다. 이 기억은 원초적이고 본질적인 것이라기보다, 무수한 마주침 속에서 비로소 식별 가능해진 시점의 기억이다. 무수한 마주침은 '나'를 앞서 있지만, 역설적이게도 나의 오롯한 비밀이 솟아나는 것은 그 마주침으로부터이다.

소설 속 말대로 "우리는 모두 저마다의 상처에 빚을 지며 쓰기도 하고 읽기도" 한다. 그리고 거기에 "상처의 고유함"(p. 291)도 존재한다. '연루'와 '비밀'이 같은 지평에 놓이는 세계, '우리'와 '나'가 동시적으로 존재한다는 사실, 즉 어떤 배타적 선택으로 환원될 수 없는 이 동시성에, 이후 펼쳐질 시대의 지혜가 깃들어 있을 것이라 생각한다. 강조컨대 심신 건강한 개체, 자립, 능동, 성장, 젊음, 발전, 개성 같은 근대의 특권적 가치들이 미루어둔 나이듦, 질병, 약함, 불안정함 등은 다른 존재론과 다른 글쓰기를 필연적으로 요청한다. 지금 조해진의 소설을 밑줄 그어 읽게 되는 것도 이런 이유 때문이다.

도움 받은 출처가 있어 먼저 밝히고 싶다.

「환한 나무 꼭대기」는 조은의 시집 『옆 발자국』(문학과지성사, 2018)에 실린 동명의 시에서 제목을 빌려왔다. 제목을 공유해준 조은 시인님에게 감사드린다. 「하나의 숨」은 처음 집필할 때뿐 아니라 소설집을 준비하며 퇴고하는 과정에서도 은유의 『알지 못하는 아이의 죽음』(돌베개, 2019)에 빚을 졌다. 「파종하는 밤」은 권혜원의 영상 작품인 「기억박물관 – 구로」(2016)가 있어서 쓸 수 있었다. 나는 이 작품을 보고 나서야 산업재해 희생자인 고(故) 문송면(1971~1988)에 대해 알게 되었고 소설 속 M을 조심스럽게 조각해나갈 수

있었다. 소설을 통해 문송면의 이야기를 조금이나마 세상에
더 알릴 수 있다면 무척 기쁠 것이다. 마지막으로 「눈 속의
사람」에 나오는 최길남(연극의 김명철)의 이야기는 『구술사
로 읽는 한국전쟁』(한국구술사학회 엮음, 휴머니스트, 2011)
에서 도움받았음을 밝힌다.

소설의 안과 밖에서 함께 애써준 분들께도 감사의 인사를
전하고 싶다.

「경계선 사이로」는 임인택 기자님이, 「하나의 숨」은 황미
옥 선생님이 세부적인 조언을 해주었는데 이 지면을 빌려 감
사의 마음을 전한다. 「문래」에서 그들 자신도 모르게 모델이
되어준 나의 부모님에게도 감사드린다. 이제 「문래」가 내가
방치해온 담 바깥으로 뻗어나가 녹냄새 나는 먼지 이상의 이
야기로 발아되기를, 발표 시기로부터 6년이 흐른 뒤에야 그
런 바람을 가져본다.

늘 애정 어린 비평을 써주는 김미정 평론가, 맑고 강인한
문장으로 다시 쓰고 싶다는 의지를 증여해주곤 하는 김금희
소설가, 정확하고도 다감한 눈으로 작품들을 단단하게 세공
해준 조은혜 편집자, 그리고 이 소설집의 동반자가 되어준

문학과지성사에도 깊이 감사드린다.

그리고……

각각의 단편들을 발표할 때 편집 이상의 노동으로 발을 맞춰 걸어준 최지인, 김선영, 박지영, 이은영, 윤희영, 김화진, 유성원 님에게도 감사의 마음을 전하고 싶다.

내가 숨을 내쉬며 쓴 이 소설들에 당신이 숨을 불어넣어준다면 어떤 이야기가 비로소 완성되지 않을까, 소설집을 준비하며 그렇게 생각하곤 했다. 내 경험으로는 대체할 수 없는 그 다양한 이야기가 어딘가에서 다시 나를 기다리고 있다면 좋겠다. 어둠을 직시하면서도 결국엔 환해지는 그런 이야기가……

간절히, 그런 꿈을 꾸고 싶다.

숨을 나누어줄 미지의 당신에게 마지막 남은 감사의 마음을 진심을 다해 전한다.

2021년 3월

조해진 드림

수록 작품 발표 지면

환한 나무 꼭대기　『문학과사회』 2018년 가을호

흩어지는 구름　〈문장 웹진〉 2017년 10월호

하나의 숨　『창작과비평』 2019년 겨울호

경계선 사이로　『너의 빛나는 그 눈이 말하는 것은』, 창비, 2019

파종하는 밤　『한국문학』 2017년 하반기호

눈 속의 사람　『현대문학』 2016년 7월호

높고 느린 용서　〈문장 웹진〉 2020년 9월호

숨결보다 뜨거운　『릿터』 2018년 2/3월호

문래　『문학동네』 2014년 봄호